U0466776

BENNIAO

时代出版传媒股份有限公司
安徽文艺出版社

作者简介

　　侯卫东，先写诗，后小说。作品散见《人民文学》《十月》《诗刊》《清明》等期刊。著有长篇小说《黄的海》、历史文化随笔《士时代的痛》等。参与多部影视作品创作，为纪录片《大黄山》《中国文房四宝》撰稿、重大革命历史题材电视剧《觉醒年代》剧本策划。

致我们的童真年代

侯卫东 著

时代出版传媒股份有限公司
安徽文艺出版社

图书在版编目（ＣＩＰ）数据

笨鸟/侯卫东著.--合肥：安徽文艺出版社,2022.4
ISBN 978-7-5396-7267-0

Ⅰ．①笨… Ⅱ．①侯… Ⅲ．①长篇小说－中国－当代 Ⅳ．①I247.5

中国版本图书馆CIP数据核字(2021)第161872号

出 版 人：姚　巍
责任编辑：韩　露　　　　　装帧设计：周雅昕　徐　睿

出版发行：时代出版传媒股份有限公司　www.press-mart.com
　　　　　安徽文艺出版社　　www.awpub.com
地　　址：合肥市翡翠路1118号　　邮政编码：230071
营 销 部：(0551)63533889
印　　制：安徽新华印刷股份有限公司　　(0551)65859551

开本：700×1000　1/16　印张：16　字数：300千字
版次：2022年4月第1版
印次：2022年4月第1次印刷
定价：58.00元

（如发现印装质量问题，影响阅读，请与出版社联系调换）
版权所有，侵权必究

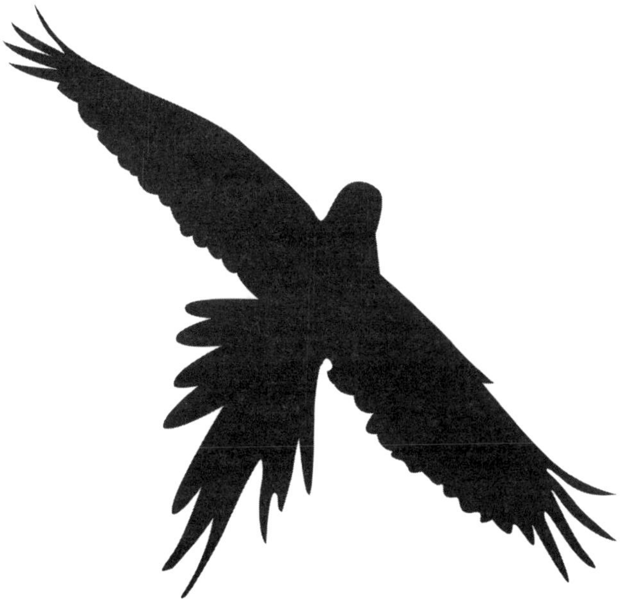

目　　录

1. 白光　1
2. 武傻子　8
3. 竹马　14
4. 广播室　20
5. 求证　27
6. 上学　35
7. 意外　42
8. 改口　49
9. 争夺　56
10. 地理书　63
11. 拐杖　70
12. 转学　77
13. 瞌睡　84
14. 修鞋铺　91
15. 压床　98
16. 鬼敲门　105
17. 波折　112
18. 阁楼　119
19. 绿化　126
20. 梅雨季　133

21. 考验 140

22. 奔丧 146

23. 舅舅 152

24. 外公 158

25. 上海 164

26. 来客 170

27. 理想 176

28. 秘密 182

29. 除夕夜 188

30. 心锁 194

31. 嘲笑 200

32. 对局 206

33. 回家 212

34. 大蛋壳 218

35. 警报 224

36. 芦花鸡 230

37. 碧波 236

38. 破壳 243

1. 白光

我的幼年和宇宙形成初期的状态类似,处于混沌之中。不一样的是,人类的天才在研究宇宙,而没有人愿意关注我。在我之前,姐姐和哥哥已经给家里带来了儿女双全的美满组合,我的姗姗来迟因此显得可有可无。再加上我的发育成长和同龄人相比显得过于漫长,长得像一只蜗牛,无法走出环行苹果的路。

身为老幺却并不受宠,我的遭遇好比小姐的身子丫鬟的命。我从未抱怨命运的不公,是我一手造成了自己在家中的地位,因为我是一个不知索取的孩子,不哭不闹,只知睡觉。所有人都觉得我很傻,我也知道自己很傻——这是一个傻孩子必须清楚的唯一一件事。

改变我命运的机缘,是一次大水和一束白光。我不能准确地描述它们,它们归属于完全不同的两种场景。一直以来我都不能解释,它们为何能够进入我的大脑深处,成为抹不掉的最初记忆。它们用时隐时现的痛感,指引我告别昏睡,把一只脚伸向混沌之外。

首先来到的是水,一次百年不遇的大水。

那时我站在门口,观察着被淹没的街道和水中的一切。满世界的水,让我莫名地兴奋。我看到许许多多赤身裸体的孩子,他们和水亲密地接触。他们坐在木盆里划水,他们相互泼水嬉闹。各种戏水的游戏,对我产生了巨大的勾引。我也想下水,却又不敢跨出第一步。

欲罢不能之时,一支队伍像传说中的蛟龙,从远处翻飞而来。

他们不是龙,从远处看他们和人长得很像。来到近处,我发现这是一支由清一色男孩组成的队伍。他们赤着上身,每个人的手中都握有一根竹竿。他们喊着统一的口令,配合着奇怪的骑行姿态。他们跨骑在竹竿之上劈波斩浪,给一条街带来浪潮涌动的节奏,也给我带来了前所未有的震撼。

他们骑的是什么?我问。

外婆告诉我,它叫竹马。

这是我第一次见到竹马,我记住了它的名字。我惊叹世上竟有一种竹竿,可以让人飞起来。它们甚至可以在水中飞,用舞动的浪花给人带来奔腾的力量。我不再感到害怕,一下子冲下台阶。我要追随远去的竹马,我想学习他们的样子。我一直向前没有倒下,水中有一股力量帮助了我,帮助我掌握了身体的平衡。

外婆从身后赶过来搀扶着我,而我坚决地甩掉她的手。我要独自走路,我要走得比她更快。我见到了一个从未见过的激动人的景象——整条老街都泡在水中,两侧的房子像停泊的船,一眼望不到头。

这是一种奇妙的体验,我追逐着远去的竹马,外婆追着我。我光着身子在水中行走,也想成为一匹马。我能感受到水下各种流动的力量,似乎还有鱼撞了我一下,我看到一道黑影在水里一闪而过。我突然不敢走得太快,害怕自己会变成一条鱼。

我听到背后外婆的声音,这个小东西,果然是属龙的。

这时我才知道,我属龙。

在水中解决了走路的问题之后,我并没有给家人带来更多的惊喜。我依然固守过去的生活习惯,从早到晚浑浑噩噩。据说我一直不哭不闹,除了吃喝拉撒之外,我从来不刻意展示自己的存在。我的卑微谦让,让哥哥一直霸占着恃宠而骄的舞台。家里人自然而然地漠视我的存在,以至把照看的重点仍然放在比我大两岁的哥哥身上。

除了水中的竹马,我不记得幼时的任何游戏。生活在有限的场景中,我的幼年岁月像在雾中,一片白茫茫。我缺乏基本的认知能力,只认得我们大院里的几个人和一条叫大黑的狗。因为有大黑领路,我和它一起踏上铺着青石板的老街。一条大河挡住老街的路,我慢慢意识到,水原来是世界的尽头。

直到白色的光束出现。

在白光闪现之前,我热衷于躺在床上,像是为了见证老鼠的作息规律。它们高高在上,沿着屋梁练习奔跑。它们从天花板的空隙里,探出鼠头鼠脑的头部。它们身体矫健,从高处向低处滑翔,蹑手蹑脚地在木地板上移动。我甚至熟悉它们磨牙的欢快声,而这种声音总让我产生奔流的尿意。

关于老鼠的这些印象，完全出自记忆碎片的叠加。说到底，在白光闪现之前，我的回忆像融化的浮冰无迹可寻。直到那一天，我感觉到白光的刺目与敞亮。

给我带来光的是一个女人，她是我们大院里的邻居。她有着当地人难得一见的高挑身材，和身材一样出众的还有她的声音。她的声音仿佛来自广播里，她原本就是一个北京人。她的年纪不大，大院里的人都叫她周医生。

记忆中第一次对话的情景，在外婆和周医生之间展开。外婆当时说到我的名字，外婆并不避讳我就在她的身边，外婆料到我不可能听懂她们的谈话内容。

外婆问，小胖不是傻子吧？

我并不惊讶这样的讨论，还似平常一样，傻傻地盯着出类拔萃的周医生。

她露出雪白的牙齿，她的笑像树枝上的新芽一样青葱好看。

她说，小胖怎么会傻呢？他姐他哥都那么聪明。

她的话，像一阵风掠过水面，而我则像一株长期压抑在水下的芦苇，终于在水的波动中把头伸了出来。我浮动在水的上方，感到了呼吸的舒畅。

周阿姨雪白的牙齿，成为白光照彻一新的前兆。第二天早晨，我从一大片白雾的睡梦中醒来，没有继续赖在床上，而是选择自己穿衣起床。这是对我具有重大意义的一天，我第一次试图生活自理。

除了把纽扣的扣子扣错之外，我自主穿衣的行动，没有遇到重大困难。我一直走到大门口，站在那里时我只有一个期待，就是要让别人发现自己会穿衣服了！

当时大院很静，院子的外面，梦中的白色大雾居然连成了一片，以至从青石板路上走过的行人没有任何人注意到我的存在。我的努力显然受到了冷落，自己第一次穿衣的行为，没有受到任何关注。

正在我失望之时，一个熟悉的身影矫健地穿过白雾，像仙人一样飘来。

她有点惊异地看着我,眼睛里闪耀着亮光。我突然变得不知所措,甚至连张口说话都变得困难,明明心里面想着要喊一声"周阿姨",却发不出一点声音。

周阿姨眼里的光芒黯淡下去,但还是拉起我的手。我随她一起走进屋子里,嗅到了一股淡淡的香味。她的屋子我不可能是第一次进来,这次却感到十分新奇。我看到了屋子一侧的婴儿床,里面躺着一个小小孩。周阿姨轻手轻脚地绕过去,把我一直带到里面的房间。

这个屋子比外屋更暗,周阿姨站在那里,向我招手。她的身后是一面木板墙,让我觉得她像是站在一个很古老的地方。我走到了她的面前,她弯下身来把我扣错的衣扣解开,然后重新扣上。她的动作既温柔又小心,她的头发拂过我的脸,让我感动得流下了泪。

她并不知道我在流泪,而是把我的头拉进她的怀里,抚摸着我的后脑勺问,还没有吃东西吧?

然后她把我轻轻松开,自己站了起来,向后退了两步。她终于退无可退,木板墙挡住了她的退路。她像是靠在木板墙上,把背挺得更直。她微笑着看着我,脱去了外衣。紧接着她又做了一个动作,让我的眼前突然一亮!

白色的光就是在这时出现的,汹涌的白,壮阔的白,像气球状的云朝我缓缓压来。

我的身体完全卷入了白光,四肢无力,我意识到只有闭上眼睛,才不至于倒在地上。

霎时间,我的眼前一片模糊。随着香味在周身弥漫,我的脸像贴在温热又松软的暖云上。我张开嘴,奶水喷薄而出,源源不断,含香的气息直达心胸。

这是我十分熟悉并沉醉的奶香,我的味觉记忆骤然醒来。原来,盛放在玻璃杯子里的奶水,我经常饮用的奶水,居然来自这个白色的源泉!

我贪心地吸吮着,用吃奶的力气吃奶。我的手捧着巨大的奶,像捧着

笨鸟 5

有形的白光。我能感觉到,白光在我手中温驯而润滑。它像气球一样具有弹性,但它比气球更活跃。我能感觉到在它的内部,一股股溪流在流动。

溪流来自白光内部的许多方向,我能听到它们跳动的声音。它们经过我的畅饮,进入了我的身体,让我沉睡已久的记忆慢慢醒来。

在几近窒息的吸取中,我完成了一生最后一次被哺乳。

周阿姨长长地舒了一口气,用手揉了揉双乳,轻声地埋怨道,小东西,怎么这么贪吃,把妹妹的奶都喝光了!

她的衣服随着话音落下,屋里霎时暗了下来。白光消失殆尽,似乎完全回到了它的藏身之地。只有我明白无误地知晓,最彻骨闪亮的那一束,已经被我的记忆偷走。

随后的日子里,白光在我的身体中走动,像是要走进每一处暗黑的角落。这是我慢慢醒来的日子。在光的帮助下,我意识到自己很傻,我不愿再这样傻下去。我想观察聪明的人,学习他们的样子,这样我把目标锁定在哥哥身上。我观察着他走路的样子,吃饭的动作,吃什么。

第一次,我的目光不再飘忽游离,而是集中在一个人的身上。我用观察老鼠的热情,观察着人类中的一员。人和老鼠不同,他们高大,有利于近距离观察。尤其是哥哥,他经常出现在我的身边。只要你悄悄地跟在他的后面,他的行踪就无处可藏。很快我有了重大的发现,他从不喝奶!

原来聪明的人并不需要喝奶,我决定自己的改变从断奶开始。

尽管周阿姨奶水充沛,在满足女儿所需的同时,还连绵不断地向我家输送,尽管我熟悉它的味道,甚至还有些迷恋,但我决意和它一刀两断。

没有人知道我的决心,玻璃杯里的奶依然为我保留。它每次都放在堂屋的桌子上,手摸上去总能感觉到一丝温暖。但我不想再和它发生联系,它一次次地被我倒入了阴沟。只有我一个人知道这个秘密,奶水带着我曾经迷恋的香味,顺着阴沟向着远方奔流。

断奶之后的一段时间里,我一直不敢见周阿姨。我不知道怎样面对她,我怕她和我提到奶。她对我那么亲近,我却扔掉了她给我的礼物。这个礼物外面买不到,礼物来自她身体的内部,带着她的体温。

我只能选择回避,让她看不到我。我在心里告诉自己,一定要和奶的记忆一刀两断。而每当我一个人躺下时,白光却总在我的眼前萦绕。那么多天过去了,当时的场景丝毫没有褪色。我一遍遍回想起那一天,每个动作和每一个细节,周阿姨的态度和我的反应,常常在精疲力竭时昏然入睡。

终于有一天,我又听到外婆和周阿姨的对话。

小胖傻吗?外婆问。

周阿姨压低声音说,嗯,是有一点,要不然他怎么会让我喂奶呀?!

她的回答,让我泪流满面。醒来的时候,一阵冰冷的感觉从我的脸上慢慢流动,随之而去的,还有那一束顽强的白光。

2. 武傻子

悄悄断奶之后,我盯上了哥哥,像苍蝇盯上一块鲜肉不离不弃。

每一块洁身自好的肉,都耻于与苍蝇为伍。我明白其中的道理是在成人之后,直到那时我才对哥哥充满感激。从我记事的时候开始,我就记得自己一直缠着他,就像他的一根尾巴。但他从来没有对我发过火,他总是不声不响。他从不大喊大叫。大人都夸他懂礼貌,说他脸皮薄。但是他的脸面因为我,常常被别人撕得伤痕累累。

相比我的糊里糊涂,哥哥是一个非常敏感的人。我的脸皮可以比城墙还厚,但他不能陪我一起厚。当我死皮赖脸地追随着他,和更多更大的孩子一起玩耍时,他蒙受着本该由我承受的羞辱。其他人拿我取乐,把我当猴耍。面对这一切,他无能为力。

在我们开展的游戏中,我最喜欢的是骑竹马,最讨厌的是躲猫猫。只要一躲猫猫,我就是那个闭着眼数到十再去找人的"瞎子"人选。其他人都知道我不识数,也知道我不可能去偷看他们的行踪,更知道我找不到躲藏的人。这样我就会受惩罚,而对我的惩罚会给大家带来集体性的快乐。

我从来不在乎什么惩罚,我害怕一个人被关在家里。我想走出院子,加入同龄人的游戏。只要有人带我玩,我从不在意扮演怎样的角色。我的四肢发育得很好,我有劲,能跑能跳。家里的院子已经留不住我了,我要进入孩子们的游戏中。

为了成为他们中间的一分子,我坦然地面对任何惩罚:学驴叫,像狗一样在地上爬,或者冒充一只皮球随地打滚。他们调动着想象,让惩罚花样百出,不断翻新。这一天他们又想出了新的点子,如果"瞎子"找不到人,就给他们一一叩头并挨个叫一声爷爷。

我一口就答应了,它对于我来说根本就是一个简单的决定。我从来都没喊过爷爷,也不知道这个人到底身在何处。爷爷对于我,只是一个没有任何意义的叫法而已。只是叩头这一件事情,我觉得哥哥可能不愿意。我看他的眼色,他并不看我,而是和大家一起四下散去。

这一次躲猫猫的结果和以往都不同,我逮住了哥哥。不好玩,不好玩!

大家异口同声地抗议，都不愿接受平安无事的结果。他们看出来了，哥哥故意输给了我。有人愤愤不平地提议，要让哥哥接受惩罚。

凭什么？又没有规定。哥哥当然不可能就范。

就凭你赖，包庇精！你主动投降，是叛徒！小伙伴七嘴八舌地声讨。

你才是叛徒，你们一家都是叛徒！我不想眼睁睁地让哥哥被一群人欺负，指着喊得最凶的二狗子，扯开嗓子帮腔。

对方一把抓住我，一个巴掌把我扇倒在地。我忍住眼泪和疼痛，从地上逮到半块砖头，扔向他的脑袋。我的动作迅猛，没有任何铺垫。他本能地避让，却避之不及，脸上留下了一道口子。

血！淌血了！大家一阵惊呼，所有人都看到了血从他的脸上渗出。

二狗子摸了摸脸，手上沾到了血，红红的血把他吓哭了。他哭声嘹亮，心有不甘，向我一步步地走来。我站在原地不动，一手一截砖头，没有丝毫退缩的样子。他不敢再往前走了，哽咽着，肩头抖动。

没有人愿意面对我的砖头，他们都知道我有一股蛮力。自从看了蚂蚁搬家之后，我就有了搬运的怪癖。每当一人独处时，我便热衷在院子里搬弄石头。经年累月，铁杵磨成针，我能搬起很大的石头。我的"壮举"吓坏了外婆，她大喊着，快，把它扔了！

我练过搬却没有练习过扔，一松手，石头落我的脚上。搬起石头砸自己的脚，带来了我大脚趾终身灰指甲的后果。因为这个悲剧事件的教训，我开始了日复一日的扔石子训练，终于练就了一手硬功夫。所以当我手握砖块往那一站时，没有人敢轻易出头。

大头挺身而出，他的弟弟二头也狐假虎威地站了出来。大头牛高马大，他比我们高一个头，他是我们的头儿。作为游戏的组织者，他不愿看到结果不可收拾。他用雄伟高大的身体，逼退了我们的对峙。

二狗子借势下了台阶，他根本不敢和我硬拼。他是典型的欺软怕硬，他一贯只拣软柿子捏。但他没想到我会反抗，他被我的反击吓得屁滚尿流。他抹着眼泪走了，大家也因此失去了继续看戏的机会。

一次躲猫猫的游戏,因为流血事件不欢而散。

我一战成名,从默默无闻的小傻子变成了不要命的武傻子。为名气的暴涨,我付出了惨重的代价。哥哥从此不再带我出门,他采取玉石俱焚的狠招——宁可放弃玩耍,也决不允许我像狗皮膏药一样贴在他的身上。

离开了哥哥的引路,我变得像一只无头苍蝇。我不知道小伙伴的集合地点,我没有任何情报来源。我有时沿着街道寻找,但我找不到进入游戏的入口。我见到的每一群小孩,他们都在一起玩。他们随时随地聚拢在一起,也可以满大街奔跑。在他们大呼小叫的声音里,只有我孤单地独来独往。

大街上没有我的位置,我只能在院子里乱窜。我已经有了一些破坏能力,经常雁过留声,搞得鸡飞蛋打。爸爸妈妈工作在百里之外,对我鞭长莫及。外婆有心管,却又不忍对自己的傻外孙大打出手。不得已,还是找周阿姨商量。

她们在屋里窃窃私语,对话高一句低一句地传到窗外。

外婆说,周医生你看小胖怎搞?像一条小参条子鱼,捣得不得歇。

周阿姨说,调皮好呀,就怕他不吭不响。

外婆说,傻一点也就算了,还拿砖头砸人。三岁看到老,他今后可不是要给家里闯大祸吗?

周阿姨说,您听说过有打架不吃亏的傻子吗?有反应那么快的傻子吗?

我知道外婆和周阿姨在说我,这时我已经不喜欢别人背后对我议论。所有的议论都只有一个意思,那就是我很傻。我以前根本不在意这些说法,后来我明白一个人傻并不是什么好事。我对自己很烦,我想照照镜子,看一个傻孩子到底是什么样子。

我正好看见了院子里的井,我知道它能照出我的脸。我趴在井口,痴痴地看着水中的人。他的脸在水里波动,和我长得很像。他一脸无辜地看着我,甚至还学着我做鬼脸。我把头使劲往井里伸,想和他的头挨在一起。

没想到有一股力量,居然让我的双脚悬空而起。

妈呀——我感觉自己就要栽到井里,忍不住大叫。

我的腿被牢牢抓住,直到被拖出井口,我才看见一脸怒气的姐姐。她把我从地上拉起来,对着我的脸就是一耳光,压低着声音骂道,你想死呀!晓得这井有多深吗?!

我捂着脸怯怯地看着她,眼睛有些潮湿。

不许哭!别像女娃子那样!她还在凶我。

这时外婆闻声而出,连声询问发生了什么。姐姐说,有一只毒蚊子叮小胖,被打死了。

打蚊子,打出这么大动静?外婆狐疑地打量着我们姐弟。我不敢吱声,任由姐姐编着瞎话。

她说,要是下手不重,蚊子还不飞跑了?

姐姐说着假话,一定有些心虚。她不敢看外婆,用后背对着外婆。她把我拉到怀里,也不让外婆看我。她一边和外婆说着话,一边使劲把我拉进了里屋。她借着窗户外面投射的亮光,盯着我看了又看。然后,她递给我一面镜子。

她问,你看到了什么?

一张脸。我老老实实地回答。

脸上怎么了?她又问。

红。我说。

还有呢?

有一点……变胖了。

不是胖,这是肿。姐姐想笑,却只笑了一半。她对着我长长地叹了一口气,然后轻轻地抚摸着我的脸。她用力很轻,还不时地在我的脸上呵着气。她悠悠地说,谁说你傻,你连脸上肿了都知道。接着伸出了小指头说,来,跟姐姐拉一个钩。

我不知道姐姐想玩什么把戏,但我很乐意她能带我玩。我学着她的样子,也伸出了小拇指。但我总是伸不直,我觉得自己指挥不动它。我暗自使劲,可是小拇指还是弯的。姐姐也不在意,我们两人的手指钩到了一起。

　　打人不打脸。姐姐向你保证,下次只打你屁股好不好?

　　看我点头说好,姐姐很高兴,拉着我的手说,跟我出去,今后姐姐带你玩,看谁还敢欺负你!

3. 竹马

大概有一段时间,我不记得到底有多久,我加入了姐姐的玩伴圈。她们是姐姐的同学或者是我的表姐,都是大女孩。她们的游戏很单调,主要是跳牛皮筋、踢毽子、丢手绢。这些蹦蹦跳跳的东西我学不会,也根本不喜欢。但我仍旧经常混迹在她们中间,我没有地方可去。

身处女孩子的世界里,我的力气没有地方用。她们的动作我学不好,我一出手她就使劲地笑。但她们的本意并不是取笑我,她们从不想看我出洋相。她们尽其所能,给我找合适的角色。虽然我玩得很不尽兴,但我感觉自己不受欺侮。真是不比不知道,这时我才知道男孩子要比女孩子坏得多。

我勉强能够做好的事情,是给她们拉绳子。细细的绳子有弹性,一伸一缩很好玩。我拉着绳子的一头,从来不乱动。太阳晒得再厉害,我也不会叫一声苦。我最喜欢看姐姐跳牛皮筋,她跳起来就像是跳舞。她的腿像粘在牛皮筋上一样,能够做出许多令人眼花缭乱的动作。

但我经常被旁人取笑,她们让我把头发留长,说这样就能扎一个辫子。还让我穿花衣服,说这样就可以和她们一起上厕所。我知道她们是在骗我,她们从来都不让我上女厕所。她们喜欢合伙上厕所,把我一个人孤零零地扔在一片空地上。

唯一让我开心的,是能经常到姨妈家里去玩。

外婆家在街的东头,姨妈家住在最西头。那是一个无比巨大的院子,大门口挂着好大的牌子,里面有许多高大的梧桐树。在知了声连绵的夏天,从大门到她的家,一路都可以走在阴凉的树荫里。

姨妈有三个女儿:顺男、亚男和鸣男。除了姨父常先河,她家就是一个女儿国。鸣男是最小的表姐,只比我大一岁,她有点吵人,整天喋喋不休。她不像一个女娃子,她喜欢上蹿下跳,在我的面前她还常常摆出姐姐的架子,动不动就训斥我。而一旦我不理她,她又死皮赖脸地巴结我。

别人都说我傻,我看她比我好不了多少,她经常向我提出一些愚蠢的问题。这天她指着两个女人的照片问,是她妈好看还是我妈好看。我听了她的问话,偷偷地在肚子里面笑。这个还用问吗?姨妈怎么能跟妈妈比?妈妈虽然调走了,但我记得她的长相。她有一点像外公,个子高手也长,跳起舞来很好看。

虽说姨妈有一点白,像是从淘米缸里淘出来的,但她无论如何也比不上我妈。我妈上过许多舞台,我们一个镇子的人都看过她的表演。她唱完以后大家不停地拍手,要让她接着唱。我妈能从镇子上一直唱到大城市,可姨妈呢,从来都没有上过一次舞台。

我很快发现,有人比我妈还好看。如果说我妈能上台,那么她就像是来自电影里的。

那是一个酷热的中午,我骑着竹马在大院里欢快地奔驰。周围空无一人,浓密的树荫像一把把巨伞,重重叠叠地撑在我的头顶。在大号方砖铺成的平整地面上,身下的竹马发出快活的响声,而我酷似奔腾的马汗水淋淋。

我一人一骑的驰骋被一个女人打断,她挡住了竹马的路。我抬头看她,对她的好看无法形容。她没有周阿姨那样高那么蓬勃,她是典型的江南人模样。如果不是带着一丝午睡后的慵懒,她完全就像是一个下凡的仙女。

我以为她在看我,我怎么也不敢相信,这么漂亮的人会注意一个流着鼻涕的傻小子。果然她不是看我,这样我才觉得理所当然。她显然不属于我们这个小镇,从眼睛到嘴巴,从穿着到走路的姿势,她都和小镇格格不入。但是她的确挡住了我的路,更有可能是挡住了竹马。

她的确在观察竹马,仔细地盯着竹马的头。我并不感到意外,因为竹马的顶端就是一个马头。马头活灵活现,和真马没什么两样。我虽然没有见过真马,但是认定它就是这个样子。从在姨妈家发现它开始,竹马就勾走了我的魂。它在我们这条街上独一无二,所有人胯下的竹竿或是木棍,在它的面前就是上不了台面的小丑。

我一见到它就想把它取走,小表姐鸣男脸色煞白地阻止了我。她说,你不能动它,你要是动它,我爸会砍掉你的手!她的话吓到了我,我一时不敢轻举妄动。我的姨父喜欢穿军装,平日里威风凛凛,最要紧的是他还有枪!我再傻也不会和枪过不去,面对想象中的黑洞洞的枪口,我缩回了伸向竹马的手。

灭山中贼易,灭心中贼难。我的手暂时离开了竹马,但心里一直惦记着它。我不再需要姐姐的引领,常常独自来到姨妈家。我等待着机会,一个自行车不在的时机,那代表姨父外出了。而只要姨父外出,就不可能有人用枪指着竹马骑手。

许多次午饭后中的一次,这个机会终于来临。

我穿过烈日暴晒的老街,青石板把脚上的塑料凉鞋烫得几乎冒烟。进入大院后我感到一阵凉爽,比身体更爽快的是我的发现。只有姨妈和鸣男在家,姨父和自行车双双不在。我一边吃着西瓜,一边焦虑不安地等着她们午睡。谢天谢地,在她们进入梦境之时,我如愿跨上了朝思暮想的竹马。

握在手中的竹马,既结实又顺手。我看着高高昂起的马头,它也神气地看着我。我们像约好的一样,步调一致。我从来都没有感到如此顺畅,这个竹马仿佛能明白我的意思。它和我一起跃起,一同拐弯。它还在地上发出清脆的响声,就像奔跑的马蹄声。

一个中午脚下生风,我感觉自己在飞,直到这个美丽女人出现。

这个拐杖是哪来的?她问我,声音很好听,但话不中听。我想不通,好好的竹马,这么神气的竹马,怎么就变成了拐杖呢?

听话,告诉阿姨,你叫什么?常部长是你什么人?她俯下身子,用更轻更温柔的声音问我。我回答不出,我的声音像是被水盖住了。她的声音太好听,就像是水,让别的声音冒不出来。

见我不回答,她有些泄气地看了看腕上的手表,然后直起身。她走了,失望的背影让我感到有点对不起她。她走进了红楼,那是院子里也是镇上最庄严的建筑,唯一的一栋三层楼房。我想我们这个镇子,也只有这幢红房子勉强可以配得上她。

笨鸟

我和竹马面对着红楼,停止了奔跑。穿过院子里的人越来越多,这里不再是我撒野的草原。广播里响起了歌曲,我猛然想起姨妈她们也该结束午睡了,我要让竹马悄悄地回到它原先的位置。我匆匆地走向家属院,然而广播里的声音又让我停下了脚步。

我听到了一个似曾相识的声音,就在广播里。我不相信自己的耳朵,因为我不相信自己熟悉的声音会钻进广播里。我竖起耳朵一动不动,是她的声音。我听出来了,就是刚才那个好看阿姨的声音。她在说着天气,有一场大雨。她面对着广大人民群众,一遍又一遍地提醒,雷暴雨就要来了。

像发现了一个天大的秘密,我惊呆了。对于她晓得雷暴雨会来,我并不惊讶,因为广播里经常有这样的消息。令我吃惊的是,原来红楼里有一条路,一直通向广播喇叭,让声音响在这个院子里,传遍整个镇子。

为这个发现,我迎来了一场属于自己的暴风骤雨。一迈进姨妈家的小院,停放的自行车告诉我,姨父回来了。我下意识地站住了,鸣男尖厉的声音却迎了上来。

我说就是他,除了他还能是谁?!

站在门口的姨父威严而高大,他的脸像枪一样冰冷。姨父当过解放军,他站得很直。他喜欢别人还把他当作军人,他常常给人下命令。这个大院里只有他有枪,他是武装部长。他看着我不说话,点起了一根烟。表姐夺去我手中的竹马,气哼哼地说,我就晓得一定是你!你这个小偷!

我一动不动,站在火辣辣的太阳下面。我不敢动也不敢走,一直等到姨父把烟抽完。

进来!他说。

我就像一条小狗,跟着他走进屋子。

跪下!他说。

扑通一声,我面对墙壁跪了下去。我不知道要跪多久,姨妈上班去了,没有人能够救我。我穿着裤头,赤裸的膝盖直接跪在水泥地上。开始有一点凉,我的皮肤感觉到怪舒服的。但渐渐地就有点疼了,慢慢又变麻了。

趁姨父不注意，我换了一个姿势。我的两个膝盖一虚一实，轮流替换。

他动了，他跪得不认真。表姐一直盯着我，像看押坏人，叽叽喳喳地打着小报告。她一直盯着我，密切注视我的一举一动。好在姨父没理她，对着穿衣镜不停地踱步。我知道姨父爱照镜子，他的头发梳得一丝不苟。我也没理表姐，假装看贴在墙上的画。

画上有一座桥，我发现它和镇上的桥很像。桥下是一条河，桥上是一座山，山上有一个塔。塔有好几层，我数了几次，结果都不同。一会儿是五层，一会儿数到六，还有一次变成了七。数着数着，我就明白别人为什么把我当作傻子了。我不识数！二头、二狗子他们数火柴都能数到好几十了，我连五和六都分不清。

晓得错在哪里了吗？姨父的声音从身后响起。

我傻，不识数。

姨父愣了一下，他对我的回答有点意外。谁说你傻了，起来吧。

我双手撑地站了起来，两边膝盖各红了一大块。姨父不露声色，他说，你长记性了吗？不要觉得委屈，有些东西你不能动。在这个家，有两样不能碰，一是枪，二就是这个拐棍。你晓得了吗？

想到自己骑了整整一个中午的竹马，还是那么漂亮的竹马，我没有觉得委屈。想到我和广播里的漂亮阿姨见过面，我没有觉得委屈。

我一身轻松地跑到屋外，在院子里把自行车的铃铛打得直响，不亦乐乎地自嗨着。表姐给我送来了一瓶汽水，我咕嘟咕嘟地一阵猛喝，感觉无比畅快。姨父站在表姐身后，高兴地笑着说，这小兔崽子好，忘性大，不记仇！

4. 广播室

再一次见到广播里的阿姨已经是秋天,那时我像丢了魂一样沿街乱窜。

姐姐和表姐们新的学期已经开始,哥哥和表姐鸣男也都报名上了小学。剩下的鬼头鬼脑的小孩,在二头的组织下,整天在街头"打打杀杀"。二狗子仍然叫得很欢,他恨我又怕我,但他从不主动招惹我。大孩子都上学去了,没有人能够打败我。也没有人愿意跟我玩,我已经失去了原来的价值。

我的玩伴只有大黑,它对我不离不弃。它陪我走遍了大街小巷,镇子里的许多地方都留下了它英勇的叫声。许多狗都害怕它,就像二狗子怕我一样。有人上门找到了外婆,说大黑到处乱咬人。

这是从来没有的事。我告诉外婆,他们骗人。

多一事不如少一事,外婆坚定地表明了自己的态度。

我眼睁睁地看着大黑被姨父用一根绳子套走,只留下不舍的叫声。

后来我看到大黑常常跟在姨父的后面,就像是他的警卫。看到我的时候,起初它还会远远地摇头摆尾。过了一阵子,它就假装不认识我了。人前人后,它只讨好姨父一个人。只要见到它我就难受,连跟我一起长大的狗都不要我了。

我的生活变得枯燥而单调,整天找不到什么乐趣。如果不是记挂着早饭,我甚至都不想醒来。一天之计在于晨,我每天最有意义的事情就在早上。这时我洗过脸刷过牙,我走出家门时满怀期待,空着肚子从东头走到中街,我去找外公。外公在饭店上班,他一直是饭店的经理。

国营红旗饭店位于丁字街头的一侧,是镇上最热闹的门面,没有之一。早晨是饭店最忙碌的时候,饭店热气腾腾。只要一打开蒸笼,不是我吹,香味立刻就能弥漫半个镇子。别看镇上的人平时都很节省,早饭却是例外,许多人闻香而动,只图满足一下口福。

我每次来的时候,顾客大多所剩无几。我经常在这里遇到周阿姨,她来得也晚。她有一句口号,叫会吃的人都慢悠悠地吃。她喜欢这样的味道,更看中外公亲手做的早点。她总爱招呼我说,小胖你闻闻,这个特香!是叔叔亲自为我做的。

她姓周,外公也姓周。镇上人只有她一个人把外公叫作叔叔,大多数人都喊他周老。外公名声大,方圆几十里的人都热爱他的手艺。常有人路过镇上时,下车吃上一顿,然后继续赶路。我是近水楼台的一个,我最爱他做的小笼包。当然还有阳春面、馄饨,如果遇上肉丝面,那更是锦上添花。

这个朝霞满天的早晨,我没有看到周医生,却意外地遇见了她。

这时喇叭里的广播已经停下,她一定是从广播里出来的,从有红楼的大院里走出的。她走进饭店的时候,很多人都在看她。她微笑着,却不看别人,竟朝着我走来。我正在包包子,学着外公的样子,却把包子捏得像一个可怜虫。看着她越来越近,我心里一发慌,手上一用劲,包子被捏破了。

捧着湿乎乎的肉馅,我知道自己做错了事,装作可怜的样子看着外公。这样的招数对外公最灵,他从不打我,也从不对我吼。但我没想到,此刻他不但不恼,竟然还对我笑。他笑着说,过来,别躲,快叫崔阿姨。

看我还在他的身后探头探脑,外公有些歉意地对崔阿姨说,你看,这么大了,还怕生。

他们说着话,两个人的声音都很轻。他们像熟人一样地交谈,让我的存在显得多余。我从外公的身后闪现而出,面对高高的案板,聚拢起手中的肉馅,重新捏起包子。我的脑子里跳出了外公的动作,我的手如有神助,一只包子迅速包好。

一只精制的小笼包,摆进了笼屉。收口处的褶皱,像漂亮的花纹对我笑着。我也笑,一会儿它将热气腾腾地出笼,成为我的食物。这是外公对我约定俗成的奖励,只要我成功地包出一个包子,它就会成为我的奖品。

就在我沉醉在对美味的憧憬中时,周围突然变得安静起来。崔阿姨看看包子又看看我,露出吃惊的表情,继而兴奋起来。太漂亮了!她说。然后她不停地摸着我的头,仿佛我的头发里藏着一个秘密。她欢天喜地地叫着,吴成,你太能干了!告诉阿姨,你怎么做到的?

吴成？听到这个称呼我愣了一下。猛然间想起，吴成好像是我的大名。

姐姐叫吴瑚，我叫吴成，几天前我才知道。姐姐当时在包学校发来的新书，她在书皮上写下了自己的名字。她把名字念给我听，我觉得她的名字比我的名字小胖要好一百倍。姐姐笑得合不拢嘴，她说，你也有大名。哪天你上学了，你的书呀，作业本呀，都会写上你的姓名。你要记住了，你的名字叫吴成，比我的好听。

此时崔阿姨一口叫出了我从未用过的大名，让我心中一喜。高兴归高兴，我并不觉得奇怪。因为她来自广播，广播当然无所不知。我看到大人经常竖起耳朵，认真地听着广播。广播又会说又会唱，而且能算出明天天气到底好不好。

一想到广播，我的心怦怦跳个不停。我突然生出了一个愿望，我在暗暗下着决心。我不能再犹豫了，鼓足勇气喊了一声崔阿姨。我的脸涨得通红，但我实在不愿错过这个机会。借着捏出一只杰出包子的信心，我向崔阿姨提出了自己的请求。我想钻到她的广播里面去，然后站在每一个高高的喇叭上，把镇子看个够。

这个历史性的上午，我终于得偿所愿。

带着小笼包的美味，我走出了饭店。我走在长条的青石板路上，阳光把我的影子照得很长。我踩着自己的影子，它陪着我一起走向西街。崔阿姨的影子也在移动，我发现她的影子都那么好看。我们两个一起来到了镇委会，我们的影子很快被大树的影子覆盖了。

广播站在红楼的三楼，我急不可待地爬上一级级台阶，抢在崔阿姨之前，登上了镇上最高的建筑。一道厚重的门挡在我的面前，套在门环上的铁链，被一把巨大的锁锁住。我灰溜溜地转过身，崔阿姨的笑脸正从台阶上浮现。她不慌不忙地从军用挎包里掏出一串钥匙，把它们摇得哗啦直响。

钥匙在我的眼前来回晃动，我第一次觉得它们撞击的声音如此神奇。

崔阿姨的手停了下来,钥匙也随之安静了下来,它们落入了我的手中。我迟疑了一下,立即看懂了崔阿姨眼里的鼓励,她把开门的机会交给了我。

我从来都没有开过锁,这是我的第一次。我找到了一把最大的钥匙,只有它才可能配上门上的大锁。一个秘密即将被自己打开,这是一种无以言表的感觉。我踮起脚尖,想把钥匙伸向锁孔,却因为过于兴奋而屡试不中。

崔阿姨并没有催我,也没有帮助我。她一动不动,站在从窗外射进来的阳光里。她的等待让我安静下来,周围一点声响也没有。钥匙插进去时,我听到自己轻微的呼吸声。一呼一吸间,锁发出了轻快的响声。

我走进了广播的内部,一个能让人的声音走遍全镇的地方。

我打量着屋里的一切,想找到一个秘密入口。这样的经验,来自我看过的一部电影《地道战》。从地道的结构,我构想了人在广播里行走的模糊画面。我想象过崔阿姨应该沿着一个通道,走向一个个大喇叭,然后躲在喇叭的后面,对着镇上的人说话。我一直都好奇这个地道是怎么通到天上去的。

我料定在崔阿姨藏身的地方,应该有一个圆形的洞口。我还设想过,既然崔阿姨能进得去这个洞口,那么我也一定能钻进去。但有一点我没弄明白,从一个喇叭到另一个喇叭,崔阿姨怎么会跑得这样快,让声音走得这样远?

然而在这个窗明几净的屋子里,并没有地道口的蛛丝马迹。屋子陈设简单,摆放整齐。临窗的几张办公桌排成一排,上面摆放着几件精密的仪器。另一面墙,靠着一个竹制的书架和一条长椅。

空荡荡的房间让我沮丧。洞口呢?我不解地问,洞口在哪里?

面对诧异万分的崔阿姨,我借助手势,吞吞吐吐地表达着自己先入为主的想象。我的话杂乱无章,我在表达一个我自己都说不清的意思。毫无疑问,她早已听懂了,却没有打断我的喋喋不休。从她慢慢凝固的表情里,我看到一个美丽的女人对我的怜悯。她拧紧的双眉像一把剪刀,剪断了我继续解释的欲望。

我不再开口,因为我发现了自己的愚蠢。此刻我坚定地认识到,一只成功的包子,不能让我摆脱傻子的身份。傻子之所以傻,在于他所做的事总是事与愿违。我本不想让崔阿姨失望,但我无法改变这样的结果。

来,吴成你过来。崔阿姨果断中止了沉默,她呼唤着我的大名,把我按到椅子上。我坐下之后,发现一只比鹅颈还长的物件正对着自己。鹅头的部位像一只莲蓬头,被包上鲜艳的红绸。

知道它是什么吗?崔阿姨把鹅颈轻轻地压低。没想到鹅颈像装上弹簧一样,它还会动。它能高高地昂着头,也能低下头做出像要喝水的样子。它听崔阿姨的话,对着我的嘴。

你来说说,它像什么?崔阿姨满脸期待地看着我。

我硬着头皮,说出有关鹅颈和莲蓬头的卑劣比喻。哪晓得,她竟然开心地笑了。你的比喻太形象了!她说,这是对一只话筒最生动的说法。

说完她摁下一只按钮,一只灯应声而亮。你说几句话,她指着红绸布包着的莲蓬头,就对这里说。

我不敢。因为我猜出来了,她要把我的声音送到全镇去。我从没有想过这件事,不知道该对镇上的人说些什么,我坚决地摇着头。

她看出了我的顾虑,说不要紧的,你的声音传不出去。看我还在迟疑,便用手轻轻地在话筒上拍了两下,你看,声音都关在屋里呢。只要不打开这个开关,它就不会跑出去。

我还是不敢说,我没有准备,我一无所有。除了简单的对话,我没有任何可以向别人展示的表演才能,哪怕是背一首诗或者是唱一支歌。我连狗叫和驴叫都学不好,以前二头他们老是说我学得不像。我只会睡觉,但也没办法播出去。我垂头丧气地从椅子上滑了下来,选择向话筒投降。

崔阿姨没有再坚持,她的手划动了一下,屋子里立即响起了唱歌声。声音来自一只转动的圆盘,我听出来了,唱歌的人是《红灯记》中的李铁梅。虽然只见其声未见其形,但我按捺住自己的好奇心。我没有再追问,

笨鸟

她是怎样躲藏在圆盘底下的。我不想再问蠢话,让崔阿姨一次次地失望。

广播室里的时间过得真快,这个上午我认识了不少新鲜的东西。话筒,唱片,唱机,还有一个声音放大器。最重要的是,我懂得了喇叭里的声音,并不需要一个人钻进去,而是可以通过一根电线传出去。我还听说,李铁梅的声音可以刻在一张唱片上,就像我们可以在竹马上刻上一个记号。

问了许多问题,我觉得口干舌燥,但我没有喝水。屋子里只有一只杯子,崔阿姨让我喝,我连碰都没碰一下。我记得周阿姨对我说过,喝水的杯子一定要用自己的。她是最讲卫生的医生,她让我培养好的习惯。但我的确渴了,我知道自己该走了,但有点恋恋不舍。我呆呆地看着崔阿姨,想起了一个重要的问题。

我问,你是大学生吧?

崔阿姨脸红了,红着脸的她更加好看,好看的崔阿姨却摇了摇头。

她说,我不是。

她又说,你爸爸是一个真正的大学生。

她的话对我来说仿佛是晴天霹雳,她的话让我如梦初醒。我想起来了,自己确实有一个爸爸。令我不安的是,那个很少见面的男人,居然还是一个大学生!

5. 求证

崔阿姨的一句话,让爸爸猛然走进了我的生活。同时对父亲身份的求证,像一只烫手山芋,从广播室传到了我的手里。

二头首先表示出强烈的怀疑,他问我,你拿什么来证明?

那天我们各自骑着竹马,我们在街头不期而遇。他带着一个队伍,我却是单枪匹马。我们都向着同一个方向疾驰,谁都不甘落后。我们暗暗地展开了比赛,都想比对方跑得更快。我们策马狂奔,向着桥头奔腾而去。

我第一个上了桥,我到得比所有人都早。我是一个不折不扣的胜利者,但没有得到应有的喝彩。相比他们胯下滑溜的竹竿,我的竹马简陋不堪。它是一根捡来的树枝,我理所当然地引来了大家的嘲笑。我不甘示弱,这时猛然想到爸爸是一个大学生。我叉着腰,大声地向他们宣布。我要借助爸爸的身份,把他们比倒。

二头先笑了,他的笑就像是一道命令。二狗子跟着笑,大家都笑了。有人捂着肚子笑,有人笑得在地上打滚。二头一边装作捂着肚子,一边让我拿出证明。

我不需要证明,我说。我在找反驳的理由,终于想到了一句。就像大头他是你哥哥,我们都不需要证明。

不一样,你说得不对。二头不理会我的解释,我的哥哥当然不需要证明,你的却需要。对不对?他问起了小伙伴。

对! 所有的跟屁虫都异口同声。

所有人都站在二头一边,我又一次感到了自己的被动。我永远是少数派,只有一个人在战斗。但我早已见怪不怪,因为我从来都是被围猎的对象。我不想软下来,我深信崔阿姨绝对不会对我说假话。

那好,你让我怎样证明?我问。我想难住二头,你总不能让我爸爸此刻就站到你们面前吧。

我完全意想不到,二头根本没有被我的问题难倒。好办,他皮笑肉不笑地说。你来数数呀,数我们一共有多少竹马。要是数对了,我们就当你爸是大学生。

对,数数,数数!二狗子他们也跟着兴奋起来。我爸爸不是大学生,我都能数出来。你说你爸爸是,那你就证明一下。

这个办法的确歹毒,他们都知道我不识数。我数数的最高纪录是5,这个数字就是我算术水平的顶峰。我想到自己必败的结果,它和过去都不一样。我输掉的不仅是自己,还有爸爸大学生的身份。我不由得发了狠劲,把树枝向前一横。我狠声恶气地问,我要是不数呢?

他们向后退了一步,大家都没有说话。他们不想与一个傻子发生暴力冲突,尽量不激怒我。尤其是二狗子,眼睛都不敢看我。他被我打怕了,他的腿肚子一直在抖。但他们并没有放弃阵地,而是站在古老的石块上。他们守卫着不同的方向,等待二头的最终决定。

狡猾的二头更不会和我直接冲突,他不愿两败俱伤。他不生气,反而一直在笑。你当然可以不数,他不急不慢地说。但是下一次不要吹牛皮,小心把猪尿脬吹炸了。

他这么一讲,我反而进退两难。我要是这么一走,爸爸就成了一个假大学生了。就算我不在乎爸爸,但我总要对得起崔阿姨。我总不能让她对着广播宣告,吴成的爸爸是一个真的大学生。

我想这个时候一定不能走,一走我就成了一个可耻的逃兵。我必须硬着头皮站在这里,和他们继续斗争下去。

如果我数对了,你拿什么赔我?我想不出好主意,只好装作跟他提条件的样子。

只要数对了,我们就同意你爸是大学生。

那不行!要是我对,你们就用所有的竹马来赔我。我口气坚决,想吓倒他们。

二头不上当,他丝毫没被吓住。他干净利索,一口答应。

行!说话间,他带头把竹马扔到我的脚下。二狗子他们跟得快,把一根根竹马也都扔了过来。二头非常平静,他吃定我数不出来。在他的眼里,我已经成了一个猪尿脬,马上就会发出爆炸声。

我没有看竹马,看也白看,我不可能数出它们到底有多少根。我慢慢转动着身体,转动了整整一圈。我必须看到每一个人,主要是观察脚的位置。我的动作让他们觉得奇怪又好笑,他们守着不同的方位,等着看一个巨大的笑话。

　　8根!在一片鄙视的目光包围下,我终于报出了数。突如其来的答案,让小伙伴都惊呆了。他们惊愕地看着我,他们显然没能缓过神来。他们茫然不解的神情恰恰告诉了我,我答对了。

　　抢在他们醒悟之前,我立即动手。风卷残云一般,我抱起了散落在地上的竹马。他们还来不及反应时,我飞快地冲了出去。我料到他们不可能善罢甘休,抢先来到了桥上。他们果然追赶了过来,我奋力做出了一个惊人的动作。我的手果断出手,把所有竹马全部扔到了桥下。

　　这是我扬眉吐气的时刻,我赢了!竹马在空中翻滚,一个接一个地栽到了水里。看到那么多竹马在水中漂浮,我心里一阵狂喜。它们是我的战利品,但我并不需要它们。我用扔掉它们,回击着他们对我竹马的轻视。做完这些我如释重负,我转过身。我捏紧了拳头,准备迎接疯狂的报复。

　　他们正慢慢地向我包抄过来,我没有选择逃跑。我有理,竹马已经归我了,我扔的是自己的东西。我根本不会示弱,我们慢慢接近。然而以一敌八的战斗场面并没有发生,一触即发之时,二头叫停了企图报复的行为。

　　都给我住手!二头大喝一声。输了就输了,不能耍赖皮。说完他像英雄一样独自扬长而去,丢下了一群群龙无首的小混混,包括我。

　　二头的这次意外离去,让我彻底改变了对他的看法。他不是赖皮,他能够认赌服输。我讲不好理,但心里一直崇拜讲理的人。二头这一次讲理,我对他的表现完全服气。虽说我占了上风,但二头临走时的样子才像真正的胜利者。

　　一场被叫停的战斗,并没有让我停下对父亲身份的追问。我必须搞清楚这个问题,我自己也希望能够作出证明。如果爸爸真的当过大学生,我就不能让它不明不白。我开始求助哥哥,他怪模怪样地打量着我。他根本不屑回答这个问题,而是打开了一盒火柴,把它全部倒在了小方桌上。

"你先数,数完再讲别的。"他说。

他的表情有些严肃,我不敢不从。但我知道自己的水平,数到了5便再也数不下去。哥哥不相信会是这样的结果,他怔怔地盯着我。他心里面有一个大大的疑问,为什么跟人打赌时,你就能数到8?

他还真把我问住了,我觉得回答这个问题会很吃力。我只知道我们站的地方,是一个八角亭的遗址。这是我听外婆说的,亭子和地上的石板都是八个角。虽说亭子不在了,地上的石板还在。他们每一个人都踩在石板的一个角上,我猜想,他们应该是8个。

我一边比画一边费劲地说出当时的想法,哥哥一时愣住了。他默默地收起桌上的火柴,为我奇怪的思维所困扰。这时里屋传出了动静,像一阵风似的,蹿出了一个黑影。来人一把把我搂住,搂得紧紧的。

她是姐姐,我能感觉到她的激动。她学着外婆的口气说,小乖乖,你怎么这么聪明?!一边说,一边就往我脸上亲。她的嘴里还咀嚼着残留的糕点,但我不讨厌。姐姐对我最好,看到我的一点点进步都兴奋不已。

既然姐姐送上了门,我顺水推舟地问起了爸爸的问题。咦,你怎么会想起来问这个?姐姐她一点都不嫌烦,反而很高兴我能关心大学生这样的高难度问题。她咽下了口中的食物,用手帕擦着发愣的表情。显然她也是第一次面对这个问题,她陷入了思考。我站在旁边一阵轻松,姐姐最聪明,没有解决不了的问题。

只过了一小会儿,姐姐便有了主意。我看到她的眼睛一亮,知道答案不远了。果然,她把我拉到高高的案几前。她用力托着我的身体,让我爬上去。

我们面对着一面大镜框,里面有许许多多的照片。其中的一张,我的身上一丝不挂。幸好姐姐看的不是这一张,她的手指向靠近右边的一张照片。她说你看到了吧,这就是爸爸。这是他和同学一起照的,他们就站在大学的门口。

照片很小,又装着好几个人,我看不清谁是爸爸。但他们的确站在门口,后面有一个牌子。牌子上面有字,我当然不认识。可姐姐她认识,我一直相信她。所以我顺着姐姐的意思说,爸爸站在大学门口,说明他就是大学生。

姐姐笑了,她没有反对这个结论。但她可能觉得这还不够,又把我拉到几幅字画的前面。看到了吧,它们都是爸爸亲手画的。

墙上的画,一直贴在家里的堂屋。上面花花绿绿的,在屋子里十分显眼。平常我就喜欢看,可我不知道它们是爸爸的杰作。上面画的,都是我叫不上名字的花朵。我最喜欢其中的一幅,上面有树,有花,还有白茫茫的雪。

你看到了吧,这一幅画它还有名字。姐姐告诉我,它叫"梅花喜欢漫天雪"。

我根本不知道什么是梅花,所有的花在我看来都差不多。但是我喜欢雪花,它是从天上落下来的。我迷恋它慢慢飘落的样子,我总想捉住它。但它很害羞,一捉到手上就化了。还是爸爸有办法,把它画在纸上它就不化了。

我也喜欢雪,他能把我画上去吗?我问姐姐。

什么他不他的,他是你爸爸!姐姐刮了我一下鼻子,你有什么可画的?再说,画画的人是爸爸,又不是我。等到下次来,你自己去问他。

我不确定爸爸什么时候能来,他在一百多里之外的地方上班。他每次来去匆匆,基本上没有和我说过话。我对他也没有什么印象,我想下一次一定好好看看他。在对这位陌生男人等待的日子里,我看了一部难忘的电影。

那是一部动画片,名字叫《半夜鸡叫》。它是一部老片子,过去我也看过。我们做游戏时,我还扮演过地主"周扒皮",去学公鸡的叫声,结果被装扮长工的小伙伴们趁机打了一顿。我喜欢里面的高玉宝,他也是一个小孩子。他跟我差不多大,但他比我懂事。他一早就要起床干活,不像我总是赖床。关键的是,他还比我聪明一百倍。

　　以前看这个电影就是觉得好玩,可这一次却完全不同。因为我听说了,这个故事就是高玉宝本人写的。我还听说了,他也是一个大学生!

　　我认识了两个大学生,我的爸爸和高玉宝。他们在同一个秋天,闯进了我毫无防备的生活。尽管我对"大学生"这个称谓不甚了了,但它像一团火,烤得我浑身上下都不自在。接下来的日子里,我禁足在家不想出门。我经常呆呆地站在堂屋,注视着墙上的画。或者爬上茶几,去看爸爸在大学门前的合影。

　　我的足不出户与不声不响,让外婆感到担忧,于是她找来了周阿姨。过了一会儿,周阿姨就找到了我。

　　周阿姨问,你怎么老是待在屋子里,也不出去透透气,晒一晒太阳?

　　我说不想出去,烦。

　　烦,你烦什么?不操心吃不操心喝的,又不用给孩子洗尿布,凭什么烦?!

　　那我应该做什么?我被她的气势震慑了,怯怯地问。

　　你可以出去,和小朋友一起玩,但是不许打架。周阿姨斩钉截铁地说,在家里,也可以帮外婆做一点事。买盐,打酱油,会不会?

　　我点了点头,还有呢?

　　还有,你可以学习。学写字,学数数,看看小人书也行。记住了,你是大学生的儿子,别给你爸爸丢脸!

　　周阿姨的话,终于一锤定音。她用不容置疑的口气,彻底坐实了父亲大学生的身份。我的求证到此结束,我不再为此纠结。如果二头胆敢不信,我就让周阿姨来证明。周阿姨是医生,镇上的人不敢怀疑她。心中的一块大石头落了地,我开始考虑起自己的问题。

　　接下来的日子,我的眼前经常晃动着两个人影。一个是不再陌生的爸爸,另一个是长大成人的高玉宝。这两个人,好像是被人派到了我的脑子里。我无法甩掉他们,只能在他们中间徘徊。我感到有一个愿望越来越强,我按不住它,它就要从心里爆发出来。

这一天终于到来。那是一个星期天的早上,我堵住出门的周阿姨。

她问,是要和阿姨一起出去吃包子吗?

我坚定地摇着头,一字一顿地对她说,我要读书!

6. 上学

笨鸟先飞的时候,它的轨迹一般都会以闹剧的形式出现,这是属于我的发现,它出自我对自己求学经历的小结。我就是这样的一只笨鸟,在北风来临的冬季,我的翅膀飞进了校园。

镇上的小学离家很近,走路只需用吃两个包子的时间。我鬼鬼祟祟地尾随在哥哥的身后,混进了学校的大门。铃声响起之后,校园里立即变得空空荡荡的。我无处可去,我能感到自己的孤独与多余。慢慢地,我意识到一个问题,我发现即使人在校园,也不代表你就是一个学生。

所有的学生都坐在教室里,这才是真正的课堂。但是我走不到里面去,我只能偷偷地站在课堂之外。我独自一人站在教室的走廊上,隔着窗户听老师上课。这是一种不得已的学习方式,其实我很难听清楚老师的声音。偶尔听到一句两句,也不知道到底在讲什么。

随着冬季的深入,我明显感觉到天气的冷酷无情。尤其是在阴冷的日子,教室外面没有一点阳光。呼啸而来的风像刀子一样,刮过我的脸,刮过我的耳畔。我需要不停地跺脚,却又怕惊动里面上课。我只能对着手哈气,再就是紧紧地捂住耳朵。那时我不知道还有一个成语叫掩耳盗铃,但是我已经成功地做到了捂着耳朵偷听。

我独自一人承受的悲惨遭遇,终于被表姐鸣男发现。那一天我正在窗外偷听,表姐和我的目光,隔着一扇窗户碰撞在一起。我的第一反应就是仓皇逃跑,一口气跑出了学校大门。气喘吁吁之时,我意识到自己可能会暴露。我预感到在一个告密者面前,自己偷偷上学的秘密将大白天下。

果然,吃晚饭的时候,我的问题被摆到了桌上。外婆一改平日的慈祥,断然向我发出了命令,从明天开始,我必须老老实实地待在家里。我害怕大人的愤怒,但是我心里有委屈。我一声不吭地咽着米饭,眼泪吧嗒吧嗒地往碗里掉。姐姐看不下去,向外公求援。她说小胖想上学又不是什么坏事,为什么不能去?

外公看看她又看看我,只说了一句话。他对姐姐说,办法不是哭出来的。他的话让姐姐眼前一亮,姐姐给我递了一个眼色。

姐姐把我带到了周阿姨的面前,姐姐不需要我说话。姐姐声情并茂,我只是她的一个道具。站在她的身边,我的求学故事开始传播。姐姐用它感动了周阿姨,周阿姨则把感动传递给了一位姓席的女教师。

席老师是她的好友,也是哥哥的班主任。她戴着深度近视眼镜,头发有些自然卷曲。在厚厚的镜片后面,她用怜悯的目光打量着我。然后用清脆的笑声,为我打开了通向课堂的大门。她让我光明正大地坐进了教室,成为班上的一名特殊学生。

坐在课堂里,我能感到自己与众不同。我知道自己只是来听课的,不能算是正式学生。我没有书本,不用交作业,也不必参加考试,连上课的凳子都是从家里带来的。班上的课桌按部就班,早已各就各位。我的座位只能安排在过道,上课的时候我只能坐在哥哥课桌的横头。

我是唯一一个坐在教室过道的学生,我经常侧着身子上课。我没有觉得不好,即使是这样,那和在走廊上听课也是天壤之别。

我珍惜这样的机会,认真听讲,上课时从不说话。但对于一个没有上过一天学,直接插班的孩子来说,无论我怎么认真,大部分的课还是听不懂。尤其是算术课,简直就是听天书。遇到不知情的老师喊我回答问题,我更是答非所问。

我成了班上的一个节目,只要一站起来,就能引起全班同学的哄堂大笑。

这时我知道,做一个高玉宝真是太难了!

我不能诉说我的难处,这些都是我自找的。我当时还想不到,我到哥哥班上读书的本身,就是一个笑话。我更想不到的是,哥哥其实一点也不比我轻松。我的每一个笑话,都是对他的直接伤害。

好不容易等到新学年开始,我终于扬眉吐气。这时我已经虚7岁了,我兴冲冲地跟随外婆报名。我没有料到,这是一次完全失败的经历。老师瞅了一眼户口簿,便断然拒绝了我的报名申请。外婆知难而退,拉着我的手打道回府。她给我买了一只奶油冰棍,想用它安抚我的委屈。她一路上安慰我说,再等一年,等明年再上吧。

若干年后我才知道,这是一次早有预谋的失败。因为外婆早就知道了学校规定,只有年满7周岁才可以入学。她之所以明知不可为而为之,装模作样地拉我报名,只不过是要用铁一般的现实告诉我——并不是每一只笨鸟,都能得到先飞的眷顾。

心灰意冷之际,我不知不觉地来到镇委会大院。面对高高的红楼,我想自己前来的目的大约是为了见到崔阿姨。我向着三楼的窗口张望,这时不是广播的时间。我想自己不能脱离崔阿姨的视线,所以不停地在楼前转着圈。直到转得口干舌燥,也没有见到她的身影。我失望地走进家属院,面对姨妈时一脸沮丧。

没想到姨妈却给了我一个意外的惊喜,她问,镇上参观南京长江大桥,你去不去?

我当然去!但是兴奋之余,我突然想起,难道表姐鸣男会放弃这个机会?姨妈说,她还要上课呢,怎么会带她去?!

出发的那天,我早早地来到桥头。我看到了等候的卡车,它带有防晒的帆布顶篷。我很激动,我没有去过南京,更没有见过长江大桥。但我发现了一个不好的情况,卡车载客有限,司机在挨个检查。他头戴着一顶鸭舌帽,像电影里狡猾的特务,把一个个孩子从家长的身后揪了出来。

我躲在姨妈的身后,想蒙混过关,但没有得逞。姨妈低三下四地向司机赔着笑脸,但他铁面无私。不得已姨妈只好先上了车,把我丢在车下。我急得要命,几乎就要落下眼泪了。我不甘心失去这次机会,还在抱有幻想。谁知司机是一个死心眼,不懂得网开一面,一直守在汽车屁股后面。

千钧一发之际,崔阿姨这时出现了。她飘动的身体,站到了我和司机中间。她美丽的笑像一块磁铁,立即吸住了司机的目光。她和司机说着话,司机对她咧着大嘴。趁着他放松监视的空隙,我终于在大人的帮助下,充满惊险地爬上了汽车。

崔阿姨也上了车,对我会心地一笑。我离开了姨妈,凑到了她的面前。

这时车厢两边的座位早已坐满,她一手握着扶手一手拉着我。一路只听到风声呼呼,伴随我的心飞向了长江大桥。

在课堂上,我听席老师讲过大桥通车的故事,她说这是我国自力更生造的桥,也是世界上最长的公路大桥。大桥不仅长,而且很宽。在通车举办的仪式上,4辆大卡车曾经并排行驶。她的话让我们兴奋,你想这大桥到底有多宽?小朋友课后绘声绘色学舌,仿佛身临其境一般。其实他们都没去过,而我现在却有机会捷足先登。

南京长江大桥的桥头堡,我早就在宣传画上看过。但是画归画,真景归真景。往桥上走,远远地我就看到了工农兵雕塑和三面红旗。无论是在远处还是到了面前,实景和图片都大不一样。最直观的感觉,就是又高又大。我要使劲抬起头,对它进行仰望。

我喜欢大的感觉,一切高大的事物都足以让我心潮澎湃。我走在大桥上,简直就像是在幻觉之中。我可以亲眼看到,什么是宽阔的桥面。桥上来来往往有很多辆汽车,让我切身感受到,什么是车流滚滚。从桥上向下看,长江上有许许多多的船。远处的船小得像一只只小爬虫,慢慢地爬来爬去。

从桥头堡走到另一头,桥上竖立着无数高高的灯杆。每一根杆子上都有好几个灯泡,它们像一家人紧紧地簇拥在一起。我知道这种灯的称呼,它们就是同学们口中津津乐道的"奶油灯"。灯杆挨着的桥栏,也一样好看。各式镂空的图案多种多样,让我感到两只眼睛真不够用。

不知道走了多长时间,很晚了才去住处。我们住的地方,是一个浴池。洗澡堂总有人洗澡,所以,要等洗澡的人全部出去之后我们才能住进去。这里住宿便宜,大概一个晚上五毛钱。这样呢,我们就在街上走啊走。路上黑漆漆的,石头路面还有些不平,我觉得自己的脚都走肿了,抬都抬不动。

我突然想到了崔阿姨,为什么下车后就一直没有看见她?姨妈说她家在南京,当然是回家去了。听了这个答案我心中一片释然,它符合我的心意。只有像南京这样的城市,一个拥有长江大桥的城市,才应该是崔阿姨生活的地方。

第二天继续参观,去了中山陵,还有灵谷寺。我喜欢中山陵,它太壮观了。那么多台阶,很多人不愿爬。我不怕,一直往上走。我就是要到最高的地方,我一直爬到了顶。直到下来的时候,我才感到腿有些打晃。我几乎是咬牙在走,每一步都咬牙切齿。到车上一看,脚上都起了水泡。

躺在座位上,我从英雄变成了狗熊。我觉得全身疲惫,好像骨头都散了架。这时崔阿姨出现了,她给我带来了新的惊喜。只见她身穿一套没有红领章的崭新军装,像一个解放军。给我带来更大惊喜的是,她送给了我一只军用挎包。

这只包是崭新的,从来都没有用过!

从这一天开始,我有了自己的书包。我骄傲,虽然我没有报上名,但是我有最好的书包。每天我背着书包,像过去一样,和哥哥一起去上学。坐在教室里我心无旁骛,能听懂多少就听懂多少,总之我喜欢课堂上的气氛。我意识到只有通过课堂,自己才有可能摘掉头上傻子的帽子。

傻人自有傻福,我的坚持为自己争取到了机会。

一次课间玩耍,遇到了上一年级的二头。我跟他一起玩,在校园里跑来跑去。跑着跑着,我们都跑渴了。他带我去喝水,我们走进了一位女教师的家里。这位刘老师清秀文静,她是二头的班主任。她给我们拿来杯子,我不像二头端起来就喝,而是先向她表示感谢。我的一声谢,引起了她的注意。

她问我是哪个班的,我不好意思说。二头没心没肺,抢着就回答了。二头说话的时候,我感到从所未有的难过。听说了我的尴尬处境,刘老师开始对我进行询问。她问得很细,家住哪里,家里有哪些人,叫什么。直到上课铃声响了,她的话还没有问完。二头上课去了,我却不能一走了之。

在回答完一系列问题之后,她开始对我进行考验。我鼓足了勇气,为她表演火柴数数。这一招我已经练过了无数次,我已经熟能生巧。我闭着眼睛都能数,我不再是那个不识数的小傻子。一盒火柴我从头数到尾,一共是 99 根。虽然我还是有一点紧张,但我庆幸这一次没有演砸。

刘老师笑了,现出了一口好看的牙齿。看到我把火柴重新装进火柴盒里,她很满意我的表现。她笑着告诉我,我妈是她高中同学。她说我妈能歌善舞,是学校也是镇上的文艺骨干。她陷入了小小的沉思,她在回忆我妈到底调走几年了。

我说不清楚这个问题,在一旁大气也不敢出。我意识到这是一个重要的时候,我要是乱插嘴就等于作死。所以她说话时我一直点头哈腰,我在等待她做出最关键的决定。

果然,她捋了捋黑亮的头发,这个动作在我看来好看极了。你以后不用到席老师班上,她对我庄重地宣布。就到我们班上来,做我的学生!

从天而降的喜讯,让我激动得差一点尿了裤子。告别刘老师后,我一阵风似的跑进了厕所。这是一次酣畅淋漓的小便,我觉得自己的身体里热血奔涌。从头到脚,前所未有的轻松感传遍了全身。

这样,我真正地走进了属于自己的教室。

学校还是那个学校,班级已经不再是过去的班级。我有了自己的座位,有了书本和班级。我的名字吴成,写进了班上的点名簿。我不再是哥哥班上的大笑话,我是一年级的正规学生。

我来到新的班级,上的第一堂课是语文课。课文是一句话——中华人民共和国万岁!在自己的课堂,听着刘老师讲课,我挺直腰杆激动万分。当老师带着我们朗诵课文时,我恨不得用全班同学都能听到的声音,来表达作为一名学生的自豪和幸福。

7. 意外

在我几经周折成为小学生不久,家里出了一点意外。它只是一个偶发事件,原本微不足道。但闹出的动静不小,以至惊动了百里之外的父母。随之带来的连锁反应,把我推上了一个奇怪的位置。我就像一条颠簸的小船,在风浪之中随波逐流。我不得不听从命运的摆布,直至和自己的家庭分道扬镳。

那是一个星期天的上午,初秋的天气还没有完全脱去暑气。这天是我们剃头的日子,我和哥哥早早地吃完了早饭。师傅挑着剃头担子,如约来到我们的院子。师傅姓王,人很年轻也很随和,我们的头基本上由他承包。每次理发我们总是足不出户,等着他上门服务。他手脚麻利,动作娴熟,眨眼间已经把剃头家伙一一准备俱全,就等着哥哥落座。

哥哥迟迟没有落座,他的表现有些反常。我觉得他变得调皮起来,不肯老老实实地坐下。师傅一直在等着他,又不好意思发火。哥哥旁若无人,学着喝醉酒的人,故意走得跌跌撞撞。

外婆实在看不下去了,一把拉住了他。她说你不要再闹了,赶紧剪头。人家小王师傅忙,剪完了你们兄弟还有下一家。谁知哥哥就是不听,反而变本加厉。他不仅走得摇摇晃晃,还装出了一副要倒的样子。

外婆生气地一甩手,再闹,我就不管你了!

我看得真真切切,外婆手一松,哥哥真的就要倒下。小王师傅眼疾手快,抢步上前扶了一把。也多亏了这个救急的动作,哥哥才没有一头栽在砖头地上。

晕倒了!小王师傅反应最快。他一手托着哥哥的头,一边呼喊,快叫人,他晕过去了!

突然的变故,把院子里的邻居吓了一跳。大家手忙脚乱,有的出去叫人,有人把哥哥抬上了床。姐姐伸头看了一眼,转身也跑了出去。过了一小会儿,外公和姨父前后脚赶来。看到外婆惊慌失措,外公说,赶紧送医院。

大家正要抬送哥哥,姐姐已经叫来了穿白大褂的周医生。她拿出听诊器,仔细观察了一会儿,却没有说话。外婆问,到底是什么病?周阿姨摇着头说,看不出来,暂时也没什么大问题。看着一大家人六神无主,她安慰说不会有事的,我已经叫了县医院的救护车。

　　拉着警报的救护车,惊动了半条街的邻居。哥哥被抬上了车,周医生和姨父也跟了上去。车离开了好一会儿,门里门外还嘈杂着七嘴八舌的议论。有人出主意,说赶紧通知他爸他妈。也有人反对说,情况都没搞清楚,还是不说为好。争来争去,也不知道争出了什么结果。

　　大人的话我听得不太清楚,这时我正在剃头。剃头推子和剪刀在我头上交替挥动,我感到恐惧。我的头发纷纷落地,我心乱如麻。我心里很担心,不清楚哥哥到底会发生怎样的危险。我从来没有遇到这样残酷的问题,连想都不敢多想。我的身上冒出了很多汗,这些汗水又粘了许多碎头发。

　　从头到脚,我浑身都不舒服。整个上午,家里的情绪一片低落。

　　中午的饭简单,吃的是蒸鸡蛋。橙黄的蛋羹上漂着油花,洒着葱花,显得非常诱人。这么好的东西,我却一点也不想吃。外婆和姐姐都不动筷子,我自然也咽不下去。我端着小碗站在门口,感到全身都没有力气。我靠在门框上,目光空洞地看着门外。第一次,我感到病这个东西真是不讲理。它说来就来了,也不让人提前准备一下。

　　等待中的时间过得太慢,这是我童年中最漫长的一天。我不知道哥哥会怎样,更不敢往坏处去想。暮晚时分我头脑昏昏地趴在桌上打盹时,我突然感到了呼吸不畅。猛然惊醒过来,原来是姐姐在捏着我的鼻子。

　　吴成你醒一醒,她兴奋地喊叫着,看看谁来了!

　　首先出现在眼前的,是姨父的笑脸。他的身后,哥哥活蹦乱跳地回来了!

　　屋里的灯亮了,照亮了喜出望外的一家人。这是最好的结果,大家都像是做了一场梦。早上还那么吓人,下午竟然就平安无事了。外婆感到不可思议,就连姨父也觉得奇怪。

没有查到任何情况,你说邪不邪?姨父并不觉得疲倦,他点上烟泡上了茶,亢奋地介绍着求医经过。

一项项做检查,这医院就是查不出一个王二麻子。到下午三点多钟的时候,我背着他爬楼梯。嘿,想不到,他自己动了。姨父表情生动地说,我一看,他眼睛睁开了。我指着鼻子问,你认得我是哪个?他张嘴就喊了,叫了一声姨父。

在姨父指手画脚讲述时,哥哥面无表情。他一直在发呆,仿佛在听一个与他无关的故事。他的神情让我们不解,也让外婆感到不满。姐姐上前推了他一下,说,你怎么了,发什么呆?

哥哥虽然没有理会她,但是从沉思中走了出来。他迈出了脚步,一直走到堂屋的八仙桌前。他目光变得专注,像是在寻找着什么。终于,他转过身来,手上举起两个药瓶。他向在场的人宣布,我一定吃错药了!肯定是外婆拿错了!

大家都看着外婆,只见她打开药瓶,倒出了两种不同的药片。她盯着药发愣,想必已经无法回忆拿药的细节。我想起在早饭后,她的确给哥哥拿过药。如果外婆她敢于否认,我可以为哥哥证明。但是外婆只是犹豫,她并没有抵赖,她甚至立即就承认了。

看来,真的是我拿错药了,把安眠药当成了感冒药。她的声音充满了无力感,人这一老,就糊涂了。

外公长叹了一口气,说了一句奇怪的话,天下没有不散的筵席。大家都不解地看着他,他却慢慢走出屋子。我尾随他来到院子,他正在看着天。这是一个好天气,天上群星闪耀。此时我并不知道,父亲一行正星夜兼程,目的地是我们的镇子。

早上醒来时,院子里排放着三辆自行车。姐姐告诉我爸爸来了,一起来的还有表哥和一位老师。我有些吃惊,爸爸在那么远,怎么会知道我们这边的事。姐姐说,远有什么了不起,一个电报一下子就送到了。

爸爸来得快走得也快,三辆自行车在早饭后离开。我在上学的路上碰到二头,他说我看到你爸爸了,他真的像一个大学生。我懒得理他,爸爸的大学生身份,现在已经不是问题。对我来说,表哥丢在饭桌上的一句话才值得回味。

表哥这句话是对外婆说的,他学着我们的口吻喊了一声外婆。他笑嘻嘻地说,外婆,舅舅舅妈换房子了。你有空过去住一段时间,把表妹表弟都带去。

表哥的话像是在油锅里洒上了水,炸出了噼里啪啦的油星子。外婆问,他说这个话是什么意思?外公说这个意思你还不明白,人家吴家问我们要人了。外婆说,那也应该正式跟我们协商。外公问,谁跟谁协商,到头来还不是你跟自己女儿较劲。姨妈说,走一步看一步,没准人家就是一说。姨父冷笑,干部家里出来的人,能信口开河吗?

大人在嘀咕,我们几个小孩也没闲着。姐姐秘密召集我们姐弟三人开会,研究对这个问题的看法。

山雨欲来风满楼,姐姐文绉绉地说。这一次,我们将无可奈何花落去。

到爸妈身边有什么不好,哥哥满不在乎。那里比我们这里大,是县城。

姐姐不同意,我可不愿意到新地方去,一个同学都不认识。

听了半天,我才知道,他们讨论的是搬家的事。为什么要搬家,住在这里不好吗?我问姐姐。姐姐说,外婆讲了,表哥那一句话,他是替爸爸说的。我问,这个表哥是哪家的,他怎么还能代表爸爸?他怎么不能代表?姐姐反问,他可是姑姑姑父的儿子。知道姑父是干什么的吗,县革委会副主任!

我吓了一跳,这个副主任难道比姨父的官还大?姐姐没吱声,哥哥说了一句,姨父算什么官,连姑父的腿都抱不上。姐姐瞪着哥哥说,官大有什么用,姨父可是背着你上医院的。哥哥不想和姐姐争辩,他神秘地一笑,说,姐姐你还是准备跟同学告别吧,新学校把你的座位都留好了。

天下没有不散的筵席,外公的判断最有预见性。

妈妈的来信,正式表达了让我们转学的意图。外婆把信看了好几遍,直到老泪纵横。外公视若不见,仿佛一切和他没有任何关系。我对转学的事最担心,万一人家不要我怎么办?无论如何,我都不能接受这样的结果。

我问外公,难道我们真的都要走吗?

外公摸着我的头,说这不是走,是回家。你们这几个风筝都放了这些年了,再不收线,就变成野风筝了。

接下来的日子,家里不再平静。姨妈频频上门,和外婆窃窃私语。姐姐早出晚归,家里很少见到她的身影。哥哥翻箱倒柜,把属于他的东西都装在一个纸箱子里。只有我和外公还像平常一样,他上他的班,我上我的学。

看我还在一门心思专心上课,二头很不解。他说你都要走了,连我都坐不住了,你怎么还装作没事的样子?同学也一齐帮腔,说,是呀,你这也是太认真了。

我不知道怎样回答他们,我压根没想过自己会离开。我不相信好不容易才上的学,就这样甩掉不要了。我觉得让我们姐弟三人共同去一个陌生的地方,它就像是全家人合演的一个玩笑。

我的装聋作哑,并不能阻挡历史潮流。秋高气爽的时节,妈妈身披一身灿烂的阳光,回到了她的娘家。她像参加一场演出那样,穿着鲜艳的服装。在一条街上来回走动,把一个小小的搬迁事件传播得沸沸扬扬。局外人都不知道她大肆张扬的原因,只有周阿姨偷笑说,你妈在向外婆示威。

围绕我们姐弟三人的去留,谈判一直进行到搬家前夜。那一天晚上停电,在煤油灯忽闪忽闪的气氛里,四个大人一直在密谋。外公照例没有参加,姨妈找来姨父坐镇。他们的声音不时从堂屋传到房间,我辗转反侧睡不着觉,因为我成了谈话的焦点。

如果三个孩子一起离开,爸爸妈妈怎么办?毕竟他们都是外公外婆一手带大的,姨妈的态度坚决,表示至少要把小胖留下来。妈妈说,姐姐说的我都懂,这个没问题,但是两个大的必须得走。外婆说走也可以,那你要保证今后不要提小胖的事。姨父打圆场说,走一步是一步,先把小胖留下来再说。

　　听到大人们为我争执不休,我感到一种从所未有的幸福。搜索全部的记忆,这是我第一次受到家里的如此重视。我躲在黑夜里,偷偷地高兴。我怕自己笑出了声音,把头蒙在被子里。夜里我做了一个又一个梦,都是让人快活的梦。具体梦到什么不重要,梦里的我居然笑醒了。

　　醒来的时候,家里居然空无一人。

　　我以为还在梦中,我使劲地掐了手。疼!这不是做梦,而是真的所有人都不在。我屋里屋外地到处找人,周医生这时跨进了院子。她劈头盖脸地责怪我,你这个小东西,还真能沉得住气。哥哥姐姐走了,也不知道去送一送!

8. 改口

姐姐哥哥的转学，带来了外婆工作重心的转移。这就好比参加一场乒乓球赛，第一名和第二名都被罚下了场，我这个第三名自然而然地替补成冠军。当我在家中的地位如日中天之时，我爱上了乒乓球这项运动。从广播里我知道了中国乒乓球队很厉害，拿下了一个个世界冠军。体育老师说，我们一个省甚至一个市的冠军，拿到外国就是全国冠军。

大家都想打乒乓球，学校的四个水泥球台远远不够用。只要听到下课铃声，无数男同学都跑去争台子。在高年级同学面前，我们一年级的学生总是迟到者。如果遇到大头在台上霸庄，我勉强还有机会上场。很多时候我只能打一个回合，第一球不得分就立即被淘汰。

二头比我强得多，他发球狠，对方经常接不到。他总能拿到第一分，这样就能打满六分整场。我的动作总是不协调，笨手笨脚得连球都发不好。我不甘落后，想好好地练。学校没有机会，我就缠着外婆在家里支起了一个临时球桌。

球桌用门板拼好了，但我没有玩伴。打球不像竹马，一个人玩不转。我只能拉着外婆，让她陪我一起打。外婆知道运动对我有好处，只好勉为其难地上场。外婆很拼，她的一双小脚在奋力奔波。周阿姨看不下去，她愤愤不平地上了场。她只用左手握拍，就能把我打得落花流水。

虽然远远不是周阿姨的对手，但我很高兴。因为我发现她底子好，一招一式和常人都不一样。我敢保证，我们全校没有一个人打得过她。我不能错过这个机会，我想近水楼台先得月。我赔着笑脸，让周阿姨传授球艺，谁知她一口就回绝了。

她说，你真敢想好事，让我来伺候你，谁去照看你妹妹？！

周阿姨所说的妹妹，当然是指她的女儿。这个叫星星的小女孩，正处于开口说话的兴奋期。她奶声奶气的发言，在京腔中夹杂着我们当地的土话。显然，她的语言启蒙老师除了周阿姨之外，还有一直照看她的一个农妇——被外婆叫作陈嫂的女人——一直陪伴着星星成长。在我看来，她照料孩子的时间，远远超过细皮嫩肉的周阿姨。

周阿姨越是拒绝,我越是觉得自己不配当她的学生。她的球艺能把我甩掉一条街,她完全可以打我一个21:0。我不知道她是从什么时候开始练的,我替她感到惋惜。她为什么不去当运动员,而选择在我们这个小地方当一个医生?

在每天吃一个鸡蛋的美好生活刺激下,我的好奇心开始成长。对于来历不明的周阿姨以及她奇怪的家庭,我充满了疑问。她的人为什么与众不同?她的话为什么那么好听?她到底从何而来?星星的爸爸到底是谁?晚上睡觉时,我打断了外婆口中的故事,不依不饶地让她讲解周阿姨的身份之谜。

每一个人都有秘密,外婆告诉我,你知道你妈为什么要离开这里吗?她盯着墙上的女儿照片,我看到外婆的眼睛有些发红。我不想看她流泪,我说不说就算了,扭过头就去睡觉。我能感觉到,外婆并不想离开,她把我的被子塞紧。她坐在床沿,在黑暗的夜晚点着了一根香烟。

外婆吸着烟,像从中吸来了很多回忆。周医生搬来的时候,怀里就带着孩子,她悠悠地说。那时候看不出来她有肚子,她风风火火的样子,也不像一个孕妇。一看她就是大城市的人,大家也都说她是从北京来的。我有时也想问她,你外公不让。外婆的声音像是从远方传来,唉,哪一家都有一本难念的经。

我不再奢望从外婆那里得到答案,我自己要做一个侦察兵。我有得天独厚的条件,能自由地进出周阿姨的房间。她住在木板隔墙的里间,周阿姨从不邀请外人踏入她的禁区。木板墙上挂着镜框,照片里的人都像是电影里的人。他们的穿着和打扮,要比镇上的人洋气十倍还不止。

我知道这些神气活现的照片里,一定隐藏着周阿姨的秘密。我一动不动地站在它的对面,我使劲地看,一看就是小半天。在我入神的时候,我感觉到了周阿姨的气息。她的芬芳包围着我,我像狗一样贪婪地嗅着。我陶醉的样子,引来了周阿姨咯咯的笑声。

笑声宣告了侦察行动的失败,我像一个被当场捉住的小偷,不敢正视周阿姨的眼睛。她不动声色地坐在椅子上,说,你过来。我慢吞吞地移着步子,还是不好意思看她。她又笑了,说,小东西还知道害羞呢。说着一把拉过我,把我抱在膝盖上。她指着自己的鼻子问,你说,我是谁呀?

她的问话让我感到奇怪,我不知道怎样回答她。

你忘了,她压低着声音说,你吃过我多少奶?你呀,该喊我一声妈!

我当然不会叫她妈,我知道她是逗我玩,但我能感觉到她对我的亲近。除了她的女儿,我一定是她在镇上最亲近的孩子。特殊的哺乳经历,像一条坚强的纽带,把我们两人拴成了一种类似母子的关系。那一段时间,头蒙在被窝里我就会想,假如周阿姨真的是我妈那会怎样?

带着这个甩不掉的问题,我更加留意周阿姨对我的一言一行,并悄悄地和妈妈进行比较。

我的妈妈远在百里之外,我对她没有什么直观的印象。就是觉得她面对我的时候,多少有一些客气的成分。周阿姨却不一样,她的喜欢更自然,该亲近时亲近,该严格时严格。比如学乒乓球这件事,她就可以大义凛然地拒绝我。我的妈妈就不会这样做,如果她心里不乐意,嘴上也不会明说。

这么说吧,妈妈的表现像元宵,吃几口就有点腻味。而周阿姨的作风像刚出笼的包子,热气腾腾又令人开胃。

围绕妈妈这个称呼,我的内心在两个女人之间徘徊不定。这只是我隐秘的心思,连外婆都一无所知。我也只是想想而已,我从来没有想过换一个妈妈。但是在那一段时间里,我确实对妈妈这个角色进行了思考。我当然不会意识到,就在我大逆不道地对两个女人进行比较时,另外一个女人已经粉墨登场。

她是姨妈,在外婆生日的那天,她正式加入了对我妈妈身份的角逐。

当时她端起了一杯酒,她从椅子上站了起来。借着给外婆敬酒的机会,她拉起了我。她也给我倒了一杯,她倒的是水。然后她笑容满面地说,小胖,跟妈妈一起,来敬外婆一杯。祝外婆身体力行,带头活到一百岁!

所有人都注意到了,她用"妈妈"这个称呼,来界定她和我的关系。小表姐鸣男一听,脸色全都白了。她呼的一声站了起来,不满地说,妈妈你酒喝多了,你是他姨妈!

姨父一拍筷子,你坐下!你妈给外婆敬酒,还轮不到你插嘴!

看着鸣男委屈的样子,大表姐、二表姐连忙站起来解围。她们打着哈哈说,我们一起敬,祝外婆长命百岁!

外婆还在迟疑,外公笑着催促,你快点喝呀,活一百岁,家里多一个老妖婆。

一顿生日家宴,我的归宿问题正式被摆到了桌面上。

我看不懂其中的弯弯绕,只是觉得家里的形势有点诡异。姨妈和她的亲妹妹,开始了对一个儿子的争夺。外婆坚定地站在大女儿一边,小表姐却坚决反对。两个男人,一个外公一个姨父,似乎都置之度外。而所有人都没有问过我一声意见,仿佛我就是一个任人摆弄的竹马。

其实我并没有觉得做竹马有什么不妥,比起我的归宿,我更在乎别人对自己的争抢。这说明我有用,不再是被人嫌弃的傻子。我把自己的想法,结结巴巴地告诉了周阿姨。在所有大人中,我觉得只有在她面前可以不遮不掩,和盘托出。

周阿姨不急于指导我的人生,也不急于引导我的立场。她手里绕着毛线的线团,动作优雅,不紧不慢。有时她的手会停下来,插上一两句话。她的话主要是提问,好像是她在问我而不是我在问她。她问的问题大多属于家长里短,不像平常那样干净利落。

你喜欢和姐姐在一起,还是喜欢和小表姐在一起?

在姨父家里你随便吗?

你知道爸爸是做什么的吗?你妈为什么要调走?

……

老实说,周阿姨提出这些问题,我基本上没有想过。但我不想让它有来无回,我试图去回答。周阿姨摇了摇手说,你不用马上讲给我听。这些问题是你的,它不是我的。你自己的问题,只要心里面有答案就可以了,不一定要讲给别人听。你以后会慢慢知道,拿主意是自己的事。别人可以帮你一时半刻,却帮不了你一辈子。

拿主意是自己的事,对这一句话我似懂非懂。我不明白,难道家里的事还需要我这个小孩子来拿主意?但我相信周阿姨不会无的放矢,她毕竟来自大城市。我心里记下了这句话,我在等待这个遥远的机会。没想到在一个阳光灿烂的午后,我果然经历了这样的决断时刻。

那一天鸣男早早地叫到我,我们一起去了照相馆。我们一共六个人,我和姨妈全家。在一块很大的布幕前,我们分成了两排。三个表姐站在后排,我和姨父姨妈坐在前排。我被安排在他俩的中间,这个位置让我局促不安。同样让我感到局促的,是自己的头发梳得像一个汉奸,以及表姐鸣男不满的表情。

看这里,笑一个,照相师说。

我感到紧张,我忘记了怎样去笑。照相师走了过来,朝我扮了几个鬼脸。又用大气球在我眼前晃了晃,我这才放松下来。看到他把头埋进一块黑布,手还在外面挥动的滑稽样子,我情不自禁地咧开了嘴。

我用龇牙咧嘴的笑,正式加入了姨妈一家。

为欢迎我的加入,姨父为我精心准备了礼物。他从橱柜里小心翼翼地捧出竹马,一步步地走到我的面前。他用我从未见过的慈爱笑容,示意我接过去。我惊喜交加地伸出手,听到鸣男的一声咳嗽,我的手停在半空。

没错,就是那个全镇独一无二的竹马,此刻光明锃亮地闪现在我的眼前。

它的光芒,让我产生了不真实的晕眩。

同时它用一种不可抗拒的力量,把我的手吸引过去。

我迅疾地捉住它,我第一次光明正大地把它紧握手中。

但我抽不动它,姨父还没有放手。

姨妈鼓励着我,喊一声爸爸,它就是你的了。

我抬起了头,大家都在等待着我。这时我的头脑里,像有成千上万个竹马在飞奔,而我却不知道哪一个属于自己。我不知所措,发出茫然的疑问,那另一个爸爸怎么办,我应该喊他什么?

当然是喊"小姨父",这还用问。

表姐鸣男的话提醒了我,我如释重负。霎时间,我拿定了主意。我抬头挺胸,发出了响亮的叫声——

爸爸!

9. 争夺

自从有了心爱的竹马，我的课外生活充满了飞翔的动感。每天下午只要放下书包，我就会骑着它穿越黄昏的老街，从东到西在青石板上撒欢。小伙伴们用羡慕的目光，远远地守候在红旗饭店的丁字路口。他们等着和我一起上路，他们胯下的竹马甘拜下风，要跟在我竹马的屁股后面。

我们这支队伍，通常向北疾驰。我们的目的地叫大缸子，一片洼地连接着一面巨大的土坡。它已经溢出了镇子的边沿，很少会有人来到这里。当道路越来越窄时，我们的眼前就会出现茂密的树木和野草。草木之间，一个个隆起的土包，都是埋着死人的坟墓。

我们来到这里，每一个人都表示出胆大的样子。这时我们的脚步变慢，我们像军队一样踏步前进。为了给自己壮胆，二狗子经常领呼着乱七八糟的口号。大家也不懂什么意思，一起跟着念念有词。

"报告司令官，你老婆在台湾，没有裤子穿。报告司令部，找到一块布，缝缝补补还是露屁股……"

每次吼叫完之后，大家都会发出一阵哄笑。我走在前面，能感到背后的声音越来越远。没有人愿意一直跟在我后面，我通常是一个人孤军深入。站在坟地的中间，我紧握着竹马。当手心捏出了汗水时，我独自一人仓皇而逃。

我不会再去寻找远去的队伍，我另辟蹊径，选择一条隐蔽的小道。这是我摸索出来的路，它一直通向镇委会大院。我和我的竹马，朝着红红的落日奔跑。我要在广播响起之前，赶到红楼前面的广场。

这里可以遇见崔阿姨，她和我一样，对竹马的喜爱超出别人的想象。她会耐心地端详它抚摸它，真正地做到百看不厌。拥有竹马之后，我就期待着和她见面。我心里憋着一句话，如鲠在喉，不吐不快。我要当面和她说清楚，我想与她达成一致。我很快等到了这个机会，我要纠正她原先对竹马的称呼。

它不是拐棍，这是竹马。我神情庄严地对她说，崔阿姨，它是我的竹马！

笨鸟

崔阿姨点头,她表示知道了。她善解人意地笑着,仿佛在接受一个老师的教导。我没想到情况会这样,有些不好意思。在我的羞涩面前,她立即恢复了大人的身份。她叮嘱我说,要做一个好孩子,就要爱惜自己喜爱的东西。

我和竹马一起目送崔阿姨离开,栩栩如生的马头,一直对准红楼的方向。不一会儿崔阿姨的声音就会响起,她通过广播向镇上的人说话。她告诉我们天气情况,明天会不会下雨。等到音乐响起,我已经在广播声里横冲直撞。我常常是一个人,独享着下班之后的大院。偶尔有了兴致,也会大方地邀请二头,和我一起并驾齐驱。

我很享受这种快乐,我想竹马也会感到开心,毕竟有这么大的地方让它尽情撒腿。但这样的好时光并没有持续太久,我突然听说二头一家也要搬进大院。

最初听到这个消息是在学校的操场上,那是我改头换面的日子。我的新爸爸常先河,身披一件海军蓝的大衣,正在操场的台子上讲话。他声音洪亮,但他并不满足,他努力要让发言有一些幽默感。好在大家十分配合,在一些老师的带动下,他的话赢得了一阵阵掌声和笑声。

他讲话的内容,可惜我一句也听不进去,我因此错过了他在大庭广众之下的成功演讲。因为这时我的耳畔,轰鸣着一个陌生的名字——常青。常青,常青,周围的同学,像一群兴奋的小鸟叫个不停。我不可能装聋作哑,他们是在叫我。从这时开始,我不再是他们的同学吴成,而是一个叫常青的小学生。

在操场集会之前,常青这个名字,毫无先兆地诞生在学校的大办公室里。当我被班主任刘老师带进屋里时,我看到了神采飞扬的新爸爸。老师们把他围坐在中间,女教师离他更近一点。大家都叫他常主任,我也听说了,他不再是镇上的武装部长。

我还知道,他并不是主任,他只是镇上的副主任。但老师不管这些,都叫他主任,因为学校都在他领导下。新上任的常主任,像一个大干部一样和老师打成一片。他在等待我的出现,他显然是有备而来。他从口袋里掏出了一包牡丹香烟和一大把糖果,以此庆祝对我的重新命名。

不管会不会抽,男老师都点起了烟。随着屋里烟雾升腾,吴成成了历史。吃着糖果的女教师们,用甜蜜的声音赞美着常青这个名字。常青就交给你了,新爸爸握着刘老师的手,像是亲手交给她一样东西。该打就打,该骂就骂,棍棒底下出孝子。

新爸爸明显虚张声势,我才喊他两天爸爸,他竟然就要我做孝子。我的亲爸爸从来都没有对我动过手,他倒好,不仅举起了棍棒,还把打我的权利下放给了刘老师。我不可能任他摆布,我努力做着昂首挺胸的样子。

常主任千万别这么说,刘老师露出少有的羞涩。但是她很镇定,她的手和新爸爸的手还拉在一起。其实吴——她迅速停顿下来,硬是把"成"字咽在肚里。其实常青表现很好,这次考试在班上名列前茅。

哦?!新爸爸很意外也很高兴,他高兴地取下了头上的帽子。用手习惯性地捋了捋头发,兴致勃勃地问,到底第几?

第十名,我说。我不忍看刘老师为难,抢在她前面回答。

跟第一名也就差两三分,刘老师认真地补充说。

新爸爸不再纠缠,大手一挥,下面办正事,开会!

随着常主任一声令下,学校新装的电铃立即响彻校园。门外围观的同学一哄而散,老师们围着常主任走出屋子。我被裹挟在人流中,向着操场会集。没想到就这么短短的一小会儿,班上的同学都知道了我的新名字——常青。

吴成,散会之后,只有二头还这么叫我。我诧异地停下脚步,我们俩站在人群四散的操场。他露出皮笑肉不笑的表情,我以为他要嘲讽我。他没有,他告诉了我一个消息,他的爸爸就要调到镇上了。我们很快就要成为邻居了,他得意扬扬地说,脸上一片灿烂。

我隐约想起一个传言,镇委会要调来一个姓戴的副主任。我只知道他和二头都是一个姓,却没能想到他们还真是一家人。

笨鸟

这个晚上我翻来覆去,我在想我的名字。虽然"吴成"用的时间不长,也不太好听,但是突然把它甩掉了,心里还是有一点伤感。我默默地念着新名字——常青,我不知道它会给我带来什么。但是我果断地做出了一个决定,一定要赶在二头之前,住进镇上的大院。

住在镇委会家属院,对我来说原本就是家常便饭。早在我的新妈妈还是我姨妈的时候,我也时常在那里留宿。随着形势发生了新的变化,我的入住,则意味着正式融入了这个新家庭。尤其是在我改口之后,搬进大院更是万事俱备,只欠外婆这一股东风。

在我的转学问题上,外婆和姨妈曾经结成统一战线,成功地战胜了我妈妈。如今还是因为我,升格为新妈妈的姨妈,和外婆之间展开了新一轮的较量。外婆说,小胖一走,心里空落落的,睡不踏实。新妈妈的意思,哪有儿子不睡在自己家的,这让他爸爸的脸往哪搁?眼看母女俩的拉锯战没完没了,外公一锤定音,两头住!

住进大院的最初日子,都是新妈妈带我睡,我们一人睡一头。但是鸣男不愿意,经常半夜上床,和她妈挤在一头。我们这张床本来就不大,我不喜欢新妈妈壮实的大腿,经常压在我的腿上。我的腿累了一天,如果不好好休息,第二天就无法驾驭竹马。这样我有时跟大姐睡,或者跟二姐睡。

但我都睡不安分,因为鸣男始终盯着我。只要我到哪张床上,她就死皮赖脸地钻进同一条被窝。我硬着头皮坚持了一段时间,坚持到二头家搬到了隔壁。大约有两个星期,我坚持和二头一起上学一起放学。我实在坚持不住了,我宁可不做大院里的孩子,也要重新回到外婆的身边。

外婆喜出望外,她搂着我说,小炮子,你还知道回来呀!

我的离去无声无息,未见想象中的波澜。我的新爸爸那些日子情绪不高,听外婆跟外公唠叨,有人挡住他的路了。过了一阵子我才知道,挡路的不是别人,正是二头的爸爸戴主任。原本有传闻说,新爸爸要接任镇上的一把手。现在却又杀出了一个副主任,他能快活吗?

老子打仗的时候,他还是一个混混,居然也跟老子来争!新爸爸酒后吐真言。我听得出来,他根本看不上二头他爸。

看不上归看不上,人家的势头也很猛,外婆冷眼旁观。看到她为女婿的前程哀声叹气,外公觉得真是一个天大的笑话。外公说,他这个人什么都缺,就是不缺办法。他能让你女儿当他老婆,还能让小胖做他儿子,他还有什么事办不到?!

外公的话在我听来犹如一声炸雷,原来把我留下,幕后竟是这个姓常的在操纵。

一切似乎回归了原样,大部分时间里我还是和外公外婆住一起。星期天或者节假日,按外婆的意思,我也会在镇里的大院小住。不能不给新爸爸面子,我理解外婆的心思。因为我住得少,鸣男也放松了对我的贴身盯防。一派安定团结的局面,让家里人产生了错觉,似乎我和新爸爸的父子关系早已高枕无忧。

堡垒最容易从内部攻破,外婆说这话时,变成了"炮楼最怕内部的敌人"。这个内部的敌人远在百里之外,每个月的中旬,都会给外婆的阵营带来一丝隐忧。那是一张如约而至的汇款单,总会雷打不动地寄给外婆。单月五元、双月十块的金额,在汇款附言中明确了它的用途——小胖的生活费。

薄薄的一张纸,对于新妈妈来说却是致命威胁。

小胖已经过继给我们了,连名字都改了,怎么还能要别人的生活费?!她登门向外婆求援,说要想一个办法,不能让妹妹出尔反尔。

外婆说,我有什么办法,当时我不支持你妹妹调动,她骨子里还不恨我一个洞?再说了,两个女儿,手心手背都是肉。我只能暗自帮你,不能表现在明处。小胖的事,归根到底还是你们两个协商解决,我不能拿你的馒头去塞她的嘴。

新妈妈见努力无果,硬着头皮找到了外公,想请外公出面斡旋。外公手里捧着一把茶壶,忍受着大女儿的喋喋不休。然后从本子里找出了一沓汇款附言,交给了她。看出什么蹊跷了吗?他问女儿。新妈妈手里捏着窄窄的纸条,一张张地翻看着,茫然地摇着头。

如果是你和你妹妹两个人的事,我也许还能说上一两句话。但是你看到了,这是女婿的留言。他代表吴家,我如果说三道四,就是周家和吴家怼上了。也不是不能和他计较短长,外公嚼着口中的茶叶像咀嚼着人情世故,但不能师出无名。你想想,从头到尾,你们征求过你妹婿的意见吗?

世上没有不透风的墙,天底下也没有吃两头的好事。我不想再到大院里去,我觉得自己的处境不明不白。我骑着竹马,漫无边际地游逛,不知不觉地越过了镇子最东头的大桥。我不想停下来,我第一次希望和竹马一起离开这个地方,远离给别人做儿子带来的烦恼。

我的竹马在暮色中轻盈疾驰,奔向远处的星光夜色。

然而没跑多远,我就停了下来。黑洞洞的前方和狂躁的狗叫声,让我裹足不前。我想象那些狗很长时间饿着肚子,它们在黑夜中伸出了饥饿的舌头。我从来没有想过去做狗的食物,所以我不能和它们对峙。

我转身而去,镇上的灯光星星点点,等待我和竹马的回归。

回到家里,一屋子的人都在焦虑不安地等着我。外婆一反常态,看到我之后,狠狠地抽打着我的屁股。一边打一边厉声训斥道,你这个炮子,疯到哪里去了,把我们都急死了!万一有个三长两短,怎么向你父母交代!

外婆这句话一出口,新爸爸新妈妈的脸就拉了下来。新妈妈假装听不到,从外婆手中把我抢过去,塞给我一把大白兔奶糖。

不想吃!我不知道自己为什么会生出一股邪火,伸手把糖果打落在地。看到鸣男像弹簧一样一跃而起,把散落的糖果收拾一尽,我心里追悔莫及。这可是奶糖呀,可以在同学面前耀武扬威的大白兔奶糖,居然让鸣男捡了一个大便宜。

我有苦说不出,只有把打碎的牙齿往肚里咽。新爸爸再也看不下去了,他脸色铁青地站了起来,气呼呼地扬长而去——

连奶糖都不吃,我看你是不想好了!

10. 地理书

寒假开始的时候,我开始变得沉默起来。和我一样沉默的,还有我的竹马。它安静地挂在墙壁上,等待在我的召唤中踏上青石板的老街。但我一直没有给它这个机会,我迷上了看书。我的小姨父,也就是我的亲生父亲,给我寄来了一本书作为春节礼物。它和大白兔奶糖一样产自上海,它是一本小学地理试用教材。

这是我第一次收到寄来的礼物,我和外婆一起,从邮局把它取回来。我看到了书的封面,有"地理"两个大字,书里面还有地球和地图。我急不可待地翻开地图,想找到我们的镇子,但完全是白费力气。我只好拿着图问外公,哪里能找到我们的家?外公说图太小,别说一个镇,就是一个县也画不上去。

如果说竹马让我跑遍了全镇,那么这一本书让我有机会看到了全国。我惊奇地发现,中国的城市远远不止北京、上海、天津、南京、扬州这五六个,它还有很多很多。我努力背诵着省、市和自治区的名字,背诵着它们的简称。我刻苦求学的自言自语,引起了周阿姨的注意。

山东省的简称叫什么,省会在哪?她考我。

简称叫鲁,省会是济南。我挺直胸膛,骄傲地回答。

江苏呢,湖南呢?她又问。我不假思索,一一作答。问你一个难的,她诡异地笑着,河北省呢?

我吃瘪了,因为"冀"字我不会读。但我不想服输,我会写!上面是个北字,中间是田字,再下面是共字。

你难道没有学过汉语拼音吗?她问。

才开始学了一点,还没有学完。我老老实实地回答。

周阿姨点了点头,若有所思地说,是这样,好,你跟我来!

我跟她的后面进了里屋,只见她俯下身去,从床下拉出了一只藤条箱。她不急不慢,揭开上面的报纸,又用鸡毛掸子轻轻除去上面的浮灰。她蹲了下来,身体婀娜地打开了箱子。从满满一箱的书中,她找出了一本怪书。它只有半截砖头那么大,却比砖头还厚。周阿姨把书递给了我,说送给你了。

书一片泛黄，发出古老光泽，让我不敢轻举妄动。

这是什么书？我怯怯地问。

这是四角号码字典，周阿姨坐到桌前，熟练地把它打开。她随手翻了几下，便很快找到了"冀"字。看到了吧，这上面有它的读音，也有字的解释和用法。

我凑上前去，为这一本神奇的书激动不已。有了它，我就能认识所有的字吗？我立即变得兴奋而急切，伸出手就要把这宝贝抱进怀里。

我猴急的样子似乎吓着了周阿姨，她改了主意，把字典又收了回去。你真的想学吗？她问我。我毫不迟疑地点着头，向她表示着自己的决心。周阿姨一贯相信我，她决定让我跟她学，直到会用为止。

我给你的时间不多，她凶巴巴地提醒我说，你要是学不会，就别想拿走它！

跟着周阿姨，我开始学习怎样查字典。第一关是背口诀，一共只有四句话："横一竖二三点捺，叉四插五方块六，七角八八九是小，点下有横变零头。"然而背熟了口诀，并不等于会使用。关键要根据字的外形，找准四个角对应的数字。至于怎样才能找准，才是周阿姨教我的重点。

那一段日子里，我成天就守在家里，等着周阿姨空下来。我期待着和她面对面，我们坐在冬天的窗前。周阿姨为我讲解着字形，她习惯用手比画。她的手指修长，在阳光照射下灵巧地变化着。她说着好听的普通话，让每一个字都发出悦耳的声音。我是她唯一的学生，我觉得她不做老师真的很可惜。

我学得很认真，周阿姨说我进步很快。我很快上手，自己能独立查出很多字了。春节过后不久的一天，周阿姨把字典交到了我的手中。我这时才意识到，自己进步过快，让周阿姨的课过早地结束了。这只是稍纵即逝的失落，我想，这样的机会还有的是。

我的如意算盘很快宣告落空，因为周阿姨搬出了我们的院子。她其实

笨鸟 65

是搬出了这个镇子,去了一个遥远的城市。那一本厚厚的四角号码字典,成为她留给我的珍贵礼物。

蜡梅在井边绽放的早春,她和女儿星星一起离开。我一路跟随着,在一大群人的中间。我们来到风中的路口,我站在一株发芽的柳树下面,看着她们上车。和她告别的人很多,根本轮不到我挤上前。而在她挥手告别的那一瞬间,我真想放声喊一次妈妈。但我叫不出口,我知道一个人不能有太多的妈妈。

周阿姨走过之后的一段时日里,关于她的身世传闻,还时时挂在大人的嘴边。不时有人向外婆提及,他们认为外婆一定掌握更多的内幕。外婆勉为其难,她知道的未必比我更多。她说周医生住在北京,父母都是大学教授。还说上面有人发话,把她调回北京了。

周医生的故事很快随着春风一起,完全吹出了镇子之外。

她家空出的房子,也住进了新的邻居。对他们的来路,我不再关心。没有任何邻居,可以替代周阿姨的地位。我的新妈妈,也不能和她相提并论。她的消息可以在镇上绝迹,但她通过一本字典,把一缕气息留在我身边。我知道她无论走多远,都一定不会走出我的地图。

有了字典的帮助,我慢慢看懂了地理书。

我知道在南边的南边,有一片大海,海里有许多岛远离陆地。从地图上我看到了自己,我觉得自己就像远离大陆的岛屿。而我的姨父则像外国军舰,他把我强行占领,让我认他为父。认清了这一点之后,我的心里埋下了反抗的种子。我不再去大院,我躲着姨妈姨父,为了不再喊一声爸爸妈妈。

在这个让人倍感孤独的春天,姨父不怀好意地启程了。我的心里已不再把他当作爸爸,他顶多也就是一个姨父。他从外婆的口中,得知了我奶奶70岁生日的消息,他要专程登门祝贺。外婆也想一起去,外公阻止了她。外公说,你女婿去是为了巴结亲家母的女婿,你难道还要陪他一起丢人现眼?

外婆说,我去看看女儿不行吗?

外公冷笑,你不去,女儿也会来看我,顺便也会看看你!

外公和外婆的对话,让我感到事情的诡异。我不懂姨父为什么要去巴结姑父,但我知道他一定不安好心。他就像一个披着羊皮的狼外婆,也像给鸡拜年的黄鼠狼。总之他是一只狡猾的狼,他给奶奶做寿一定别有用心。我不免为奶奶担忧起来,尽管我对她没有丝毫印象。

姨父回来的时候神气活现,看来他的诡计基本得逞。他还给外婆带来了礼物,一条大前门和一盒糕点。外婆说糕点留下,烟你拿去自己抽,我抽飞马抽惯了。姨父说,我也想拿,但我拿了就是贪污。他把外包装翻开一角,里面露出了锡皮纸。

看,它还是精装的。他嘿嘿地笑着说,这是吴老太太让我专门带给你的!

我晓得吴老太太就是我奶奶,我掌握这个常识。此时我就在里屋,我不想出去和姨父见面,但是又不愿放弃他带来的消息。我竖起耳朵,想偷听可能和我有关的话题。此时此刻,我突然关心起奶奶对我的态度。可是听来听去,只听到姨父对奶奶赞不绝口。他说吴老太太不愧出身大户人家,又说她毕竟是读过书的,讲起话来滴水不漏。

谁还没有读过几本书?外婆不服气,我还能当会计做账呢。

妈你也别生气,姨父心情好,不想跟外婆争。没说你,我是说那老太太还真跟旁人不一样。怎么个不一样?好,我来说给你听。她找我说话,问起了你们,然后问起一大家人,连鸣男都问到了,可就是不提小胖一个字。我顶不住,只好主动提起来了。人家老太太叹了一口气,说最对不起这个孙子。说自己一天也没带过他,也不知道这辈子还能不能见上一面!

姨父学着奶奶说的话,却让我心头一动。原来除了外婆之外,还有一个老太太也在远方牵挂着我。我虽然不清楚她的模样,但我能想到,她一定和外婆一样慈祥。

你是怎么答复她的?外婆问。

姨父说,我什么也没有说,这件事还得由你们做主。

我大气不出,躲在屋子里听外婆表态。等到姨父走了,又一直再等到吃晚饭,外婆都把话咽在肚子里。饭桌上她一边东拉西扯,一边怪怪地看着我,不停地给我夹菜。外公放下了筷子,问,你是怎么做汤的,连盐都不知道放。外婆尝了一口,还真是。正起身准备加盐,却被外公叫住了。

外公说,做饭弄菜是你的事,别的事情你最好不要插手。

我插手什么了?外婆气呼呼地坐下。我这大门不出二门不迈的,自己的事都不得闲,还能操别的心?

这样最好,外公还是一副不动声色的样子。

日子貌似同往常一样,但外婆看我的样子有些怪异。周阿姨搬走了,她失去了一个重要的倾诉对象。但她不可能一直沉默下去,偶尔我会听到她在外公面前嘀咕。她的声音通常很小,像一只蚊子掠过耳边。模模糊糊我听出了一个意思,那就是姨父想通过姑夫,搭上县里的一条线。

外婆气不过的是,你搭你的线,为什么要牵扯到小胖?

外公一直不搭腔,直到被她逼急了,才回了一句话。他说,小胖的事和你有什么关系?变来变去,他还是变不出你的外孙。

他们的小声议论,在我的心里产生了巨大的震动。局势出现了新的变化,我不可能置之度外。在我思考自己归宿的日子里,我骑着竹马和小伙伴们展开了疯狂的比赛。我们变换着不同的目的地:电影院,粮站,大桥,菜园队,西水塘……我预感到自己就要离开镇子了,我要把镇上拐拐角角都跑一个遍。

所有能够想到的地点,我都一一光顾。唯一的例外,我回避了镇委会大院。

其实我一直很纠结,这个院子里毕竟有我美好的记忆。我不会忘记那一幢高高的红楼和红楼里的广播室。每当耳畔广播响起,我的眼前就会出现崔阿姨的笑脸。我想见到她的笑,却又不想让姨妈一家看见。就在这样的矛盾中,我不止一次地踏上西街。我站在远远的地方观察,和大院保持着距离。

  这一天大黑出现了,它蹲在大门口。它一动不动,像是在等待我的到来。它有些老了,已经感觉不到不远处我的气息。我不想让它失望,我慢慢地走上前去。大黑昂起了头,它的头迎向了我。它站起身向我跑来,它喘着粗气向我表达着热情。

  我跟在它的后面,不知不觉地来到了家属院。大黑停下了脚步,它没有走进院门。里面有人说话,我们站在院子的外面。我悄悄地伸出头,看到两个女人假装亲密地坐在一起。她们都是副主任的老婆,姨妈和二头妈。她们喝着新茶,说着无关紧要的废话。她们的谈话声或大或小,有时显得很神秘。

  站了一小会儿,我终于听出了,她们联合在一起说崔阿姨的坏话。

  这时崔阿姨正在广播,声音从喇叭里远远地传来。二头妈对这个声音嗤之以鼻,她说崔阿姨是假正经。姨妈没有反对她的评价,反倒有点煽风点火。姨妈说平常还真是看不出来,真是知人知面不知心。她们两人越说越来劲,不时夹杂着赤裸裸的笑声。我听不到她们到底说什么,但我听到了一个刺耳的比喻。

  我明白了,二头他妈是丑人多作怪。她都不如姨妈好看,却把好看的崔阿姨说成是狐狸精。让我感到可恨的是,姨妈并不反对,反而对她包庇纵容。她们交头接耳的样子,就像是一对亲姐妹。其实我早就知道,她们的男人早已是针尖对麦芒的对手。

11. 拐杖

再一次到镇委会大院,是一个月黑风高之夜。天上的阴云在风的吹动下,无边无际地翻卷着。我觉得它和海很像,这时我并没有见过海。但我知道世界上的海要比陆地大得多。我还知道,所有的大陆都在海洋的包围之中。在这个漆黑的夜晚我自作主张,把铺满乌云的天空比作了大海。

　　没有人教我这么说,这是我自己的发明。这是一个胆大包天的夜晚,我开始了蓄谋已久的计划。我瞒着所有的人,展开一个秘密的行动。竹马是唯一的参与者,它和我一起偷偷出发。与往常不同,我没有把它骑跨在身下。这个夜晚竹马是主角,我用红带子把它背在身后,这样我就成了护送它的士兵。

　　仓促行动之前,我做了力所能及的准备。在广播里我重温着崔阿姨的声音,我想象自己就在她的对面。她像是告诉我,阴雨天气即将来临。她并不知道,她的天气预报对我的行动至关重要。我必须赶在雨天之前,我不想让竹马淋湿。它本该完好无损、干干净净地回到崔阿姨的手中。

　　竹马虽然是姨父亲手交给我的,但我为此喊过他爸爸,他并不吃亏。我们各不相欠,现在竹马在我手里。再说我已经知道了,它原本就不属于姨父。我还不得不承认,它原本是拐杖,也不该属于我。

　　在了解竹马的身世之前,我原先打算把竹马送给外公。他年岁已高,腿脚早已不比往日。我注意他每天上下班的脚步,已不像以前那样矫健。在我撒腿奔跑的老街上,他的步子越来越慢。我吃了他那么多小笼包子,如果不为他做一点事,我感到自己就像一个地主小崽子,一个只知道索取的寄生虫。

　　恰巧刘老师给我们讲了张思德的故事,她还朗读了《为人民服务》。在一个叫陕北的地方,革命战士张思德热爱烧窑。在我们的镇子上,年老的厨师外公为人民烧菜。我想给他一支拐杖,我们都来自五湖四海,为了一个共同的目标走到了一起。

　　万事俱备,我在等待一个时机,一个外婆不在的空隙。我只有一个竹马,自然不能当着外婆的面送出去。终于等到外婆串门,我带着竹马来到外公身边。他正戴着老花镜,坐在灯下看报纸。我练习了许多话,却不知怎样张口。憋了半天,嘴里只蹦出一个字——给,扔下竹马就要撒腿离去。

外公喊住了我,露出惊喜的样子。他用竹马敲了敲地板,好拐杖!他摘下了眼镜,用手轻轻地抚摸着。

是送给我的,还是让我看看?他像是在考验我。

送,是送。我很激动,头点得像小鸡吃米。

外公很满意我的回答,他站起身,拄着拐杖在屋里来来回回地走。从拐杖敲击地板的响声中,我感到外公很高兴。我张开喜滋滋的嘴巴,长长地出了一口气。这时我比他更高兴,自己到底做了一件好人好事。

但外公并没有留下拐杖,而是把它原封不动地还给了我。他变得神情严肃,说起了拐杖的来龙去脉。他的话让我惊讶不已,我不知道一支拐杖的背后,竟然会有那么多的秘密。

原来拐杖的主人,是部队的一名首长。外公告诉我,他就是崔阿姨的爸爸。很久以前,姨父当过崔首长的警卫员。崔阿姨下放当知青,带着这支拐杖找到了姨父。你姨父拿着首长的拐杖,就是接受了照顾你崔阿姨的任务。外公说拐杖虽然很好,但我怎能夺人所爱?他本该是属于崔首长的。

真相大白之后,拐杖又回到了我的手里。外公不愿意据为己有,让我觉得进退两难。这么重要的东西我也不知怎样安放,这个晚上我怀抱着拐杖上了床。拐杖安静地躺在我身边,我却翻来覆去睡不着觉。

难眠的夜里,往事历历在目。想起崔阿姨和竹马的见面,我又一次感觉到自己的愚蠢。崔阿姨明明说它是拐杖,而我却执意要把它当作竹马。崔阿姨对我做出了让步,她把父亲的拐杖叫成了竹马。我对不起她,她为我改了口,我却一直蒙在鼓里。

黑夜中,一个冒险行动在悄悄酝酿。我要想办法进行补救,我决定让拐杖物归原主。

为避免走漏风声,我的行动小心而谨慎。我不能让姨父发现,他是我

72　笨鸟

的劲敌。他做过镇上的武装部长,又当过首长的警卫员,他的警惕性很高。我要选择一个没有月色的夜晚,悄悄地溜进镇委会大院。我要借天气的掩护,独自完成这个光荣的使命。

天赐良机!就在我决定行动的当晚,表姐鸣男上了门。她给我们送来了一碗狗肉,也带来了大黑被杀的消息。我不可能吃它,大黑是我信任的朋友。在我浑浑噩噩的日子里,是它带着我走出家门。它一次次地领着我穿过老街,慢慢认识了这个镇子。

我端着碗走出堂屋,我在院子里消磨着时间。这时天空已经没有月色,我的心情慢慢好了起来。根据鸣男带来的消息,我张开了想象的翅膀。我仿佛看到此刻镇上的食堂里,姨父和二头爸爸已经入座。他们面对香气扑鼻的狗肉,正在举杯畅饮。我希望姨父一直喝下去,这样就不会发现我的行踪。

熬过好一阵子苦闷的等待,我背着拐杖溜出了门。我完全是悄悄行动,不想被任何人看见。一路轻手轻脚,我来到了镇子最西头的大院。正准备溜进大门时,一阵嘈杂声从院子里涌了出来。我慌不择路,急忙躲到一根电线杆的后面。我的脸贴着凉飕飕的水泥杆,观察着突发的敌情。

隐隐约约,我听到了二狗子的声音。没错,就是那个沙哑的公鸭嗓音。毫无疑问,这群人中间一定还有二头。果然二头出现了,他手里还晃着一只手电筒。在雪白光束的映衬下,他们一群人全部暴露在我的眼里。他们围拢在手电光的周围,激动地大呼小叫。

不要吵,别让我哥听到!二头厉声地说,四周立即安静下来。

一束光照在雪白的墙上,墙上出现了各种图案。我看不清楚图案的内容,但知道他们是在"看电影"。这是大头创造的游戏,在玻璃上画上各种画面,然后再通过电筒把它投射出来。我好几次看过这样的电影,每一次都不一样。连二头都说不清楚,他哥哥从哪里收集到了这么多的玻璃片。

根据从前的经验,我知道放电影的时间不会太长。但他们看完之后,一般都会长时间地发表感想。重任背在肩上,我不可能容忍他们漫长的吹牛。暗黑的角落里,我在寻思着打破僵局的主意。最简单易行的办法,是扔几个石块把他们哄散。但我下不了决心,我怕把人砸伤。我们之间只是人民内部矛盾,不需要用流血来解决。

正在我举棋不定的时候,电筒光突然灭了,原来电影放完了。再放一次!二狗子的声音响了起来,仿佛没有看够。你们说呢?二头在征求其他人的意见。

二头,我们一起躲猫猫!时不我待,我一边放下拐杖一边高呼。说完,一个箭步冲向人群。

我的到来,改变了玩耍的方向。我自告奋勇担当"瞎子"的角色,引起大家拍手称快。他们想我的脑子一定进水了,这么一个黑灯瞎火的晚上,瞎子怎么可能找到人?二狗子幸灾乐祸地问,输了怎么办?

你说怎么办?我盯着二狗子。

他不敢回答,看来我曾经砸向他的砖头把他彻底打怂了。二头勇敢地接过话头说,学狗爬,就爬一圈怎么样?

看我毫不迟疑地点头,大家恨不得笑出声来。这当然是一件大快人心的事,眼看常主任的儿子就要像狗一样四脚爬行,这个场面多么不易,多么刺激。他们风一样地在我眼前散去,带着忍不住的笑声消失在月黑之夜。

事不宜迟,我立即掉头捡起了拐杖,闪身迈进了大院。按照既定的计划,快步来到了红楼前。广播室的窗口拉着窗帘,柔和的灯光在有风的夜晚格外温馨。

沿着木质的楼梯,我轻手轻脚地爬上了三楼。站在广播室厚重的大门前,我伸手推了推。我的动作很轻,它并非表示我想推门进去。我的计划中,并没有亲手将拐杖交给崔阿姨的情节设计。我只是关心,崔阿姨的门是否已经插上。从手上传出的动感来看,崔阿姨的门确实没有关紧。

我的心里有些疑惑,但我没有时间去思考。按照预定的计划,我应该迅速地撤离。对于这次行动,我早已胸有成竹,一定要做到神不知鬼不觉。我不想随随便便把拐杖丢在地上,然后一走了事。我的手触摸巨大的门环,这是最合适的位置。我把系着红线的拐杖,挂在了这个醒目的位置。

明天一早,只要崔阿姨一开门,第一眼就可以见到它!

我陶醉在对明天的想象里,勾画着崔阿姨又见拐杖的情景。重回大院时我心情舒畅,我走在大片大片的夜风中。我听到了来自四面八方的鼓励,树叶哗哗响动一齐在为我鼓掌。我停了下来,站在竹马奔腾的起点。独一无二的竹马,曾经给了我飞跃的快意。如今我用主动归还的行动,让它回归原先的身份。

竹马离开了我,我离开了镇委会大院。我把拐杖留给了崔阿姨,把一个未完成的躲猫猫游戏,留给了躲藏在暗处的二头二狗子们。

第二天我早早地起床,我在等候广播声响起。这是属于崔阿姨的崭新一天,她应该发现了父亲的拐杖。在和它久别重逢之后,她的声音是否会和往常不同?奇怪的是,这个早晨我始终没能等来这个声音。我跑了一个又一个电线杆子,镇上的所有喇叭,都变成了发不出声的哑巴。

难道是崔阿姨病了,我不敢往下深想。也许二头知道,我踏着上课铃声赶到班上,他也不在。等到上完早操,我问刘老师,二头请假了吗?她摇了摇头说,你家不是和他家住隔壁吗,怎么还来问我?

一个上午我恍恍惚惚,放学到家立即躺倒在床上。迷迷糊糊中我被堂屋的说话声吵醒,一听就是姨妈和外婆在窃窃私语。我不想听姨妈的张家长李家短,正要蒙头大睡,突然听到了她提起了崔阿姨。

小崔找不着了,她说。这个姓戴的真是闯大祸了,就怕他死到临头都不知道是怎么死的。

最担心的事终于发生了,崔阿姨出事了!

从中午到晚上,从家里到学校,镇委会发生的事传得沸沸扬扬。我只知道崔阿姨不知所终,一群人拥进广播室里,揪出了一身酒气的戴主任。几乎所有的传言,都提及了一把好看的拐杖。所有人都说不清楚,穿过门环反锁住大门的拐杖究竟从何而来,又是谁把戴主任锁在广播室里的?

一场风波过后,崔阿姨的声音从广播里彻底消失了。另一个陌生的女声代替了她,仍然日复一日地播放。她同样说着普通话,但声音总是冷冷的。当我还在抵触这个声音时,我的姨父常先河已经走马上任。他如愿摘掉了副主任的帽子,成为镇上的一把手。而二头的爸爸戴副主任则像一颗倒霉的流星,从镇委会大院划过,不知道一头栽到了哪里。

  初夏来临,一切重归平静。我和从前一样,还会经常光顾红旗饭店。在手捏包子的时候,我常常想起崔阿姨。对于我包包子的手艺,她是第一个夸奖的人。她还是第一个,呼唤我的大名的人。看似平淡的日子里,我的内心里总澎湃着一个声音。我不能遏制它,它正在酝酿一股爆发的力量。

  终于,期末考试前夕,我鼓足勇气走进了学校的大办公室。

  我站在办公室的中间,等待老师们的注意。

  刘老师抬起了头,不解地问,常青,有事?

  我不叫常青,我提高声音说,从今天起,我叫吴成!

12. 转学

从我有了模糊的意识开始,我便热衷于躺在床上思考世界。床在我看来,它像一个本领高强的魔术师,能够变化出各种各样的梦。我喜欢梦中的自己,他总能给我带来惊喜,不像我的白天那样碌碌无为。认真说来我是一个装睡的孩子,我找各种理由赖床。外婆说我是瞌睡虫变的,她只看到了问题的表面。

每一张床都铺着厚厚的秘密,这是我用身体睡出来的警句。如果我是包子那么床就是笼屉,它让我感到温暖,让我的身体热气腾腾。我对世界的最初想法,对黑夜的认识,都是在床上形成的。毫不夸张地说,假如我是一个发号施令的君王,那么床就是我最辽阔的国土。

所以,当妈妈动员我转学时,我只问了一句话,我有床吗?

我的问话引起了一家人的哄堂大笑,我不明白他们为什么要合伙笑我。至少外婆懂得我的意思,我不想跟别人睡,我需要一张属于自己的床。

小傻子,怎么会没有床?!我妈笑得花枝乱颤。我必须承认,妈妈的笑与众不同。后来我知道,她经常登台演出,训练过各种各样的笑。正因为她的笑恰到好处,令人难以拒绝,我选择相信了她。

我上当了,妈妈训练有素的笑欺骗了我。

从外婆家来到父母的身边,一切都要从头适应。我天生反应迟缓,对陌生的环境抱有本能的恐惧。和我熟悉的青石板老街不同,这里的街道是水泥地,脚踩在上面有一种怪异的感觉。桥也奇怪,它不是平的,它的中间高高地拱起。在桥的最高处,我看到一条陌生的河流,蛮不讲理地把老城区一分两半。

相比新来乍到的各种不习惯,最让我不能接受的是,我必须和哥哥吴经挤在一张床上。妈妈装聋作哑,没有给我任何解释。人在屋檐下,对此我无能为力。她正在组织县里的文艺会演,整天不着家。姐姐淘米做饭,哥哥扫地洗碗,家里的事都不用我插手。大家既然把我当成客人,客人怎么好挑三拣四?

思想通了,并不等于解决了身体的问题。只要一钻进被窝,我浑身上下都不自在。哥哥无意碰我一下,我都会起鸡皮疙瘩。这是别人难以体会的痛苦,我深陷一种莫名的恐惧中。我只能紧紧贴着墙壁,保持着麻木的侧睡姿态。我尽量压缩着自己的空间,只恨自己不能变成一张纸,用糨糊贴到墙上去。

夜深人静时,我能听到很远处传来的声音。我所在的城关镇属于老城区,少有汽车通过。最活跃的声音,是对面炸爆米花铺子的狗叫。最有规律的声音,是麻纺厂女工下夜班的脚步声。她们一行一般三到四人,其中一个人特别活泼,她沙哑的笑声一直会传得很远,好像每天都遇到了天大的喜事。

恍惚中我会追随她们的步伐,在脚步声渐行渐远的时候,我会出现一种奇异的幻觉。我相信再往前走,就能找到回外婆家的路。

但我总是走投无路。我不熟悉这个陌生的地方,我也失去了曾经骑跨的竹马。站在可能通向任何地方的十字路口,或者误入一条被墙阻断的小巷,无助的清冷感会慢慢流过我的脸颊。我突然害怕起来,我怕再这样胡思乱想,有一天会变成一个疯子。

那时,我确实见到了一个疯子,远看他并不像疯子。他的头发梳得油光滑亮,衣服也穿得整整齐齐。但是他一路都在说话,似乎是在自言自语。我们面对面地走近,我听到他在对我说话。我停下了脚步,想听清楚他到底说什么。他露出一口白牙对我笑,我感到他笑得不正常,有点像老鼠磨牙。

这时哥哥把我扯到了一边,我们急急地往前走。走远了哥哥才告诉我,他是一个疯子。我吓了一跳,担心他会拿刀杀人。哥哥笃定地说,不会,他是一个文疯子。一路上,我都在追问,他是怎么疯的?他有一个对象没谈成,想不开,所以就疯了,哥哥说着从别人那里听来的传言。

第一次见到这个疯子后,接二连三我又瞧见了他。我感觉到他对我的威胁,远远地躲着他。我知道他不可能对我进行攻击,但我还是害怕。白天越是怕,晚上越是睡不好觉。那一段时间,我最怕自己在醒来的时候也突然变成一个疯子。不会的,我在黑夜中努力说服自己,肯定不会这样。我也没有对象,怎么可能疯掉?

但我还是惴惴不安,我睡不着觉。没有单独床铺的这个暑假,简直太漫长了。我做了一遍暑假作业后,又写了一遍。除此之外,我不知道剩下的时间该怎样打发。终于我盯上了墙上的日历,我不满足一天只撕去一页。背着家里的人,我经常偷偷多撕几张,直到把它撕到开学的日期。

新的学期,寄托着我梦寐以求的希望。我幻想着,这是一个全新的开始。我打着如意算盘,只要白天上学,晚上就一定能睡好觉。这样,就不会睁着眼睛在黑夜里瞎想,就不再有睡不着的困扰。

跟随姐姐,我第一次来到新学校。还没有走进学校的大门,我就被惊呆了。这哪里是什么小学,它庄严的样子就像是中山陵!整个学校巍然地建在一面巨大的坡地上,像中山陵一样有着数不清的台阶。拾级而上,一个年级占据不同高度的一方平地。一年级在最低一层,五年级在最高一层。

我和姐姐走上了台级,我们受到许多人的关注。这和我无关,大家注意的是姐姐。起初我和她并排前行,但没有人关心我的存在。我不知不觉地放慢了脚步,在姐姐的身后仰望她的背影。她苗条而挺拔,她的身体像春天的树蓬勃着朝气。她站到哪里,哪里就会出现树叶一样茂密的围观。

吴瑚来了!看,吴瑚怎么会来我们班上?!

我的新班级叽叽喳喳,充满了小鸟般的叫声。大家都在议论姐姐,仿佛插班的新生是她而不是我。我习惯了这样的冷落,姐姐鹤立鸡群,哥哥表现优异。当他们的弟弟,我最大的作用,就是做一个失败的教材。

我习惯接受这样的安排,上课的第一天,我就扮演着失败者的角色。

在欢迎新同学的掌声中,我站了起来。我晚上还是没有睡好,打着呵欠站在全班同学的面前。按照班主任白老师的要求,我要向同学做一个自我介绍。大家的目光都投向了我,我却毫无思想准备。我的嘴张在半空,要说的话还闷在肚子里。

我不知道第一句话该说什么,形势又容不得我慢慢思考。我姓吴,叫吴成,我硬着头皮开了口。我发现自己的声音很小,像蚊子在哼,别人根本不可能听清楚。我姓吴,口天吴,叫吴成,我鼓足勇气,放大了声量。没想到一开口,就引起了大家的一阵嘲笑。我知道他们笑话我说话土,正像我听不惯他们的话一样。

正在我成为笑话的时候,另一个新来的同学站了起来。

我是大家的新同学,名叫金铭春。我来自很远的地方,新疆乌鲁木齐市。他一张嘴,一口标准的普通话把全班都镇住了。他站在那里大大方方,把所有人的目光都吸引到了他身上。他的皮肤很白,眼睛又大又亮。他穿着一身鲜艳的天蓝色运动外装,裤子上还有两条醒目的白杠,一副莲蓬出水的样子。女同学眼里都闪着亮光,就像班上来了一个王子。

等到下课铃声响起,许多同学都围上了金铭春。大家七嘴八舌地和他搭腔,想抢先引起他的注意。我躲在教室的一角,心里默默地感激着他。因为他的出现,我暂时躲过了众人的奚落。我的目光注视着窗外,好像在观察那些叫不上名字的树。但是我的耳朵一直竖立着,偷偷地旁听他们的对话。

新疆有多远,要坐多长时间的火车?

什么,要三天四夜?!

一个女声发出了尖叫,引起四周的一阵感叹。在短暂的沉默后,对话重新此起彼伏。

坐这么久的车,真快活。

是呀,我从来都没坐过一次。

是乌鲁木齐大还是南京大?

江苏呢,有没有新疆大?

最后一句话把我逗笑了,他们奇怪地看着我。难道你知道?没有人相信我知道新疆。我本不想理他们,但是我看到了金铭春眼中的鼓励。他的目光清澈而友好,让人不忍拒绝。

新疆有多大，它占中国陆地面积的六分之一。我骄傲地说，三个法国才比得上一个新疆。

关于新疆，同学们除了一片陌生就是一无所知。我不同，我早就有一本地理教材。当我还在外婆家里，爸爸就把它寄给了我。我能背出每一个省的简称，我还知道每一个省的省会城市，我甚至知道哪个省最大哪个城市人口最多。在我们这个新的班级，毫不吹牛地说，我是最了解中国的人。

关于新疆的一席话，为我在班上挣回了一点小面子。大部分同学还是不以为然，他们猜想我碰巧蒙对了，瞎猫碰到了死老鼠。但是我的出色表现，赢得了金铭春的好感。他常在课后找我，放学后我们也结伴回家。

这一天天气晴好，天空蓝得像洗过的一样。我们不知不觉地往前走，一起跨过了卫星桥。晚霞铺满河水的一侧，就是他的外婆家。

我接受了他的邀请，我是他第一个上门的同学。他家的门不大，门口贴着一副有意思的对联。上联是"有病不悲读毛选"，下联是"无才肯学钻地质"。难道他家里有病人，还有一个搞地质的？我嘴上没问，人却愣在门前。

这是我舅舅写的，金铭春说。他在家休假疗养，是一个地质工程师。

这是多有意思的一家，有来自新疆的外甥，还有一个搞地质的舅舅！我进了门，像一步踏进了一个秘密里。这是我第一次见到工程师，我感到很新奇。他戴着眼镜，身体挺得直直的，根本不像有病的样子。他微微地向我们点了点头，然后迅速从我的视野里消失了。

比起对工程师的好奇，我更吃惊的是这个家。大！这个家真大！多么不可思议，他家竟有前后两个院子，院子里还有一棵果实累累的柿子树。

金铭春的屋子也一样，给人的第一印象，就是宽大敞亮。金铭春一进屋就趴在地上，一头钻进了床肚子里。我的注意力不在床下，而是在宽大的床上。这是一张铺着暗绿色床单的床，它属于金铭春独有。它在我的眼里就像一片宽阔的草地，我满脑子里都是自己在上面翻滚的样子。

这里金铭春的头伸了出来，他把一只稻草编织的饭焐子举到了我的面前。我揭开盖子一看,里面全部装着红红的柿子。柿子明显地熟透了,红得诱人。在他的催促下,我撕开皮尝了一口。酸甜甜的,凉丝丝的,我体会到像丝绸一样顺滑的口感。我只尝了一个,便不再贪吃。

为什么不吃了?金铭春感到奇怪。

它凉,我说。外婆说过,它是凉性的。

哦,金铭春不再坚持,但意犹未尽。他又在翻箱倒柜,寻找自己珍藏的新疆特产。他找到了一袋葡萄干,大方地给我抓了一大把,这是三级的,他如数家珍。三级紫色的多,不像一级的,全部是碧绿的。说完他像变魔术一样举起一只绿色的盒子,你看看,这就是一级的!这上面有外文,它是出口货。

他没舍得打开,而是郑重地把它交到了我的手中。我不想接,比起接受这个珍贵的礼物,我还有一个更加迫切的愿望。我吞吞吐吐,我不大好意思说出口。金铭春急了,说你什么事就说,别像撒尿一样只撒一半。

我想在你的床上睡一下。终于,我鼓足了勇气说。

13. 瞌睡

别人的床再好,也不能圆自己的梦。

几乎每一个夜晚,我都会为睡不好觉而苦恼。而白天,更为上课打瞌睡而着急。因为要补夜里的觉,白天的课堂就成了睡觉的主战场。我从早上就开始撑,撑到上午第三节课时,黑板上的字就会在我的眼前变得模糊。像坚守阵地一样,我努力用手托住耷拉的脑袋。但在无比强大的睡眠攻击下,我的防线不堪一击。

我的屡教不改激怒了白老师,她把我带到了办公室。她把我的检查揉成一团,狠狠地扔向钢丝纸篓。她没有扔进去,她会音乐不会投篮,她是学校宣传队的指导老师。纸团滚到了我的脚下,我把它捡了起来。我不能再把它交给老师,而是看了一眼纸篓。不用瞄,我手指轻轻一弹,纸团应声落网。

住手!给我老实站好!白老师拍了一下桌子,她不敢用劲,桌上有一块漂亮的玻璃板。但她很生气,高高的胸部一起一伏。我知道她对我的检查不满意,我感到愧疚。但我无法帮她,因为没有人能够帮我。我需要床,一张自己的床,这是在我检查中写了一百遍的理由。没有它,我晚上就睡不好,我就会在课堂上睡。

我在学校的不良表现传到了家里,爸爸很没有面子。他在中学里当老师,还是一个教导主任。一条街上的人对他都很尊重,见面都要和吴老师打上一个招呼。老师教书好不好,他的儿女就是一面镜子。在一般人的心目中,都不能接受吴老师的孩子会是一个后进生。但吴老师气归气,却没有对我大打出手。他毕竟当过大学生,懂得要以教育为主。

他问我,你确定自己在学校的表现,就是因为一张床吗?

我毫不迟疑点头。

妈妈在一旁忍不住插嘴,床怎么了?两个人就不能一起睡了,好多个人家还三四个人挤在一张床上呢!

我不理她,她骗了我。我想,一个骗子凭什么理直气壮?

吃晚饭的时候,桌上一片沉默。大家各吃各的饭,心里装着不同的心思。气氛虽然压抑,但我的心情很放松。因为床的问题,不再是我个人的问题,它已经上升到家庭教育的高度。我囫囵吞枣,很快吃完了一碗,却不好意思再添一小碗。事情毕竟是由我引起的,我当然不可能多吃。

这个晚上妈妈做出了妥协,她在床上铺了两个被窝筒。钻进属于自己的被子里,我丝毫没有胜利的喜悦。这样的敷衍了事与预期的目标相距甚远,我是一个认真的人。在熄灯之后我睁着眼睛注视着黑乎乎的屋顶,我使劲地看,想让自己的目光穿透它。我想一眼看到未来,这样就可以知道没有床的日子何时才是尽头。

迷迷糊糊中,通向未来的路被一条大河挡住。这一条河和穿城而过的河流很像,但是我没见着桥。我明明记得河上一共有五座桥,我不相信它们都能藏起来。我沿着河流奔跑,不知道跑了多长时间,还是一无所获。这时天慢慢亮了起来,东方露出了鱼肚白。我意外地发现,河里的水又清又浅,浅得恐怕连松鼠都能蹚过去。

我倍感振奋,脱下裤子立即下水,很快就蹚过了一大半。眼看就要到岸上了,前进的脚却突然踏空,我的身体立即被吸入水中。在我爆发出叫喊时,一股暖流从我体内奔涌而出!

全家人都被我吵醒了。灯亮了。我尿床了。

你都多大了,还尿床?! 我妈气不打一处来,上来就要拧我耳朵。我知道尿床挨打是天经地义的事情,所以一动不动。没想到姐姐动作很快,她用身体护住了我。妈,你打他有什么用? 她冷静地说,该尿的都尿了。

尿了,也要留个记性。妈妈气急败坏地掀开了被子,你们都看看,新换的被子全湿了。她恶狠狠地对我说,你今天也别想睡了! 什么时候被子干了,才轮到你睡!

这个夜里,姐姐收留了我。

这个夜里,是我来家后睡得最香的一次。

第二天当我精神抖擞地出现在教室时,金铭春傻了,睁大的眼睛像牛一样。做早操的时候,我站在他的前面卖力地完成一个个动作。史无前例,这一天我没有在课堂上打瞌睡。更让同学们震惊的是,白老师提出的问题别人答非所问,碰巧让我答对了。下午发下来的语文作业本上,白老师给我批了一个大大的"好"字。

好花不常在,我的反常表现昙花一现。

我依旧在白天里昏昏入睡,我的睡姿渐渐成为课堂上的一景。在与瞌睡反复较量的持久战中,我尝试过掩人耳目的许多办法。我能够用双手举起课本,挡住老师的视线,掩护自己进入睡眠状态。慢慢地,我甚至可以端坐着身子沉浸在梦乡。别人难以判定我是睡是醒,很多时候连我自己也分不清楚。

为了打破瞌睡的魔咒,我开始了一些极端的试验。我在文具盒里放过大头针,想睡时就使劲戳一下手指。这个办法有一定的效果,只是下手的轻重不好掌握。轻了就不起作用,重了刚会淌出血。我倒不怕血,但是害怕得上破伤风。体育老师讲过,破伤风很厉害,能够要人的命。我再傻,也不会拿自己的命当儿戏。

一段时间里我换上了辣椒,把它装进书包里。上课时实在撑不住时,就挤一下辣辣眼睛。这个办法很伤人,但是为了上课,我只能眼睛里常含着泪水。比起自己受罪更让人头疼的是,我家不大吃辣椒,所以辣椒常常断货。

穷途末路之时,我盯上了家里的闹钟。我不是要把它带到课堂上去,而是要研究它。我想知道,它为什么会准时叫出声来。如果人的脑子里装上一个像闹钟这样的东西,是不是也能随时被唤醒。我为自己的想法感到激动,我甚至不知天高地厚地认为,自己说不定能当一个科学家。

一次次地观察着闹钟,却找不到它工作的秘密。我的最大发现,就是知道它的背后有一个定时的旋钮。我可以让它闹出声来,但并不知道它为什么会闹。一定有一个东西在控制着它,我想到了这一点。接下来的事情就是要把它打开,我评估着做这一件事的风险。万一妈妈知道了,会怎样?

经过一番激烈的思想斗争,勇气战胜了怯懦。我痛下决心之后,就在等待一个合适的时机。只有在家里所有人都出去时,才是我搞科学发现的最佳时刻。终于在一个星期天的上午,我独自一人待在家里。我用一把螺丝刀,展开了拆卸闹钟的巨大工程。

起初的作业无比顺利,闹钟的后壳很快被打开。比我预想的还要神奇,我见到了一个由众多零件组合在一起的机械世界。包括齿轮和螺丝在内,许多构件都是圆形的。它们密密麻麻,重重叠叠,令人眼花缭乱地排列在一起,发出了不紧不慢的走动声。它们用井然有序的声响威慑着我,让我不敢轻举妄动。

但我不能不动,我知道属于我的时间并不充裕。我必须在家人回来之前,取得研究成果。我试着拆下第一个螺丝,很快获得了成功。接着开始拆第二个,第三个。越拆越顺手,越来越兴奋,闹钟终于停止了走动。看着散落在桌上的一大堆零件,我初次尝到了当科学家的喜悦。

我没有来得及陶醉,突然听到了窗外的说话声。这个声音与众不同,毫无疑问出自妈妈之口。最可怕的情况还是出现了,我赶紧收拾桌上的作案证据。等到妈妈进屋,我已经风卷残云一般,把闹钟的身体和它肚子里的东西,裹在一张报纸里,全部塞进了柜子里的抽屉。

妈妈发现了我的异样,她问,不舒服吗?

我做贼心虚,把头摇个不停。

那你脸怎么这么红,头上还有汗?她关切地问,发没发烧?

没,没有。我连连否认,赶紧躲了出去。

被我塞进抽屉里的闹钟,给我出了一个大难题。我一次次地试图把它组装起来,却一次次地以失败告终。每一次安装,总会多出一两个零件,找不到原先的安身之地。我为此惴惴不安,怕家里人发现。好在家里还有一个老式座钟,它的位置更加醒目。好在爸爸不依靠闹钟,他一直保持着完美的作息规律。

一只失去计时功能的闹钟,彻底粉碎了我的科学梦。我经常傻乎乎地看着它,希望能够出现一个奇迹,闹钟它自己重新动起来。这完全是我的痴心妄想,它和我一样迷上了睡觉。看来我的瞌睡虫无比强大,已经传染到它的身上。

所有的努力就像一个梦,伴随着我的学习时光。似睡非睡的日子一天天地过去,教室外的鸟鸣渐渐稀疏。染上秋色的树叶在风中哗哗作响,在一个又一个蓝天的衬映下,校园已是金黄一片。随着我瞌睡的日子越来越长,我在课堂上的睡觉本领百炼成钢,更加炉火纯青。

期中考试结束后,大家等待公布成绩。多才多艺的白老师衣着正式,像是要在大会上做一个隆重的发言。她旁若无人地踩着脚踏琴,两只手灵巧地敲击着键盘。琴声在班上无拘无束地回荡,这是揭开谜底的前奏。同学们一个个正襟危坐,掩饰不住内心的兴奋与好奇。大家的目光瞄来瞄去,盯上了几个尖子生,猜测谁会夺得总分第一。

我一动不动地假装看着黑板,上面没有一个字。我感到很多同学把目光投向了我,他们不怀好意。我的身上寄托着他们的另一种期待,他们要看一个瞌睡虫的笑话。他们在心里给我打着分,甚至认为我可能会得零分,吃一个鸭蛋。如果一个整天睡觉的学生不得鸭蛋,不就等于饶恕了一个坏人?

一曲终了,白老师神色庄重地站上讲台。她嗓音出众,语调悠扬地宣布半学期的成绩。不一会儿,她念到了我的名字,她的声音停顿了一会儿。她可能没有想到,很多同学也不会想到,我成绩竟然中等偏上。在 56 名同学中我名列 22 名,这样的结果让全班发出了"嗡"的一声感叹。

课堂一片寂静,我让不少同学失望了。我和金铭春对视了一眼,他悄悄地为我竖起了大拇指。其实应该得到大拇指的是他,他的成绩进入了前三名。

一次考试,改变了全班同学对我的印象。女同桌有时会跟我对作业答案,班上找我说话的人慢慢多了起来。从睡觉怪人到睡觉奇人,同学们不再简单地把我当作一个笑话。他们观察我入睡后的种种表现,谈论我似睡非睡的本领。更有同学认为我是装睡的大尾巴狼,一个彻头彻尾的小骗子,竟然把那么多人蒙在鼓里。

关于我的议论,从班上传到校园,又从校园里传到家里。我的期中考试,是我真实学习情况在家里的第一次暴露。对我的成绩,家里人都不满意,尤其是我妈。她是一个常常站在舞台中心的人,一个听惯别人掌声的人,一个习惯姐姐哥哥名列前茅的人,她怎么可能忍受我带来的奇耻大辱。

你还是不是家里的孩子,拿这个分数还好意思回家?

我不吱声。

你不要以为你丢的是你一个人的脸,你丢的是全家人的脸!说完这话,她扫了一眼饭桌上所有的人。

大家都不吱声。

这饭没法吃了!妈妈把饭碗向前一推,不满地向爸爸发火。你还是当老师的,也不管管他,他好歹是你们吴家人!

床,还是因为床吧?爸爸问我。

我点点头。

我们两间房子已经隔成了四个小间,没法再隔了是不是?

是的,我说。我对爸爸的话从来没有什么抵触情绪,他讲理。

说这些有什么用?妈妈愤愤地说。我就不相信,两个人睡在一起就一定考不好。那吴经怎么考的,人家是全年级第三名!

要不你来?爸爸将了她一军。看她捧起了碗,继续对我说,办法倒有一个,就是有点麻烦。

我不怕!我不知道爸爸是在欲擒故纵,立即中了他圈套。

不怕就好。他满意地点点了头,把杯中的酒一饮而尽。

14. 修鞋铺

爸爸终于给我安排了一张床,一张单独属于我的床。

躺在这张床上,我很难准确地表达此时的心情。按理说,我应该感谢爸爸,毕竟他拿了主意,解决了一个历史遗留问题。但我高兴不起来,这个解决方案终归有点不伦不类。我觉得自己的处境,就好比哑巴吃黄连——有苦说不出。我甚至都不知道,该怎样向要好的同学来介绍这张床。

我总不能对金铭春说,我有床了,它就搭在修鞋铺子里面。真好玩,它是一张活动床,晚上铺早上拆。

通过床的安排,我基本上认识到,爸爸这个人不简单。在学校他是老师,在家里他是我的爸爸。除此之外他还应该有一个身份,类似京剧《沙家浜》里老谋深算的刁德一。这不是说他有多坏,而是因为他的鬼点子多。

他是典型的君子动口不动手,他对我们姐弟三人做出了细致的分工。他鼓励我们自力更生,不要指望父母插手。一早一晚,我和哥哥每天负责搭床收床,姐姐负责收拾铺盖卷。尽管这样很麻烦,尽管我睡在修鞋铺子的怪味里,但我说不出一句反对的话。爸爸早就打了预防针,说要向人家杜辉学习,在艰苦的环境里锻炼自己。

杜辉是对门杜家抱养的儿子,我叫他辉子哥。从我来到这里的第一天起,我看到他每天都要临时搭铺。他家小,只能放一张床,实在放不下另一张了。他都上初一了,总不能还跟养父母挤在同一张床上吧。随着我的加入,他的日子不再孤单。我们两张床一左一右,我和他在梦中并驾齐驱。白天这里是修鞋铺,晚上成了我们的卧室。

平常从修鞋铺进进出出,我都没有感觉到这个屋子的跨度很大。直到铺上了床,我才发现房屋很宽。两张床的中间,过道显得很宽敞,就是挑一担水过去也不会感到狭窄。这一点非常重要,通向后面院子的这个通道必须给行人留着。

从长凳和床板的准备,到床摆放的位置,爸爸其实早就胸有成竹。以后我才明白,他早就留了这么一手。他只是在等待一个合适的时机,让我睡得心服口服。他把选择权交给我的同时,也交给了我一个道理——追求想要的东西,哪怕是必不可少的一张床,都要付出应有的代价。

睡在自家大门的外面,这是我自找的结果。我谢绝了哥哥的客气谦让,我不会答应让他睡在堂屋。虽然他是班长,我只是一个小兵,但我也不能表现出太低的觉悟。我把学习的榜样,锁定在杜辉身上。我决心像辉子哥那样,乐观地对待这一切。我要带着笑容入睡,我希望好的心情可以伴我一觉到天明。

自从我的床和杜辉的床搭在一起,共同的命运把我们两家联系到了一起。围绕住房,一场没有硝烟的战斗正悄悄进行。我家和杜家,联手发起了这场持久战。两个叱咤风云的女人,经常凑到一起。我的妈妈和杜辉的妈妈,开始了亲密的合作。

杜辉的妈妈姓苏,我平常叫她苏妈妈。她比自己的丈夫还要高大,不管往哪里一站都很有气势。和她的壮硕身材并不相称的是,几乎所有人背地都把她叫作"一口酥"。

其实她并不是卖糕点的,她是卖鱼的。老街唯一的鱼行里,她拥有至高无上的掌秤权。只要生活在城关镇,你就不可能绕开一口酥。无论买鱼的还是卖鱼的,都要经过她这一关。她右手提起秤毫,左手挪动秤砣的吊线,整个动作如行云流水,一气呵成。

最绝的是报价,她从来都不会告诉你秤上是几斤几两,而是直接报出最终的价格。一块二毛三!八毛九!她声音铿锵,一口一个准。

价格永远掌握在她的口中,没有人可以挑战她的权威。如果有人胆敢质疑,不知好歹地问起鱼的重量,就等于是自寻烦恼。对这种不识时务的顾客,她永远只有一个反应——把秤盘翻个底朝天,让盘中之鱼纷纷落入筐中。然后如若无事,朗声叫道,下一个!

顾客如果这时还想和她较劲,立即就会淹没在一片汪洋大海的声讨之中。排着长队的买鱼人群,会出奇一致地爆发出愤怒的呐喊,让开!不买就滚一边去!再较真的人,也无力和这种高亢的情绪抗衡。摆在他面前的只有两条路,要么重新排队,要么灰溜溜地和鱼告别。

不止一次,我看到被围攻的顾客迅速败下阵来,垂头丧气地离开了沸腾的鱼行。他们孤单落寞的身影,让我记起自己小时候被小伙伴围猎的场面。我没有仇恨,我只是好奇。一口酥凭什么,能让人民和她站在一起,来帮她说话?

每一次吃鱼的时候,这个问题就会伴随熟悉的香味若隐若现。我们家爱吃鱼,我妈说它价钱公道。主要还是因为有这个一口酥,我的爸爸吴老师某次酒后感慨。只要她坐镇鱼行一天,一条街的人吃鱼就有了保障。

如果说苏妈妈称雄在生活现场,那么我妈妈则是活跃在高高的舞台。我妈最深入人心的形象是阿庆嫂,她经常在台上扮演这个开茶馆的女人。很多人都知道她是阿庆嫂,没有多少人知道她的真名叫周毓英。

一个是称霸鱼行的一口酥,一个是开茶馆的阿庆嫂,两个不寻常的女人,为了同一个目标,结成了战斗同盟。她们的目的只有一个,把鞋匠铺子赶出去。

在这一场特殊的战斗中,爸爸一直躲在暗处。阿庆嫂的任务是支起八仙桌,凭一张嘴造势。一口酥的武器离不开一杆秤,利用一条条鱼引实权派上钩。两个女人战斗在不同战线,经常互相交流各自的战果。而教书育人的爸爸从不抛头露面,在我看来他就如同出谋划策的刁德一。因为只要有了风吹草动,阿庆嫂就会立即向刁德一汇报。

别看阿庆嫂风风火火的,拿主意都是刁德一。我发现了其中的端倪,这证明我也开始聪明起来。我狗肚子装不了四两油,在钻进被子之前,得意扬扬地向辉子哥发表自己的见解。

辉子哥正在洗脸,他洗了一半。他露出湿漉漉的脸问,那我妈是谁?

他把我问住了,我没有想到这个问题。一口酥早已声名远扬了,但我不能当面说。总之,她和我妈是一伙的。

功夫不负有心人,铁杵也能磨成针。我们两家的努力没有白费,终于有人上门了。这天修鞋铺一开张,有两个人就找上门。让师傅们失望的是,他们不是来修鞋的。让我和辉子哥高兴的是,他们是房管所派来的。

他们是公家人,手上捧着比铁饼还大的皮尺盒,包里面还装着表格本。

我从家里找出了雪峰牌香烟,辉子哥给他们泡好了茶。我们俩屁颠屁颠的,围着他们像两条哈巴狗。他们见怪不怪,公事公办地四处查看。年纪大的那一位对年轻的说,这个房子的格局,是有那么一点奇怪。房子本身并不奇怪,皮匠杨爷爷在一旁插了话。要说奇怪,是你们分得奇怪。

他的话像小锥子,听起来有点扎耳。杨爷爷拍拍腿,从马扎上站了起来。他来到大街上,指点着一溜房子,像一个历史老人在交代来龙去脉。他说从左到右,杜家、鞋铺和吴家,四间屋子本为一体,都是清一色的门面房。吴家住的地方是两间商铺,杜家的那一间则是账房。连接两边的鞋铺子原有两个功能,后门关上时会客,后门打开就是通向后院的通道。

这么一说我总算搞明白了,我们住的地方为什么这么古怪。无论是我家和杜家,初来者一般都摸不着门。为什么呀,就因为我们两家的门不是对着大街开的。大门都不朝南,一东一西都开在修鞋店里。鞋匠铺就像两家共同的堂屋,里面藏着两个家庭。难怪爸爸说,如果是解放前,我家最适合做秘密联络点,就像阿庆嫂的茶馆一样。

真相大白之后,我对杨爷爷另眼相看。越看越觉得他不简单,不像一个普通的鞋匠。

平日里他对人友善,从不倚老卖老。他不吸烟,喝茶,工余时他手握一把紫砂茶壶,不时地慢慢呷上一口。他的壶很袖珍,一掌可握,和他的身材很般配。壶经多年的摩挲,发出细腻的光泽。他的眼睛也很有光泽,不因为年老而浑浊。

杨爷爷每天从事的工作,大多是钉鞋掌、换鞋底。但他爱学习,听收音机,看报纸,关心国家大事。我慢慢和他走近,我喜欢和他吹牛。傍晚放学回到家时,若鞋店里没有什么顾客,杨爷爷一般会坐在鞋铺对面的树下,翻看刚刚到手的报纸。

一把茶壶一张报纸,构成了他一天中最惬意的工余时光。毫无疑问,他手中拿的是《参考消息》。整个修鞋铺,只有他一人看这份报纸。每当这种时候,我就会凑上前去。和他一起看,要么天南海北地乱扯一气。

我们一老一少坐在小皮扎上促膝谈心,很快成为街头一景。

认真说来,杨爷爷并不是我谈话的首选。我最初选定的对象,是父亲和他的朋友们。这是一个由清一色教师组成的谈话圈,有时也会在我家聚会。谈话深入时,他们会低声交流一些小道消息。这种时候我可以选择在一侧默默旁听,而一旦忍不住插话,就会引来轻斥或哄笑。

相比之下,杨爷爷是一个完美的对话者。他有足够的耐心,能够倾听我的表达,也能够心平气和地和我交流。尽管我们之间的年纪相差有60岁,但并不影响我们相谈甚欢。起初的话题都是由报纸上大事引起的,我们说着最近的新闻。谈着谈着就会联系实际,落到眼皮底下的房子上。

房子测量都几个星期了,一点声音都没有。我整天搬弄着手指头,在计算着测量后的日子。我本不想当着杨爷爷的面,提起搬鞋铺的事。但我实在是沉不住气了,还是向他开了口。我狠下心来问杨爷爷,鞋铺到底有没有要搬的意思?

我们也想搬,谁也不想耽误你们两家。杨爷爷苦笑,冤有头债有主,找我们没用。房子都属公家的,搬不搬,只有房管所说了算。

那房管所能帮我们吗?我小声地问。我不敢告诉杨爷爷,我家都给他们送东西了。我无意间曾听到父母两人在一起商量,给姓韩的所长送什么?讨论了半天,最终敲定了一条大前门烟和两瓶洋河大曲。对这种"走后门"做法我很鄙视,但我知道不好对外人说。

他不占理,欠着你们两家的老房子。杨爷爷压低了声音,现在有政策,公家占的房子要么还,要么补。只要盯得紧,不怕他不松口。

只要我和杨爷爷一谈到房子,辉子哥十有八九会凑上来。他的耳朵像毛驴一样竖起,不放过任何蛛丝马迹。他当然比我更关心房子的进展,他没有任何退路。我知道他怕的不是麻烦,而是担心鸡飞蛋打。我们两家已经达成君子协议,房子要回来一家一半。对我们两个人来说,这意味将拥有一张岿然不动的床!

俗话说,树欲静而风不止。辉子哥学这话时,变成了"人欲睡而梦不停"。树叶纷纷飘零的深秋,房管所终于有了动作。只不过动的不是鞋铺子,而是后面的院子。这一次的调房,终于让我们看到了一线曙光。后面已经动了,前面还会远吗?妈妈像念着台词,一连几天在家里兴奋地哼起了《沙家浜》的唱段——

垒起七星灶,铜壶煮三江。摆开八仙桌,招待十六方……

15. 压床

行驶在深秋的路上,我没有想到,会有一张特别的床在等着我。

我坐在崭新的自行车上,它载着我飞快地离开了县城。这是我回归家庭之后,第一次正规的外交活动。我要去大姑家,参加大表哥的婚礼。大表哥顾名思义,他是大姑的长子。在同一辈的兄弟姐妹中,他的婚姻打响了同辈成家的第一枪。他的二舅二舅妈也就是我的爸妈,当然不可能缺席。他们决定带我一起去,让我在吴家好好地抛个头露个面。

妈妈给我换上了新衣裳,一件带拉链的夹克衫。穿到身上虽然有点大,但我喜欢它的挺括。新的衣服就像一本新书一样,棱角分明。它散发着一尘不染的气息,让人对它保持着一种敬畏。

我和爸妈一起来到汽车站,去和二姑会合。老远我就看到了表哥顾家亮,他骑跨在自行车上,脚上的一双大白篮十分醒目。他是中学篮球队的主力,经常在灯光球场打比赛。我看过他在场上的表演,带球和投篮都是一把好手。我平常很想跟他后面玩,可是他太大了。这时他问我愿不愿跟他一起走,我喜出望外,一骨碌地爬上了自行车的横梁。

随着车驶出县城,公路两边一下子宽敞起来。我心里积攒的旅行兴奋,不巧遇到了一个坏天气。天空阴沉沉的,田里也是光秃秃的,广阔的天地里看不到大有作为的人。这还不是最主要的,关键的问题是冷。再新的衣服,也挡不住风的偷袭。它不仅冷飕飕地吹着我的脸,而且也夺走了身上的热气。

我的身体不由自主地在抖动,亮子哥感觉到这一点。他把车停了下去,让我坐到后座上去。我追赶着缓缓前行的车子,试了几次却跳不上去。我动作的协调性很差,为此一直感到害羞。亮子哥只好把我抱上去,让我骑跨在后座上。然后原地蹬动了自行车,把他结实的后背留给我。

我搂着他的腰,他的运动绒衣松软而富有弹性。我的脸贴着它,感到暖和了许多。

从县城到大姑家有好几十里的路,亮子哥一路上都在和我聊天。我喜欢和他讲话,他不摆干部子女的架子。他像姑夫一样亲切,问话都能问到点子上。谈话中我不知不觉说到了床,我的话明显多了起来。从睡不着觉到睡到了鞋铺子里,除了尿床的事没说,其他的都和盘托出。

在我一大堆废话的陪伴下,我们进入了乡间小路。等到大姑的村庄出现在眼前时,亮子哥郑重地发了话。他说你要有思想准备,这一次要给你安排任务。他对我说只要完成得好,我就会给你一个奖励。

他把事情搞得很神秘,我也没有劲头关心。我饿了,到了以后就想吃中午饭。一个大屋子里摆好多桌,大人们坐在一起慢慢喝。我们小孩子属于赶马灯的,吃完一拨再换新一拨。饭前饭后我见到了许多生面孔,妈妈拉着我像拉着一只猴,到处和人打招呼。

跟着妈妈我一直在点头哈腰,鹦鹉学舌一样张嘴认亲戚。大姑大姑父大伯大妈,还有一众表哥表姐堂兄堂姐。所有的亲戚中就数我的年纪最小,又是一副憨傻相,大家把我呼来唤去,只图一个开心快乐。

一片欢乐祥和的气氛里,天上却丢下了雨滴。大人们神情严肃地讨论,明天婚礼时会不会下雨。大伯抱着袖珍收音机,专注地收听天气预报。爸爸则发挥老师的作用,指挥哥哥们在大门口垫上砖头石块。我跟着堂姐无所事事,在村里东逛西逛。在村里一群小屁孩的围观下,来到村头的一排草屋前。

我看到了一头牛,正在屋里吃草。它吃得很香,对围着它身子嗡嗡飞舞的苍蝇毫不在意。堂姐用手帕捂着鼻子,催促我赶紧离开。我无动于衷,我陷入了沉思。我想到了第一个问题,接着又产生了一连串问题。牛怎么睡觉?我问堂姐。是站着睡,还是躺着睡?我又问,哪里是牛睡觉的地方,地上就是它的床吗?

堂姐觉得奇怪,说,你怎么会关心牛睡觉的事?

我不好意思对她讲床的重要性,我刚认识她,跟她还不熟。我知道没有人比我更关心床的问题,哪怕对牛也是一样。在这个秋雨细飞的黄昏,我想知道牛睡在哪里。堂姐没有给我一个答案,我想她一定不知道。她生活在另外一个县城里,不可能去关心农村。这里有许多辛辛苦苦的牛,它们也要睡觉。

晚饭时我闷闷不乐,一直在想牛睡觉的问题。我想大姑一定知道,但她一直在忙忙碌碌的,我也不好意思打扰她。相比牛的睡觉,大表哥的婚事显然更加重要。我听皮匠杨爷爷说过,大姑年轻时是县城里的美人。但她嫁给了大姑夫,因为大姑夫家有田。从此她就像一朵鲜花,插在野草丛生的田埂旁。

没想到刚吃完饭不久,大姑却笑嘻嘻地找到了我。当着很多人的面,她交给了我一个光荣的服务,压床。我问压床是什么,大家都哧哧地笑。堂姐把我拉过去说,你不是老打听睡觉吗?压床就是让你到新房去睡觉。

为什么是我?我将信将疑。我太轻了,可能压不动。

表哥顾家亮说,就是因为你最小,所以才选你。

我想起表哥进村子前的郑重交代,看来,他早就知道这个重要的角色非我莫属。但我不知道压床要做什么准备,当着那么多人也不好意思问。眼见有一个机会,我扯了扯亮子哥,让他给我做一个提前辅导。他笑着说你不用紧张,这就跟你平常睡觉一个样,只不过是睡在新郎官的床上而已。

我被带到了红彤彤的新房,独自一人占领了这一间高大的房屋。这时有史以来的第一次,赶在一对新人之前,我首先睡在结婚的新床上。

门关上之后,新房空无一人。这个晚上,这个房间完全属于我。我在屋子里来回巡视,我要慢慢地享受这个时刻。从绸缎的被面到紫红的马桶,大红的"囍"铺天盖地。按照堂姐提供的线索,我在被子的里面找到了两条方片糕。我没有把它打开,比起吃,更让我享受的是宽大的婚床。

这是一张精心打制的床,它有着古老样式的庄重感。床头和床栏上雕刻着花鸟,这样的图案不止一层。油漆在灯光下闪闪发光,散发着热烈的色彩。如果鞋铺里的搭铺和它摆放在一起,那就好比一个天上一个地下。我没有想到床还能做成这个样子,一张床就像一座木头宫殿。

在秋雨轻打窗户的夜晚,我幸福地躺在床上。我打量墙上的结婚照,他们是我的大表哥和大表嫂。我同意大人们的说法,大表嫂长得不丑。她的眉毛和眼睛都好看,她的嘴角高高翘起,满脸的笑意都要溢到照片的外面了。能睡在这样的床上,她当然高兴。再过一个晚上,他们俩就在一起睡了。这就是床的神奇之处,它能让两个陌生人在一夜之间睡成一家人。

躺在床上我七想八想,越想越兴奋。我突然有了一个想法,想把这张床画下来做个纪念。我翻身下床,想找纸和笔。我没能找到,但也有意外收获。在五斗橱的抽屉里,我找到了一本书。

这本书没有封面,残破不堪,前面还撕掉了好多页。我虽然有些失望,但还是从中间翻了起来。真是不看不知道,一看吓一跳。就是这本破书把我吸引住了,里面的故事太有意思了。很快我又有了惊人的发现,我居然在上面看到了一个熟悉的名字。他的意外出现,差一点让我激动得叫出声来。

这个夜里我几乎没有合眼,我在挑灯夜读。我看着一本没有名字的书,里面讲了孙悟空的故事。这之前我只知道他三打白骨精,没想到他还受过那么多的委屈。从孙悟空的遭遇我联想到自己,我觉得相比之下,床的问题并没有什么了不起。人家被压在石头下面几百年,连躺下来的机会都没有。

我昏昏欲睡之时,天已经蒙蒙亮了。才合上眼,就被一阵鞭炮声炸醒了。接新娘的队伍正式出发后,大姑来到了新房。看我手上还捧着书,她嘱咐我再睡一会儿。她照料我躺下,把书放到了枕头边。

先睡觉,她仔细地为我盖好被子,然后轻声轻语地说,要是喜欢这本书,就带回家慢慢看。

我喜出望外,没想到一次幸福的压床,还被奖励了一本书。虽然我不知道它的名字,但我能感到书的珍贵。等到家里之后,我才打听到书的名字叫《西游记》。听爸爸说,它一共有三本,我拿到的只是残缺不全的一本。但它是我拥有的第一本小说,我一直把它珍藏在身边。

新娘到来的时候,雨早已停了,地上却泥泞一片。昨天铺垫的砖头,此时正好发挥了作用。送亲的队伍站到了门前,新娘却不愿意跨进大门。

背！新郎官赶紧来背！周围一片起哄声。我们一群孩子站在门的两侧,并不知道为什么要背新娘进来,也跟着后面瞎喊。我的声音尤其大,引来了堂姐的白眼。

你怎么这么起劲?她说,看来是睡足了。

大表嫂羞羞答答地站着,她个子很高,看上去比大表哥还高的样子。大表哥欠了欠身子,她大大方方地搂住了这个男人的脖子。我感到大表哥有些吃力,他毕竟是一个会计,农活干得少。他伸出一双沾上泥土的新皮鞋,小心翼翼地踩在砖头上。在一片哄笑声中,新娘被背进了自己的新家。

压床的事情完成了,我的使命还没有结束。晚上闹新房之前,亮子哥悄悄地找到我,向我发布了新的指令。我和表哥们一起拥进新房,我对完成任务把握不大。新娘子坐在我昨晚睡过的床上,她一动不动,让节目无法进行。亮子哥轻轻地推了我一下,我不能再缩头缩脑,是我上场的时候了。

表嫂,我们千里迢迢顶风冒雨参加你的婚礼。我背着亮子哥教给我的话,我觉得千里迢迢有一点夸张。我的声音更夸张,听起来又高又尖。我几乎是扯着嗓子在喊,仿佛只有这样才能给自己壮胆。我走到新娘的面前,大声地说,既然我们千里迢迢来,你也要站起来迎接一下,和我们打个招呼。

我的提议得到屋子里的一片响应,只有新娘子还在犹豫。一不做二不休,我一把握住她的手。我发现自己像孙悟空那样敢作敢当,竟然轻易地把她拉了起来。这时一阵掌声响起来,好戏终于开场了。

闹洞房的节目从吃苹果开始,亮子哥把一只苹果吊在床头上。君子动口不动手,他让一对新人同时张嘴咬苹果。大表哥好像没吃饱的样子,张嘴就上。但他用力过猛,苹果从新娘的鼻尖滑过去。新娘很冷静,等到苹果停止摇晃之后,慢慢地用嘴把苹果顶在大表哥张大的嘴巴上。夫妻齐心,苹果入口,又引起一片喝彩。

接下来的是新娘点香烟,新娘子总是点不着。表哥们变着法子,让一

笨鸟

根根点着的火柴无功而返。她一路艰难地点到了我的面前,在一片哄声中给我递上了一支香烟,吓得我赶紧落荒而逃。

  这个夜晚我不可能再睡新房,我和大家一起滚地铺。堂屋里铺上了一排被窝,下面垫着厚厚的稻草。二姑负责发号施令,安排我和堂姐睡一个被筒。堂姐比我姐大一点,她是一个初中生。她不嫌弃我,细心地把我裤腿拉好,然后用手抱着我的腿。我睡得无比安逸,一觉到天亮。

16. 鬼敲门

回到家里,我又睡进了修鞋铺。有辉子哥做榜样,我觉得每天搭个铺也算不上大麻烦。一看到他,我就对明天充满了希望。穷人的孩子早当家,他就像一个少男版的李铁梅。他煮饭挑水扫地洗碗,一个人做的事比我们姐弟三个人都多。他乐观,整天笑呵呵的,连睡着的时候脸上都挂着笑。

院子后面已经动起来,有人搬出去也有人搬进来。看到别人搬运着家具,我和辉子哥都感到振奋。我们相互鼓励,下面就该轮到修鞋铺了。那些日子我们平安无事,不慌不忙地睡在修鞋铺子里,静静地等着它搬走。没想到高枕无忧的日子却并不长久,睡得正香的半夜时分,常常遇到鬼敲门。

这个鬼不是真鬼,而是一个十足的醉鬼。他是新来的住户,住在我家后面的院子里。他来路不明,谁也不清楚他落户在此的背景。他又没有工作单位,孤身一人独来独往。白天他是一个手艺人,晚上是一个醉酒人。他瘦得像一个猴子,却有点小聪明,学什么像什么。他会修钟修表修收音机,还能写一手漂亮的字。

在知道他是醉鬼之前,我发现了他挂出的修理钟表的牌子。这个招牌让我心头一动,我首先想到被我拆卸的闹钟。它现在还一动不动,被我悄悄地藏在暗处。它是我的一块心病,我藏得了一时却藏不了一世。现在瘦猴子送上了门,何不去找他试试?

但是我没有多少钱,身上的所有零钱加起来才一毛。我想先得打听到瘦猴子的收费标准,然后再想别的办法。拿定主意后我就在他门前晃来晃去,我看到他经常伏案工作。他居然在白天开着台灯,眼睛上还戴着一个放大镜。我的晃动显然对他构成了影响,他有些不满地站起了身。

一看他要关门,我赶紧说明了来意。别急,我是来修钟的!他透过门缝看着我,钟呢?

钟就在前面的家里,我先问问多少钱。我终于逮住了问价的机会。

嘿,我又不是神仙。看不到东西,怎么就能问你要钱。他笑了,他在嘲笑我问的话傻。

我不怕他嘲笑，我本来就傻。很快一来一回，就从家里拿来了闹钟。他似乎比我更快，三下两下就把钟拆了又装上。然后递给我，好了，拿走吧。

钟确实走了，但我不能走。那个，多少钱？我的手捏着衣服口袋里的零钱，用只有一毛钱的底气，低三下四地问道。

这个还要什么钱?!他不再理会我，埋头继续修表。嘴里提醒着我，下一次拆钟时，一定要记住它原来的位置。

我充满感激地告别了瘦猴子，心里泛滥着对他的好感。我差一点就觉得，他就是一个不苟言笑的雷锋。我不知道他好喝酒，就着一包花生米就能喝得酩酊大醉。一喝多他就不再是原来那个瘦猴子，而是变成了一个人人讨厌的醉鬼。所有的醉鬼身子都重，他又成了一个懒鬼。他不愿从后街回家，而是要从修鞋铺抄近路。

杨爷爷告诉过我，我们住的地方过去是大户人家。临街的四间门面，通着后面的院子。院子两边是厢房，后面还有正房。所以后院的住户要上街，穿过鞋铺一抬脚就到了。如果从后街绕，就要多走十分钟的路。

俗话说，学坏容易学好难。在瘦猴子来之前，大家回家晚了宁可绕路，都不会大半夜地选择打门。一是体谅杜辉，二是也不愿得罪一口酥。多走几步也没有什么了不起，毕竟生活中还要吃鱼。可是瘦猴子带了坏头之后，别人的心思也跟着活络起来，以至于到了夜里，门竟然乒乒乓乓地敲个不停。就算辉子哥能忍，一口酥也不是一个吃亏的主。

一口酥在鱼行守株待兔，却没有等到瘦猴子这只兔子。她决定正面出击，先礼后兵。

她找到了我爸爸，说吴老师，你要写一个安民告示。

家里有一个小黑板，爸爸拿起粉笔写了一句话——时间约好九点半，过了钟点走后门。趁着街上人多，一口酥亲自把黑板挂了出去。对着满大街的人撂下一句话，远亲不如近邻，我姓苏的请大家帮个忙，今后晚上九点半以后,各位请高抬贵脚!辉子他虽说是我抱来的,那也不能让他睡不好觉是不是?

牌子挂了几天,果然再也没有人无事生非。一个星期下来,我每天醒来时都感到精神振奋。还是一口酥厉害,连我妈都暗暗地给她竖起了大拇指。没想到等我们放松警惕之后,这天夜里又出现了敲门声。声音不大但却很有耐心,大有不开此门绝不罢休之势。

瘦猴子又来了!我和辉子低声嘀咕,这狗东西怎么来得这样晚?!辉子哥不敢私自开门,因为一口酥有过交代,今后由她迎战瘦猴子。

里屋的灯亮了,一口酥应声而出。只见她一脸怒色地慢慢走到门口,猛地一下打开了门。随着一阵寒气逼人的冷风袭来,门里门外的人都有些吃惊。来人不是瘦猴子,而是一个陌生的少妇。

一口酥虎着脸问,都什么时候了,没看到黑板上的字吗?

看到了,女人怯怯地回答。要是没有黑板,我还真怕敲错了人家。

这算是什么事,我的辉子哥不解,这个奇怪的女人究竟在说什么?

哼,一口酥冷笑了一声,我倒是小看这个瘦猴子了。她从门口取下黑板,我们凑上去一看,原来有人把安民告示改了。字写得很周正,也是一句顺口溜,叫作"修钟修表修眼镜,半夜上门更便宜。"

瘦猴子的聪明,很快迎来了一口酥的无情镇压。下一次就轮到他出马了,一口酥未卜先知地做好了准备。一个夜里,当瘦猴子故伎重演再敲大门时,一口酥终于等到了迎敌的机会。她顶着蓬松的头发,一盆洗脚水劈头盖脸地迎头浇上。

只有我和辉子哥知道,一口酥的洗脚水已经连续准备了好几天了,就怕这个瘦猴子不上门呢。

瘦猴子气得哇哇大叫,霎时间由醉鬼变成了水鬼。他瘦小的身体虽然充满愤怒,但在高大丰满的一口酥面前却不敢轻举妄动。一口酥并没有全身披挂,只在内衣内裤的外面披着一件外衣。她蓬勃的身体充满了女人的自信与豪情,让大街上的零星行人望而却步。

看到瘦猴子垂头丧气的样子，一口酥不急不忙地又补了一刀。记好了，她说，下一次，迎接你的是马桶！

一口酥的果断出手，狠狠打击了瘦猴子的歪风邪气，在我们两家激起了一片叫好声。修鞋铺里也有一些不三不四的议纷，说什么大奶子大战瘦猴子。为褒奖她的英勇行为，我妈托人帮她买了一块紧俏的钟山牌手表。这块表戴在一口酥的手腕上，很快成为鱼行的一大亮点。她的眼光更加锐利，动作更加麻利，一口酥的声名更加熠熠生辉。

瘦猴子不甘心失败，他的捣乱还在继续。虽然不敢明目张胆地作对，却躲在背后做一些鬼鬼祟祟的小动作。白天的鞋铺一切如常，到了夜晚大门之外却是不得消停。有时是小孩子敲门捣乱，有时门外会拴上一只小狗，发出无家可归的凄婉叫声。明枪好躲暗箭难防，一口酥一时也无从还击。

这天晚上又有人敲门，三下轻三下重。暗号对上了，我知道是姐姐回来了。我已经洗好了脸泡好了脚，却没有上床。她晚上去学校排练节目，我一直在等她回来。她带着一身冷气进了门，在我的床前站了一会儿。然后拍拍我的头说，过一小会儿过来找我。

我不知道她找我什么事，估计还是检查我的作业。我找出了作业本，掀开了里屋隔间的门帘。姐姐果然坐在桌前，在灯光下皱着眉头。我怯生生地递上作业本，站在一旁低眉顺眼。她说我今天不看你作业，我要问你话。我不知道自己又做错了什么，不敢大声喘气。她让我坐下，我迟疑了一会儿屁股才在床沿上落下。她的床无比整洁，平常从不让别人染指。

参加婚礼时，听说你和堂姐睡在一起，睡得怎么样？她问。

还好。

我记得，你以前跟姨妈跟表姐都睡得很好，怎么就跟吴经不能睡在一起？

我，也不知道。

那你上次在我的床上，睡得怎么样？

我睡得也好。我老老实实地回答。

你当然睡得好,还打呼了。姐姐笑了起来。我现在发现你的毛病了,你就是不能和男孩子睡。只要跟女的睡,你什么事都没有。

姐姐的话提醒了我,好像我真的就有这个毛病。还是姐姐聪明,她都看出来了,我却还在糊里糊涂。

从今天开始,你跟我睡。姐姐笑着说,这里可以让你一直住下去,直到你有自己的床,怎么样?

她的笑来由不明,让我心生警惕。难道会有这样的好事?我在揣测她是不是在说反话。我猜不出她的心思,也不开口,总之不能招惹她。姐姐很满意我的局促不安,她站起来刮了我一下鼻子,然后动作麻利地在床上铺了两个被筒。

你睡里面,靠着墙。她说。

我心里一阵激动,正要脱衣服,却被她阻止了。

知道为什么吗?她叉着腰,像一个小人精一样站在我的面前。

我猜出来一点了,姐姐怕我被门外面吵。还有呢?她不满意我的回答。还有一点冷,门缝里有风。你说的这些都不是主要原因,姐姐说。最重要的,是为了不给你找借口。

找什么借口?我一头雾水。

当然是上课打瞌睡呀!姐姐坐了下来。你看呀,只要你晚上一睡不好,第二天就打瞌睡。到时候考试不好,你就把责任推给了床。你说,做你的床容易吗?不仅满足你翻身打滚,还要为你的学习负责。

姐姐这么一说,让我茅塞顿开。以前都是我对床耿耿于怀,但是完全还有一种可能,就是床对我也嫌弃。假如我不喜欢一张床,那么床也可能来报复我。我不知道怎样改变这个局面,抬起头来看姐姐。

姐姐说你现在不要管这么多了,反正是要跟我睡了,不过你要答应我三件事。

她把纸和笔推给了我,你要做到以下三条。第一条是睡前必须洗干净,尤其是要认真地泡泡一双臭脚。第二条是不准尿床,传出去不好听。第三条最重要,就是不准在课堂上打瞌睡。如果你保证做到,就签上自己的名字。记住了,我没有逼你,你是自愿的。如果有一条做不到,哼,你知道是什么结果。

毫不迟疑,我写好了保证书,然后交到姐姐的手里。

姐姐接过去看了看,很有成就感。她用图钉把它摁在墙上,排在课程表的下方。

和她一手娟秀的字一比,我的字丑得像蜘蛛一样难看。此时我感到自卑,虽然我们是姐弟,但她在学校好比一朵最引人注目的鲜花,而我基本上是一堆狗屎。此刻她和我即便在一张床上躺着,那也等于是一朵鲜花开在狗屎边。

17. 波折

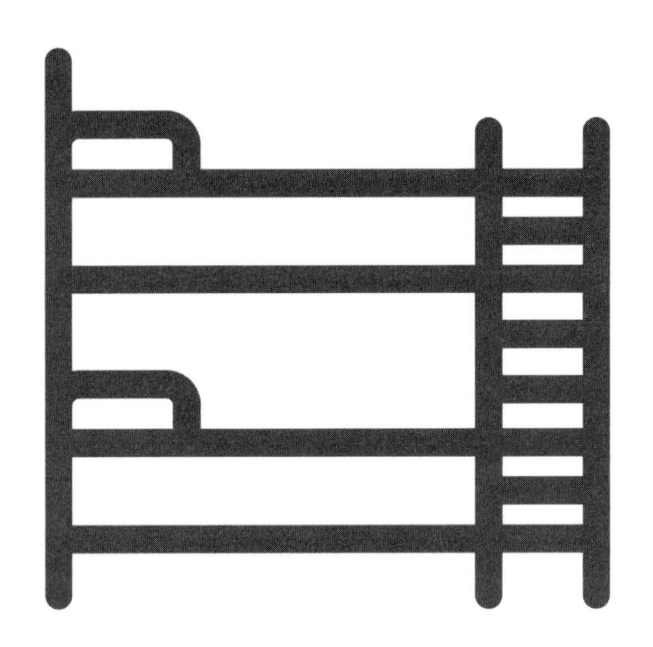

跟着姐姐睡,让我找到了自己的病根。我不是必须独霸一张床,只是我不能跟男的在一起睡。跟哥哥吴经挤在一起时,我就浑身不自在。跟姐姐吴瑚就不一样,我不知道为什么不一样。只晓得她收留了我,无异于药到病除。

我想爱清洁的姐姐能这么帮我,不会没有原因。她做事情用脑子去做,不像我东一榔头西一棒槌。她这么宽容地让我睡在她的床上,主要还要因为她要强。她表现那么出色,从来都不会接受"平庸"二字。她学习好,文艺好,还会整理家务,好比十八般武艺样样精通。她把我安排在身边,是不想让弟弟做一个提不起来的猪大肠。

和她在一起,我还发现了另外一个秘密。她经常抱着收音机,跟着里面叽里咕噜地学外国话。对此我感到吃惊,我不敢对任何人说。我怕她想当特务,但她又不像电影中女特务那样妖冶。也许她纯粹就是为了学一个本事,我这样安慰自己。因为她天生就是一个爱学习的人,我这样说服自己。

从我懂得自己比别人傻的时候,我就热爱学习。现在睡眠有了保证,听起课来我全神贯注。我有一百个理由表现好,没有一个理由当差生。从早晨一睁开眼到晚上闭眼前,我都能看到自己写下的保证书。我是教师家庭中的一员,爸爸又是一个大学生。我可能比姐姐哥哥笨,那笨鸟也该好好地飞。

我的努力和进步,老师和同学都能看得到。虽然我没有金铭春那样抢眼,但白老师说我有一股后劲。金铭春很高兴我在追赶着他,他想知道原因。我支支吾吾,我不想说我现在睡在姐姐床上,我觉得这种事情传出去不太光彩。我也不想对他隐瞒,于是就说自己掌握睡觉的秘诀了。

我很满意我的策略,既守住了秘密,又没有欺骗朋友。

我和金铭春来往越来越多,简直就是形影不离。他当了班干部,我也做了小组长。我已经开始收本子了,这是我在干部道路上迈出的第一步。外婆如果知道我现在这么出息,她一定觉得是自己教导有方。我想把喜讯告诉外婆,但觉得还是应该等一等。哥哥都是班长了,我前面的路还长。

我喜欢跟在班干部金铭春的后面,心甘情愿地当他的跟屁虫。我就是他的影子,我们经常成双入对地进入白老师的视野。有一次交完了作业本,白老师突然心血来潮地留下了我们。她问金铭春会不会跳新疆舞,金铭春当即就做了扭头摆手的动作。他的动作有模有样,一看就是练过的。白老师说,就是你了,本来我还发愁呢。

白老师的一句话,就把金铭春选进了学校宣传队。看到我傻乎乎地站在一边,她爱心爆发,说吴成你也来吧,我就不信找不到适合你的位置。

金铭春和我双双进入了宣传队,他是主角,我是配角。他参加的节目是《火车向着韶山跑》,在节目中他又唱又跳,载歌载舞。我参加的是一个纯粹的舞蹈,叫作《摘棉舞》,主要表现劳动人民丰收后的喜悦。

由于我不大参加劳动,所以把握不好农民的思想感情。另外我自作聪明,认为舞蹈中的摘棉花摘得很花哨,一会儿把腰弯得很低,一会儿把手伸得很远。于是我自作主张,悄悄地对动作进行了一些小改造。大家都反应我跳不好,不合拍。有人说我动作不协调,有人说我不是跳舞这块料,总之我怎么都跟大家跳不到一块。

群情激愤之下,我被换下来了。金铭春为我打抱不平,白老师让我不要灰心。我含泪接受了这个结果,我不能一颗老鼠屎坏了一锅粥。老师们也不忍心让我离开,他们说我毕竟很认真。

他们只是不解,为什么我妈的文艺细胞传给了吴珊,却没有匀一点给我?姐弟本是一家人,姐姐那么出色,弟弟却是烂泥扶不上墙。难道在诞生了阿庆嫂的文艺之家,也作兴传女不传男?

这些议论传到我的耳里,我只是觉得好笑。我怎么能跟姐姐比?她伸出一根小手指头就能把我比倒。我原本就是一个不识数的人,能当上小组长就谢天谢地了。姐姐这种人,天生是负责绽放开花的。而我在世上的位置,更像野地里一根瑟瑟发抖的狗尾巴草。此刻我面临的最严峻问题,不是能不能跳好舞,而是能不能睡好觉。

本以为在宣传队能够见到姐姐,但我们根本不在一起练。姐姐吃的是小灶,她有单独的地方。她参加的节目不用选拔,直接参加县里的会演,说不定还要演到市里去。大家都不知道她排的是什么,她就像是地下工作者。晚上睡在床上,我好奇地问姐姐演的是什么。姐姐说,元旦演出时你就能看到了。

好不容易等到元旦演出,我被安排在后台打杂。我无所事事,基本上是一个多余的人。透过幕布,我看到台下的同学黑压压的一片。后台却一片忙碌,即将上场的同学打扮得花花绿绿的。我看到了画上两撮小胡子的金铭春,他完全变成了一个维吾尔族的小伙子。在兴奋候场的人群里,我没有看到姐姐吴瑚是怎样的装扮。

演出就要开始了,哥哥吴经突然出现在我眼前,他一把把我拉到礼堂门外。床来了,他说。我们有了一张双人床!他带来了一个振奋人心的消息。

我们毫不迟疑,撒腿就往家跑,远远就看见一辆三轮车停在家门口,表哥顾家亮同时进入我的眼帘。我的表哥送来了属于我的床,一张上下铺的双人床。他的身旁还有两个高大的同伴,和表哥一样脚穿大白篮。他们从车上卸下了几个铁架子,三下五除二就把床装起来了。

床不是很新,但非常结实。表哥使劲地摇了摇,它稳如泰山顶上一棵松。从天而降的惊喜,就这样毫无铺垫地来到眼前。我想起了参加婚礼时表哥说过的话,他承诺要给我一个奖励。我没有想到它来得这样快,我更不会想到,它居然是这么珍贵的一件礼物。

我有了自己的床,还是这种少见的铁皮双人床。就像一个讨饭的穷小子,突然得到了一大笔金银财宝。我喜出望外,我得寸进尺。我激动地要睡上铺,哥哥不答应。他说你太小,爬上爬下的,摔下来怎么办?我说不可能,我睡觉时也很警觉。表哥说,你们别吵,谁成绩好谁睡上铺。

一锤定音,哥哥睡了上铺。尽管如此,我也没有什么不快。他成绩好,就应该高高在上。总不能让好学生向后进生俯首称臣,我输得口服心服。

笨鸟　115

重要的是我终于有了自己单独的床,我可以大声地告诉金铭春。我要和他分享,我有了一张自己的床。这个晚上我睡在自己的床上迎来元旦,开始新的一年。唯一的遗憾,是与姐姐的表演失之交臂。

新床给我和我的全家带来了好运气。

白老师知人善任,为我在宣传队安排了一个新角色。新排的独幕剧里,要我扮演一个爱睡觉的小淘气。接到这个任务我很有自信,别的不行,课堂上睡觉我一定能演好。我不用多教,很快进入了角色。我能把各种睡觉姿态表演得惟妙惟肖,我的表演赢得了"奶奶"和"哥哥"的一致好评。

演我"奶奶"的叫倪云,她在学校几乎和姐姐齐名。宣传队里的人都说,她人很挑剔,又说幸亏有吴瑚压她一头,要不然她的尾巴就翘上天了。我没有看到她的尾巴,我只看到她演得很认真。她化装以后很像一个老太太,走路和说话的样子都像。甚至有的时候,她会让我产生和外婆在一起的错觉。

再一个好消息,就是修鞋铺子铁定要搬到南街去了。消息不胫而走,连杨爷爷都知道了。对于空出来的堂屋,听说房管所也决定下来,我们两家各得一半。我妈和一口酥大获全胜,辉子哥高兴得成天合不拢嘴。我家也关起门来搞小庆祝,妈妈主动给爸爸斟上了酒。然而爸爸只小咪了一口,说现在庆祝胜利还为时过早。

我们都愣住了,不知他葫芦里装的是什么药。这不是药,而是无数活生生的现实。一切都还是未知数,爸爸老于世故地说。只有房子真正到手的那一天,才叫算数。

妈妈说,你把话说清楚,别像刁德一那样阴阳怪气的。

爸爸笑了笑说,你们别忘记了,后面还住着一个猴子呢,他也是有路子的,要不然怎么会住到后面?再有,后面那么多人家,谁还没有一点关系,他们能眼睁睁地看着路被堵上?县城就这么一点大,只要有人闻风而动,这件事就有点悬。

那怎么办?我们都停下了筷子。

怎么办？爸爸云淡风轻，还是古人说得好，风物长宜放眼量。再说了，我们这边也不是软柿子，一口酥可不是吃素的。

事态的发展证明，爸爸不愧是一个老狐狸。本来说好春节前就搬的修鞋铺，还是雷打不动照常开张。没有不透风的墙，一切皆有原因。消息灵通的一口酥已经打探到了，房管所遇到麻烦。后面的人家联合了起来，联名写了一封人民来信。据说字写得很好看，不用猜就知道出自谁的手笔。

一口酥找到了我妈，她恨得咬牙切齿。她说就是那个瘦猴子撺掇的，害得我们现在骑虎难下。房管所也不敢擅自做主，他也要听上面的招呼。

计划没有变化快，关于房子的分配很快有了新的说法。房管所征求意见的方案，被爸爸不幸言中。三一三十一，修鞋铺子一分为三——正中间留一个通道，两边分属两家。说的是征求意见，其实就是最后通牒。

房管所的人发下话了，妈妈有气无力地向我们通报。只要大家签字画押，春节前保证一切就绪。

如果不呢？姐姐歪着头问。

没有如果，妈妈说。白纸黑字写着，如有异议，暂时维持原样。这个意思？你们不会不懂吧？

"暂时维持原样"是什么意思，是维持一个月还是一年？一口酥气冲冲地找到了我爸，说吴老师你水平高，给我们解释解释。

爸爸摇摇手，说这和水瓶茶杯没任何关系。明摆着这不是解释题，这是一道选择题。它就好比有一只鸭子，本来是我们一人一半，现在半路杀出了程咬金，它也凑过来要和你一起分。你如果同意分，就会感到吃亏委屈。你若不同意，就可能连汤都喝不到。

照你这么说，我要不同意，这煮熟的鸭子还能飞了？！

这要问那只鸭子，看它到底熟没熟。

吴老师，你不要跟我打哑谜。一口酥不习惯我爸话里藏音，她喜欢巷子里面扛竹竿——直来直去。我就问你一句话，还有没有别的办法？一口酥显然急了。

她急,爸爸却不急,依旧是慢条斯理的语气。车到山前必有路,要说办法嘛,也不是完全没有。爸爸的回答,让所有的人把心都提到了嗓子眼。关键不在别人,而是要看我们自己能不能壮士断腕,下定决心。

　　能！大家同仇敌忾,异口同声地回答。

　　通道让他留,留在我们家这边。这个房子,我们家不要,全部都归你们家！

　　爸爸斩钉截铁的一句话,像一块大石头,砸进了平静的水里。我们全家都张口结舌,尤其是我妈,脸上全无一点阿庆嫂的沉着镇定。

　　面对吴老师语惊四座的表态,一口酥竟也变得语无伦次。她急忙辩解,吴老师,我丝毫没有这个意思。

　　那你得给我一句实话,爸爸一反常态,目光凌厉地盯着一口酥。我要听你一句回话,你到底愿不愿意？

　　我……我……一口酥支吾了一会儿,还是果断地点了点头。

　　这就好,那你愿不愿意也做点牺牲？爸爸步步为营。

　　一口酥没有退路,毫不犹豫地又点了点头。

　　那就好,你把鱼行让出一间来。爸爸终于摊出了底牌,它是我家的老房子。

18. 阁楼

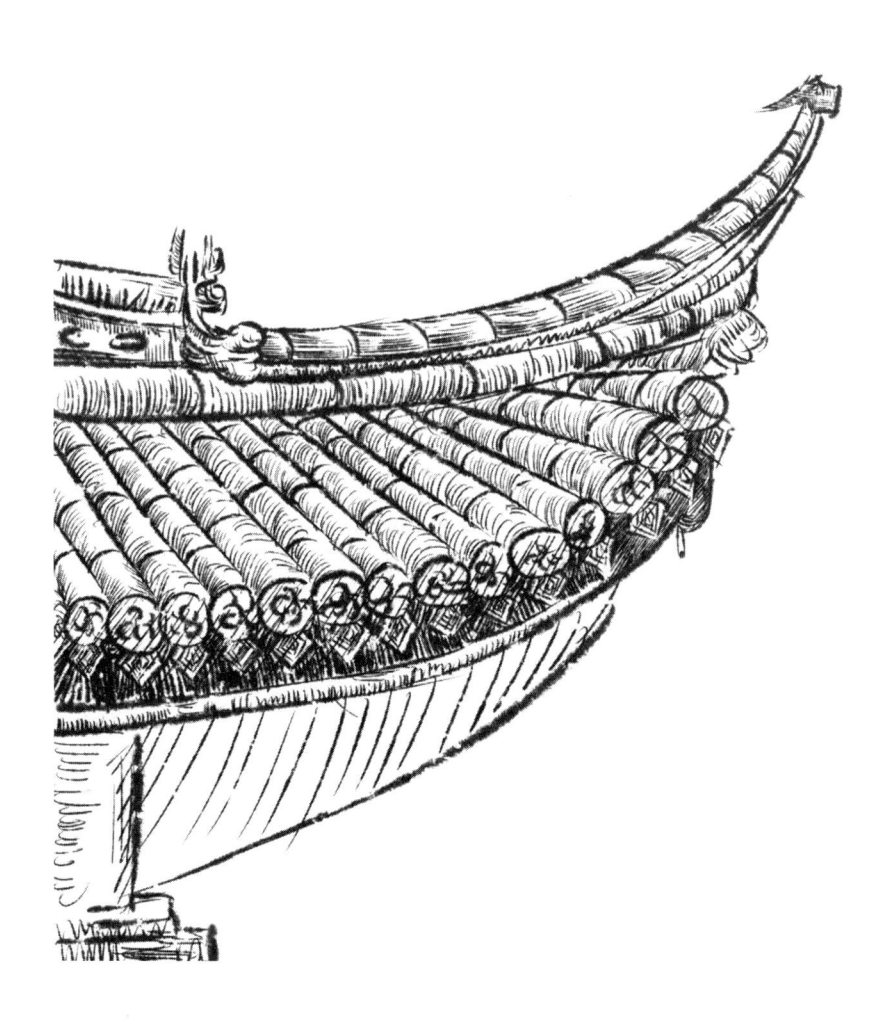

放寒假了,我和金铭春一起拿到了成绩单。他考了全班第一名,我正好是第十名。白老师在班上表扬了我们,说他一直学习扎实,说我有进步。我们乐得屁颠颠地跟在白老师的后面,把班上打扫得干干净净,直到锁上门,把钥匙交到老师的手里。

一起来到金铭春的家,他的舅舅打开了门。我感觉地质工程师的气色很好,心情也很好。他的病基本上养好了,他说到春天就可以归队了。他把我们两个的成绩单接过去,一目十行地扫了一眼。他不大注意科目成绩,只是浏览了老师的评语,然后淡淡地说了一句还不错,就把成绩单还给了我们。

我说金铭春考了全班第一,我大声地提醒工程师。我不想好同学的成绩被埋没,他理应受到家里的奖励。对于我的打抱不平,工程师觉得有些意外。他向我笑了笑,表示出友好的姿态,然后说读书的关键是要弄懂,不见得非得争什么第一第二。

工程师的话让我不太服气,我觉得他这个人不太上进。他也不跟我解释,带我们到他屋里看石头。大大小小的石头奇形怪状,排列整齐地摆满了一个书橱。有的里面发出金灿灿的光,有的像一把剑直插云天。还有一种蓝色的半球体,里面包着一块块蓝色玻璃,让我连声发出赞叹。

金铭春笑了,说这不是玻璃,它叫水晶。

东海龙王就住在这样的水晶宫里吧?我想起了《西游记》。

你看过《西游记》?他舅舅问我。

我点点头,我看出他舅舅很高兴。我没说自己只看过一本,还是残缺不全的。

那你说说,这些石头是什么?他好像对我产生了兴趣。

我用目光向金铭春求援,谁知他根本不睬我。我想了想,硬着头皮回答说,它们一定不是普通的石头,它们是石头中的优秀分子,就像金铭春在我们班上一样。我又一次提到了金铭春,并为这个比方而得意。

你的意思是对的,工程师同意了我的说法。他说这些都是矿石,它们是岩石中的精华。它们一直埋在地下,已经好几千万年了。如果把大地比作书,它们就是书里面最美的文字。对我们搞地质的来说,不仅要认识不同的岩石,更要善于从岩石里面找到最有价值的线索,这样才可能从成千上万的石头中把它们发掘出来。

工程师侃侃而谈,他的话把我们带到了一个神奇的领域。我们围着看他的相册,贪婪地呼吸着野外作业的气息。他的身影大多和山岩在一起,他脚蹬一双大头鞋。他的手里握着一把地质锤,他说这是和岩石交流的工具。我想象不出锤子和石头怎么交流,但我料到它们的撞击一定会传得很远。

何止传得很远,简直就是山鸣谷应!金铭春不愧是班上第一名,他居然用了一个我从来没有听说过的好词语——山鸣谷应。

我们的情绪一下子高涨起来,我的思维也开始变得活跃。怎么没有看到帐篷?我首先还是关心起睡觉的问题。你没听说吗?干地质的就是"天当被子地当床",金铭春煞有介事地说。我将信将疑,将疑惑的目光投向工程师。

他给我们翻开了一张照片,那是一群人在一排房子前面的合影。这个房子很奇怪,它不是瓦房,也不是草房,更不是帐篷。它的外形和房子很像,却不知道是用什么材料建造的。

工程师告诉我们,它是铁皮房。顾名思义,它就是铁房子。这个房子是可以装卸的,所以也叫铁皮活动房。它不光有铁皮,里面还填充着其他材料。我的乖乖!我听了以后嘴咂个不停。金铭春奇怪地看着我,他说,吴成你这是要把铁皮房吃下去吗?

这个上午我们在一群石头的包围下,谈论着奇妙的地质。我听到了许多关于石头的故事,和找矿石的地质队的故事。带着对地质工程师的崇拜,我离开了金铭春的家。我随身带着两件礼物:刚刚从新疆寄来的一级葡萄干,和一块紫色的水晶石。这一块水晶石,应该是我这个冬天的巨大收获。

回家以后,我把葡萄干全部上交给家里。水晶石我另有用处,我要把它送给经常帮助我的姐姐。姐姐拿到水晶石,用一块绸布把它擦得亮晶晶的,又对着太阳光,仔细地照了好半天。我在旁边呆呆地看着,我为姐姐高兴而兴奋。只见姐姐打开了一个原本装雪花膏的空瓶子,把它小心翼翼地装了进去。

　　做完这一切,姐姐伸开了长长的胳膊,像跳舞一样把身体打开,一脸陶醉的样子。她的姿态很好看,她的陶醉也感染了我。就在我闭上眼睛的时候,姐姐紧紧地搂住我,嘴巴一个劲地往我脸上亲,连声说,吴成你真好!下午就带你到二姑家去。

　　姐姐带我进了县委会大院,我们一起住进了二姑家。

　　二姑家在新城区,我喜欢这里。这里又大又安静,有院子还有自来水。二姑有两个儿子,没有女儿,姑夫很喜欢姐姐。家里一个表哥当兵去了,空下来的房子长期给姐姐留着。亮子哥一般都在家,每次他都会带我一起上球场。二姑家里有一个崭新的篮球,我可以一个人抱着它,在球场上拍来拍去。姐姐喜欢喂金鱼,她给每条鱼都取了一个名字。

　　晚上吃饭的时候,奶奶问老房子怎么样了。姑父说听说差不多了,春节后就能搬进去了。奶奶很满意,倒了一杯酒说,你这个县太爷,总算给家里落实了政策。姑父笑着说,这事是你儿子办的,我可不敢贪功。

　　回到房间里,姐姐和我都不想睡。我们兴奋地谈论房子,憧憬面貌一新的生活。

　　眼看胜利在望,我们重温起了鞋铺争夺战。我说当时爸爸说不要房子,我真以为家里面出了一个活雷锋。姐姐说我知道他话中有话,却不知道他将了一口酥一军。我们你一言我一语,回味起爸爸出手的情景。姐姐最后说,一口酥管着一个镇子上的鱼,没想到还是像鱼一样,上了爸爸的钩。

　　从县委会大院回到城关镇的家,我们惊异地发现,修鞋铺子竟然搬走了。

空出来的宽大堂屋,围着兴高采烈的两家人。只有辉子哥一个人,用一双长着冻疮红肿的手在劳动。他利索地洒水扫地,大家看着他,像地主看着长工劳动。我不想做地主的小崽子,抄起铁棍和铁环出了门,加入了大街上的滚铁环游戏。这个下午我有点心不在焉,我感觉自己像搬出的鞋铺一样,身子有点空空落落的。

迎着河畔弥漫开的暮色,我和铁环一起脱离了比赛的队伍。滚动的铁环滚过卫东桥,把我带到了南街。铁环下了桥,向着东沿河街飞快地滚过去。我没有跟上去,而是任它慢慢地倒在水泥地上。

我停在拱形石桥上,打量着一幢最醒目的建筑——矗立在老房子中间的阁楼。

缕缕淡蓝的炊烟正从它的四周升腾,一旦超过它的高度很快就会被风吹散。窗户的里面黑乎乎的,像是古代人的藏身之处。自从知道这里是老家后,我经常远远地观察着它。但这一次,我的心里澎湃着一种冲动。

我慢慢地移动着脚步,向着阁楼走去。一路上人来人往,大都是淘米洗菜的妇女,脚步中带着临近节日的充实与忙乱。沿街的门店前,我看到了一个熟悉的身影。他一如平常地坐在门口,安安静静地在看报纸,仿佛门口的嘈杂和他无关。

杨爷爷的出现,让我料想到这里应该是修鞋铺的新址。虽然屋里有些乱,但安静的杨爷爷犹如石雕,让整个门铺变得安详。我从他的身边走过,我没有打破这难得的平静。我家的老宅就在旁边,这让我感到一切如常。我轻手轻脚地走过去,继续自己的秘密使命。

鱼行的门虚掩着,我慢慢地把它推开。一股鱼腥味扑面而来,我喜欢它的味道。我热爱江面上的风,它夹杂着鱼的鲜活气息。一口酥并不在这里,我知道此时她正站在空出来的修鞋铺里,像一个将军检阅胜利的战场。而我则是一个侦察兵,已经来到了前沿阵地。只要过了这一关,我就能站到这条街的最高处。

屋子里一男一女在说话,他们的声音很低。我听到男人压抑的哧哧笑声,和女人忸怩的轻呼。他们的声音充满了隐秘的兴奋,像两只偷食的猫闻到了鱼腥。我一向不喜欢打探大人的秘密游戏,轻松地走进失守的房屋,一进屋子就看到了木头楼梯,我不声不响地往上爬。

快爬到楼上的时候,我感觉到上面传来轻微的呼吸声。我愣在黑洞洞的楼梯口,我没有想到上面还会有人。我不知道会有什么样的情况在等着我,心怦怦乱跳。我下意识地就要落荒而逃,却又有一点不死心。我在回忆电影情节,如果侦察兵遇到这种情况会怎样?一会儿我找到了答案——他们一定会观察一下敌情。

我鬼鬼祟祟地探出了头,目光慢慢地扫过地板。我看到了一个背影,映衬在窗前的暮色中。她的一只手在翻动,做出各种好看的动作,像鸟在飞,又像是波浪在运动。我放下心来,慢慢地走上去。我不想惊动她,但我好奇。我想知道她到底看到了什么,居然能变得这样情不自禁。

哦,原来是河。

我的声音把姐姐吓了一跳,她狠狠地刮了一下我的鼻子,说你怎么像一只猫,一点声音都没有?她把侦察兵比作猫我也能接受,总之一只猫总比一个鬼要好。我踮起脚尖,像猫一样安静地站在她的身边,我们默默地看着窗户外面的世界。

我第一次发现,冬天的河流很瘦,就像我睡不好时的样子。我不喜欢它这样,我希望水能涨上来,那时的河一派丰盈。爸爸忙的时候,我和哥哥经常会到河边抬水。冬天要走很多台阶,让我觉得水桶很重。哥哥在后面,他的肩上一定比我更重。我们镇上的人都靠这一条河,只有少数的单位和工厂自备了高高的水塔。

我恨不得现在就搬进来,姐姐说。每天早晨只要一醒,站在这里,就能看到这一条河。它就在你眼前流,一直流到长江去。姐姐越说越兴奋,连我都听得激动不已。

我能住在这里吗?我不禁脱口而出。

姐姐奇怪地看着我,说你不懂,这个阁楼呀,过去都是小姐住的。

姐姐懂得多，人也好，我不能跟她争。这么多年，除了一张自己的床，在家里我早已习惯了不争不抢。整个沿河路上只有这一间阁楼，要是我住了还真是配不上。但姐姐可以，如果发动全校投票，最后也一定是姐姐住。

　　姐姐看我不说话，转而莞尔一笑，说你住一住当然可以，你不是经常跟我住吗？我也笑了起来。我们离开窗子，开始打量这个阁楼。姐姐用步子量来量去，然后说这里比我现在的房间大得多。我也看出来了，它的确很大。我们开始讨论，这个屋子怎么摆放。最重要的床，它的位置一定下，其他的都好办。我不需要多动脑筋，有姐姐在，我只要对她的决定鼓鼓掌，就算是我们一致通过了。

　　我们又一次站在窗前，没想到天完全黑了。卫东桥上，人影不停地闪动。昏黄的路灯在沿河路上星星点点，勾出了河流弯曲的样子。阁楼上的时间怎么这样快？我问姐姐。她笑了起来，从她的笑中我意识到自己的问题很愚蠢。姐姐拉住我的手，我们摸黑下了楼。大门早已从外面锁上了，我们站在鱼的腥气里。

　　怎么办？我有点慌。

　　爸爸一定能猜到我们在这里，姐姐镇定地说。

19. 绿化

二月二,龙抬头,我家搬进了老房子。对于我的住处,爸爸给了两个选项:一个是院子一侧的厢房,另一个是临街的门面房。我没有犹豫,我当然选择住在前面。这里离阁楼近,一转屁股就能爬上楼梯。爸爸摇着头说,讲你傻你还真傻呀,前面跟鱼行是隔壁,一大早就吵个不停,还有一股鱼腥味。

我昂着头说,我不怕!

你就是倔!妈妈说,你也不是属猫的。

我当然不属猫,我属龙。我看过《西游记》,鱼呀鳖呀还有虾兵蟹将都被龙领导。既然是鱼的领导,我为什么会嫌弃它?我就要像姐姐学习,她从来不嫌弃我。她支持我的选择,她说这是吴成自己选的,就让他住下试试看。

毫无悬念,姐姐住进了阁楼。全家各就各位,我们迅速地布置起来。每个人都很高兴,就像是我们共同打了一个大胜仗。我上蹿下跳之时,想到了一个严肃的问题。我郑重其事地问姐姐,这里应该叫老家,还是新家?当然是新家了,姐姐不假思索地说。一元复始,万象更新!

新家应有尽有,不仅有阁楼,而且有一个大院子。大院子套着一个小院子,比金铭春家的还大。一口老井已经清理干净,我和哥哥去河边抬水的日子一去不复返了。井的旁边,爸爸已经找人搭了一间披房。它是我们单独的厨房,里面有一张小桌子。我们一家人可以在小桌子上吃饭,正式一点的饭还可以到屋里的大桌子边吃。

搬家前后,我们里里外外打扫了一遍又一遍。妈妈爱干净,带领着我们在院子里继续清理,不放过任何拐角。一家人都在搞卫生,只有爸爸一动不动。妈妈不满意,她叉着腰说,你也不是新四军伤病员,怎么就不伸一下手?

爸爸不理她,仍然背着手踱步。姐姐指着他的后背,悄悄地对我们说,爸爸在回忆。我看出来了,他正一步一步地走向少年,沉浸在对往事的回忆中。

笨鸟

好不容易，爸爸从过去的岁月中走出来了，他开始对着院子指指点点，说这里曾经有一株高大的蜡梅，从前一到这个时候，满院子里都是一股清香；又说这里有一株天竹，那边种着一排竹子。他用移动的手指，把我们引到了一个花花草草的世界里。姐姐被说得心动了，说我们也种一些吧。

爸爸不动声色地问，你们可都有这个想法？

我们都举手支持，我还举起了双手。哥哥笑我，你是赞成呢还是投降？爸爸看我们积极性很高，便着手进行规划。他像布置作业那样，开始具体分工。第一个项目，哥哥和我利用剩下的砖头和土，搭建两个大花坛。第二个项目全家一起上，一齐动手挖坑植树。家里一共有五个人，每一个人的任务是种一棵水杉。

妈妈当即反对，说县里的会演就要开始了，吴瑚她不能动，万一手弄破了，她还怎么跳舞？姐姐说不要紧，我小心一点还不行吗？妈妈说上台演出无小事，不怕一万，就怕万一。爸爸征求我们的意见，说，就由我们男丁来完成行不行？哥哥一口答应，他是班长，一贯吃苦在前。我也心甘情愿，能为姐姐做事，我从心里乐意。

长大后我才意识到，爸爸其实是一个动员的高手。他常常不着痕迹，把你引导到他的圈套之中。他善于调动我们对美好生活的热情，在不经意中实现他谋划已久的计划。别人都说我妈会表演，其实这完全是假象。我妈演的《智斗》，是从剧本里学来的。爸爸不需要剧本，却一次次把我们玩得团团转。

春寒料峭的早春，一项雄心勃勃的园林工程在家中的庭院展开了。

第一次参加这么宏大的工程，这让我觉得自己几乎成为家里的一分子。为显示自己存在的价值，我向哥哥提出一人负责一个花坛。哥哥没有讽刺我，他痛快地答应了。他不想对我指手画脚，而是任我自力更生。但他一直按兵不动，在地上装模作样地画来画去。而我早已披星戴月，忙得不亦乐乎。

我的工程进展快，情况却并不乐观。眼看花坛已经铺了好几层砖头，但看上去歪歪扭扭的。哥哥的则不同,属于稳扎稳打的,虽然才铺了一两层,却是笔直笔直的。他干活有诀窍,用一根绳子做参照,一头用钉子钉在墙上,另一头用木棍插在地里。真是不比不知道,我直接就把自己丑陋的花坛一脚踢翻。

躺到床上,我恨铁不成钢,我想自己连铁都算不上,我就是豆腐渣,是提不起来的猪大肠。别看我考到了班上的第十名,我和哥哥的差距至少有十万八千里。他干事动脑筋,所有人都说他有板有眼,可我就是一个猪脑子,连几块砖头都砌不正。

就在我的工程遇到技术瓶颈的时候,金铭春伸出了友谊之手。我奇怪他有如神兵天降,却不知道他是哥哥暗地里为我找来的帮手。我们重起炉灶,从基础工作做起,学着哥哥的样子,画线,拉绳,对准,砌砖。我有蛮劲不怕出力,他脑子灵活善于总结。我们取长补短,悄悄地和哥哥展开了一场竞赛。

两双手紧密配合,干活如有神助。在做瓦匠活的间隙,我们经常爬上阁楼。姐姐的阁楼一般人都不准靠近,金铭春是一个例外。他手勤嘴甜,一声声姐姐叫得如鱼得水,仿佛吴瑚就是他亲姐姐。再说他又充满热情,所以家里人都喜欢他。只要我们一站在阁楼窗前,面对大河,就会有说不完的话。

这条河代表老城的灵气,金铭春老气横秋地说。过去城里有八景,其中四景都是因河而生。

这座桥就是一景,叫作"长桥半月"。我不甘落后,指着卫东桥卖弄着听来的传闻。

至于什么是长桥半月,我们都说不周全。一切都是耳听为虚,我们没见过它是什么样子。只是听说一年中某一天的半夜时分,桥的两侧河水中会同时出现半个月亮。我们展开讨论,它到底是哪一天?我们伸出手拉起钩,达成了不看就是小狗的约定。

在我们热烈目光的注视下,河畔的柳树开始发芽。细细的枝条像树的长发,悠然地在窗前摇摆。这时的院子大有改观,两个花坛大功告成。挖出的树坑残留着早春的雨水,只等着苗木的到来。

一个星期天的上午,一群中学生拥进了我家的院子。他们带着铁锹,"押送"着挺拔的树苗和各种各样的花草。他们展开了轰轰烈烈的劳动,把我家的植树种花工程推向了高潮。

春风吹拂,拉开了全县文艺会演的帷幕。这是我们家的重要节日,一个家里一共有三个人登台。演出在县电影院里进行,妈妈打头炮,还是阿庆嫂。我有些遗憾,在后台我只能见到她的背面和侧影。我看不到她的表情,我很好奇她面对刁德一时会是什么样子。接下来姐姐就要上场了,我悄悄地溜到了台下。

一道道的那个山来哟一道道水……姐姐的声音响了起来。

姐姐人还没上舞台,声音已经回荡在影院里。

台上的演员摆出了造型,迎接着姐姐上场。姐姐是领唱,她穿着一身白色的纱裙来到舞台中央。台上众星拱月,围着姐姐载歌载舞。姐姐身体轻盈地边舞边唱,一杆杆的那个红旗哟一杆杆枪……

我在台下激动地看着姐姐,我把头伸得老长,我想让姐姐发现自己。我感觉姐姐的目光扫到了我,她露出了神采飞扬的笑。姐姐始终带着笑意,她面对着所有的观众。我只不过是注视着她的观众的一员,我的掌声淹没在一片掌声之中。

带着拍得通红的手掌,我回到了后台。"奶奶"倪云一看到我,就把脸拉下了。你是猪脑子呀,现在还到处跑?她毫不留情地训斥我。

我有点不服气,虽然我知道自己是猪脑子,但是我不需要她来说。连姐姐都不这么说,她又凭什么?还真把自己当成奶奶了。我带着情绪上了场,我噘着嘴对她待理不理。她在台上苦口婆心地教育我,我的态度却有一点吊儿郎当。

没想到歪打正着,我的情绪正符合小淘气的定位。台下的观众不时爆发出笑声,表示出对我的肯定。我从来没有想到自己能演得这样带劲,简直就是超水平发挥。我在一片掌声中到了后台,一贯骄傲的白老师居然狠狠地亲了我一口。

我就知道,我不会看错人!她狠狠地进行着表扬与自我表扬。

白老师当然有理由高兴,我们学校宣传队这次旗开得胜。妈妈透露消息说,我的节目可能还要到市里去演。我听了以后又一次睡不好觉,我从来没想过会走这么大的狗屎运。很快白老师就下通知了,说这个节目还要认真打磨。我早早地来到了排练室,没想到左等右等却没有等来"奶奶"倪云。

出其不意的失败排练,总会有它背后的理由。不知道从哪冒出来的传闻说,倪云遇到了比表演节目更重要的事。女生们在悄悄地咬耳朵。我能感觉到,她们在传递一个神神道道的消息。这个消息似乎和我有关,因为她们都刻意地回避我。我百思不得其解,这个临阵脱逃的"奶奶"难道会和我扯上联系?

我并不是自作多情,局势的发展完全超出了我的想象。

就在我这个小淘气的名声外传之时,姐姐和"奶奶"的竞争已经到了临门一脚。连我们班上的同学都传开了,说外国语学校要在我们学校招一个人,现在大局已定,吴瑚和倪云两人二选一。有将信将疑的同学找我求证,没想到我居然一问三不知。他们用怪异的表情看着我,像看着一只搞怪的猴子。

放学时我踏着铃声就往外跑,恨不得立即赶回家。金铭春迅速地追赶上来。不比不知道,一比吓一跳。他兴冲冲地对我说,倪云拿什么跟姐姐比?姐姐外国话讲得那么溜。我敢打赌,只要姐姐一张嘴,就能把倪云给比趴下了。

别姐姐姐姐叫得这么顺口,她才是我的亲姐姐!我气呼呼地说,我说完转身走了,把金铭春甩到了一边。

这是我第一次对金铭春发脾气,我气的不是金铭春。我这时正在气头上,看到谁都不顺眼。我带着一肚子火没走多远,那个把头发梳得油光滑亮的疯子迎面走来。我平常都远远地避着他,今天我偏不。我凭什么要怕他?我看他到底能对我做什么。

他堵住了我的路,或者说是我挡住了他的道。他喜出望外,他终于有了诉说的对象。我好看吗?漂不漂亮呀?我听懂他的话了,他说来说去就是这么两句话。为配合他的问话,他把头伸向了我。我闻到了一股刺鼻的头油味,我本能地大喝一声,滚!

我被自己的声音吓了一跳,我没想到自己声嘶力竭时竟如此可怕。他吓得屁滚尿流,蹿出去的时候差点摔个跟头。看到他惊慌失措的模样,我没有丝毫的胜利感。我欺侮了一个疯子,就像小朋友以前合伙欺侮我这个傻子一样。接下来一路上我都在思考,我为什么会变得这样穷凶极恶?

我并没有完全消了气,我气的当然是姐姐。大家都知道的事,可我竟然毫不知情。面对外人的问话,我下不了台。别人拿我当傻子就算了,难道姐姐也把我当成白痴?越想我的步子就越沉重,一回到家我就上了阁楼。一是我实在咽不下这口气,二是此刻我的心里涌动着一种不安的情绪。

我必须让姐姐亲口对我说,给我把事情说清楚。

20. 梅雨季

谁也没有想到,姐姐放弃了唾手可得的机会。她不战自败,主动举起了白旗。

　　倪云成为唯一的人选,她在学校的呼声一下子超过了姐姐。她走在校园里的台阶上,一路被羡慕的目光护送着。我和金铭春也在看她,我们站在坡地的树林间。她这个样子,好像是走向联合国大会。我们说着她的坏话,以此表达内心的不平。倪云也看到了我们,她远远地朝我笑,她笑着朝我们走来。

　　她来到我们身边,用奶奶般慈祥的目光看着我。她从书包里掏出了一只崭新的文具盒,一把塞到我的手里。我感觉她像是要收买我,不想接过来。拿着,听话!她声音不高,却带着长辈不容置疑的口气。我不敢和她对抗,她身上依然散发着奶奶的威仪。

　　你干吗要给我东西呀?我本想说你应该给姐姐,但我做不了姐姐的主。

　　该给的,我自然会给。我话虽然没说,但这一点小心思,怎么能瞒得了她?倪云粲然一笑,说完转身离去。走了几步,她在一棵雪松下停了下来。她招了招手,让我一个人过去。我估计她有秘密的话,只能告诉我一个人。果然,她问我,你知道吴瑚为什么放弃吗?我眼前一片空茫,不知道她到底是什么意思。

　　倪云的嘴凑向我的耳朵,她说了一句话。她的声音太低,低得估计连她自己都无法听见。但她一定说了,我的耳朵上还残留着她呼出来的热气。她的热气很舒服,给我带来痒痒的感觉。分手前她意味深长地看了我一眼,好像是对我的又一次提醒。

　　天空变得阴沉的这个下午,我在课堂上魂不守舍。我基本上复原了倪云的话,她的话只有五个字——她是为了你!这一句话在我的脑子里嗡嗡地响个不停,像有成百上千只马蜂围着我转。姐姐为什么要为我放弃?我又不是小毛娃,需要别人看着。穷人的孩子早当家,我不仅可以生活自理,还能扫地洗衣锯煤球,为大人分担家务。

胡思乱想的时候,我的手也没停下,我在纸上画了两个小人,一个是我,一个是扎辫子的姐姐。这两个人的出现,让我想到了另外一个问题:在这个家里,我究竟能不能离开姐姐?我说不明白,只是觉得心里有一丝惆怅,自己好像并不希望离开姐姐。

　　我不想让别人知道我的这个念头,连我自己也不想知道。我这时面对的黑板,像一块遮掩秘密的幕布。我茫然地看着它,上面写着小英雄雨来的名字。老师在问,雨来面对鬼子的枪口,他是为了谁?我不由自主地举起了手,我在恍恍惚惚中站了起来。我听到了自己的回答,他是为了我!

　　班上的同学哄的一声笑了,打破了天气带来的沉闷。在我茫然四顾的目光里,大家迅速地止住了笑。他们现在已经不习惯笑话我,他们在思考我话里究竟有怎样的深意。好在老师听懂了,他说你的回答也有道理,算是联系自己的实际。其实每一位英雄的付出,都是为了我们今天的幸福生活。

　　在上完雨来这一课后,雨真的来了。这天放学我没有和金铭春同行,而是独自走入暮春的雨中。这场雨为我而下,我没有任何理由躲避,它让我心凉如水。雨水从额头流下,模糊了我的视线,但并没有模糊我的神志。它让我看到自己是一块沉重的石头,挡住了姐姐前进的路。

　　我站在雨中的卫东桥上,隔着雨幕打量着沿河街。屋檐之下站着少许看雨的人,他们伫立在一排老房子前面。他们站在姐姐的阁楼下,像是站了很久。这中间有瘦小的杨爷爷,他今天没有看报,他在观察傍晚的雨势。他认真眺望的姿态,让我突然加快了脚步。我迅速回到了家,我翻出了一把伞。

　　举着伞我来到修鞋铺,我执意要送杨爷爷回家。杨爷爷坚决不答应,他说你都湿透了,赶紧回家换衣服。我说反正都湿了,也不在乎这一时半刻。我们一老一少僵持着,谁也说服不了对方。这时杨奶奶来到我们中间,她用带来的油布伞,结束了我们的争执。我再也没有理由,和杨爷爷在雨中同行。

带着落空的愿望,我站在雨中的路口。我不想就此离开,我在等待需要雨伞的行人。我在雨中寻找机会,一次能够帮助别人的机会。在我固执的等待中,雨慢慢地小了下来。骤然停止的雨,让我帮助别人的想法彻底落空。街上已经没有人打伞了,我只好收起了伞,收回了一个空空荡荡的愿望。

天很快就晴了,可我仍然笼罩在阴雨的气氛中。

一连几天,我都没能走出阴沉的情绪。一大早走上学校的台阶时,我就觉得有气无力。只要一坐进教室,我就成了一只怕动的猫。我变得懒洋洋的,懒得说话,也懒得动。课间金铭春喊我出去玩,我基本毫无反应,连手都懒得摇一摇。

白天里浑身无力,放学一回家就往床上躺。家里的饭都做好了,哥哥喊了我几次。我不想起身,也没有胃口。

妈妈坐不住了,我听到她拍案而起。这是谁惯出的毛病,吃个饭还要三请四邀?

我也觉得不好意思,准备强打精神起床。姐姐进来了,她问,不舒服吗?我说,也没什么,就是身上没有劲,感觉有点酸。哪里酸?手上还是腿上?我苦笑了一下,我还真说不好。姐姐也不怪我,伸手就在我的腿上捏着。

这样,感觉舒服点吗?她问。我点了点头,姐姐这样关心让我不好意思。我不能让她再捏,我必须马上下床。

别动!姐姐突然叫起来。你们快来呀,吴成他的腿好像肿起来了!

爸爸亲自动手,屋里换上了100瓦的大灯泡,照亮了我们一家人。我们都看着爸爸,他在看着我。他首先和我面对面,仔细地观察我的面部,然后手指压在我的腿上,再迅速地拿开。我知道他懂一点医术,他经常看《赤脚医生手册》。他结束了观察,却没有宣布对我的诊断结果,而是对妈妈说,你明天带他去医院化验一下小便。

其实爸爸已经心中有数,他让姐姐重新给我炒了一个菜。菜里没有放盐,只加了一点糖。我吃着奇怪的甜味小炒,不知道糖能够治什么病。带着这个疑问,我家等来了化验的结果。爸爸的判断没有错,我得的是急性肾炎。

对于我的身体与饮食,医生向妈妈交代了许多。我只晓得,肾炎它是一种娇气的病。医生叮嘱说,一是人不能累;二是要少喝水,不吃盐。

一场毫无预兆的病,在初夏季节闯进了我的生活。

好在我一贯勇敢,我要继续证明自己的勇敢。我很希望能向姐姐证明,我能够经受各种考验。她完全可以远走高飞,不用考虑我的问题。虽然身体浮肿,四肢乏力,我能忍着。菜里不能吃盐,我也能忍着。但是每天上医院打青霉素,却实实在在让我感到恐怖不已。

青霉素注射液有两种,一种是乳剂,一种叫水剂。乳剂注射后,没有什么反应。最可怕的水剂,一针打下去,那是一生都会记得的痛。和我差不多大的孩子,都被打得鬼哭狼嚎。只有我没有喊叫,我用牙齿咬住嘴唇。一针打完,我早已泪流满面,嘴唇上也咬出了血丝。

比打针还可怕的,是班上同学对我的刻意疏远。他们都躲得远远的,他们不想跟我在一起。尽管金铭春大声疾呼,说肾炎不会传染,可没有人理会他。大家宁可信其有,不会信其无。有人振振有词地驳斥金铭春,你又不是白求恩,你拿什么保证?还有人阴阳怪气地说,白求恩也不能保证,他自己就是被感染的。

医生让我卧床休息,我不听,一直坚持到学校。但是在班上,我已经影响到别人了。我变成了一个小瘟神,大家唯恐避之不及。我的同桌请假了,前后座也挤到别的座位了。他们怕传染,他们害怕得要死。同学中都传开了,得了我这个病,男的不能结婚,女的不能生孩子。虽说结婚生子还早,但每一个人都不想毁掉自己的明天。

坐在课堂上我倍感压力,恍惚中,我似乎成了另外一个物种。我不可能成为老虎和狮子,过街老鼠应该是我此时处境的最好写照。

作为一只人人喊打的老鼠,我没有勇气再赖在班上,只能灰溜溜地回

笨鸟

家。这是我最沮丧的日子,我那么热爱学习,却被无情地隔绝在课堂之外。姐姐安慰我,说你可以在家里学,我负责教你。金铭春给我拍胸脯,保证及时把我的作业本交上去。其实我担心的不是落下课程,我为离开校园的氛围而不安。

姐姐搬下了小姐的阁楼,把宝贵的空间让给了我。哥哥偷偷地找到了一只木箱子,吃力把它塞到床下。这是爸爸封存的书,他悄悄地叮嘱我,不要让大人知道。我知道他们的意思,他们担心我一蹶不振。他们让我在高高的阁楼上,一眼就能看到生动的生活。他们用最好的东西来陪伴我,希望我不至于度日如年。

我拖着虚肿的身体,来来回回地在楼上转。对于沿河路上最高的这个屋子,我其实期待已久。我一直梦想能够住在这里,从高处打量着自己生活的地方。这里给我提供了一个崭新的视角,和平日里看到的景象不同。视线里原本杂乱的事物,在居高临下的观察中变得井然有序。

这时我冒出了一个不切实际的念头,如果坐上了飞机,我会看到怎样的情景?

但是我不可能坐飞机,我连火车都没坐过。能够住进阁楼,还是我用一场病换来的。我慢慢接受命运的安排,从床到窗子是七步,从窗子到床是七步。窗前能看到了两排树,一排是柳树,另一排也是柳树。我面对着连绵的雨天,这是我经历的最长的梅雨季。在风声雨声之中,我想象着课堂上的读书声。

为打发百无聊赖的日子,我打开了箱子。我惊讶地发现,这里面都是书,是我从未听说过的书。它们被父亲偷偷地封存已久,散发着一股历时久远的淡淡霉味。我不喜欢这种味道,我甚至害怕它会影响到我的身体。但这些书充满了魔力,它们让我爱不释手。它们有着那种神情庄重的封面,有着那些令人费解的名字。

我用抹布把它们一本本地擦拭干净,再把它们摊在窗前的地板上。我小心地做完了这一切,像是进行一次重要的排演。然后我坐在床上,远远地观察着这些书,我不知道下一步该做什么。我很为难,一下子出现了这么多书,我竟然不知道该选择哪一本了。我只好闭上眼睛,慢慢地摸过去。

我手里拿到了其中的一本。我没有想到,这本书会影响我的一生。

21. 考验

一个遥远的村庄出现在我的眼前,它并不十分清晰。但从它朦朦胧胧的状态就能看出,它和我熟悉的村庄完全不同。它在一片辽阔的土地上,在冰雪的世界之中。我一直不知道,阁楼能看得这样远。

　　这个村庄里有漫长的冬天,有严寒之下的冷寂,还有一个有钱的女人。女人是一个寡妇,她和她的女儿们在一起,生活在庄园里。她家是一个女儿国,她对女儿们管教很严。她像天气一样冰冷严峻,冷冻着全家对外交往的大门。她的大女儿都25岁了,却很少见到外人。然而这一天大女儿病了,只好请来了一位乡村医生。

　　他是一个有爱心的大夫,关键他还很年轻。他没能给姑娘带来药到病除的奇迹,却为她点燃了前所未有的热情。他日夜守候在病床旁,用年轻男人的气息包裹着姑娘。他守了三天三夜,如果太困了就坐在床沿打一会儿盹。除了睡着了以外,他们一直在交谈。从病情到情感,他们火热的交谈像炭火越烧越旺。

　　他们俩关系迅速地升温,他们亲密无间。他们拉着对方的手,他们拥抱在了一起。姑娘的身体很烫,一半因为病情,另一半出于激情。比起火红的身体,她的声音更热烈。他们一直呼唤着对方的名字,他们用火一样的语言进行着生死告别。姑娘终于死去了,在幸福而狂热的呼喊中,她完成了生命中唯一一次爱的体验。

　　我在我的阁楼上,看到了这个寂寂无名的村庄。它坐落在白雪覆盖的俄罗斯,它被记录在一本有些霉味的书里。书的封面是一个大胡子男人,书的名字叫《猎人笔记》。这是发生在阁楼上的现实场景,此前我无法想象——一个叫屠格涅夫的猎人,会用一个故事把我击中。

　　只是因为一本书,我的心一下子跑出了很远。

　　几乎用了一个梅雨季的时间,我在消化着这个故事。作为一个病人,我努力想捕捉另一个病人的感情。我捉不住它,它就像窗前掠过的鸟影。它就像划过天空的飞翔,却没有留下飞的痕迹。

　　我可以把手臂张开,但我不可能进入鸟的内心。当我合上这一本书的

笨鸟　141

时候，我迟迟不能告别书中的情节。大多时候我躺在床上，把一个个细节像看电影那样翻来覆去。我也会走到窗前，眼中的景色常常幻化成漫天飞雪。只有把手伸出窗外，我才能确信落在手里的是夏雨，而不是冬雪。

手中的雨水帮助我回到了现实，窗外的雨还在下。雨中的人，撑着大大小小的雨伞。下面的鱼行人声鼎沸，夹杂着一口酥斩钉截铁的声音。她的声音里放送着鱼的消息，这些鱼很快迎来炊烟四起。我喜欢看烟和雨的结合，它们从我们的住处上升到高处，笼罩着柳色顾盼的两岸和湿漉漉的行人。

在被雨伞点缀的河岸长线上，妇女和孩子沿着台阶上上下下。镇上的每一个日子，都围绕我窗前的这一条河流，忙忙碌碌地展开。我不能无所事事，这时我居高临下地想到了未来。我想长大后自己也许会结婚，还可能会有自己的孩子。我想万一自己当了孩子的父亲，我该做些什么。

我想到的第一件事，是为露天的街道盖上一个顶棚。这样再遇到雨雪天，我的儿女们可以大摇大摆地从家里走到学校。但是一旦天晴，见不到太阳怎么办？我发现了计划的漏洞，我要把这个顶棚改成活动的。它必须能收能放，既能感受风和日丽，见到蓝天白云，又能成功阻止雨雪和暴晒。

我不断完善着这个雄心勃勃的方案，一点点地让它变得可行。我的想法倾巢出动，我想到了材料和装置。这个顶棚可以用帆布去做，但是它的外面要涂刷防水的桐油。它可以用活动的钢架支撑，必要时需要在两边安装上滑轮。我把这些美好的想法写进了作文，以此表达我对明天的畅想。

很快金铭春来到阁楼，他给我带来了意想不到的消息。他说白老师在班上朗读了这篇作文，又说哥哥吴经把作文借到他们班上去了。晚上吃饭的时候，哥哥果然发布了这个新闻。在他们班上，老师朗读了我的作文。哥哥的话没说完，就被姐姐抢过去了。她说我们班上也读了，是我朗诵的！

我的一篇作文居然像击鼓传花一样，在各个年级传来传去，让我感到振奋。人逢喜事精神爽，再上楼梯时我明显感到身体轻盈。灯光下我反复地按压小腿，我认为浮肿已经从身上消失。万事俱备只欠东风，这个东风就是要取得同学的信任。这样我才能顺利地重返校园,回归正常的课堂学习。

怎样才能打消同学们的顾虑,一个晚上我都在思考对策。我的头脑里冒出了好几个想法,但没有一个让我心服口服。走一步算一步,去医院的路上我终于下了决心。我想试一试,我给自己出了考题。我要考验自己一下,如果侥幸能过了第一关,那么接着再进行第二关。

我把打针设定为第一关,只要自己不流泪就算是考验合格。带着坚强的信念我来到了注射室,我勇敢地抬起了屁股。护士来到了我的身后,我尽量不去看她。我咬紧牙关,眼睛一动不动地盯着墙上密密麻麻的视力表,像盯着一个个蠢蠢欲动的坏人。棉花球在我皮肤上揉动,我使劲地屏住一口气。

针终于落下了,我等待着痛苦来袭。然而,闯入身体的针,却丝毫没有给我带来疼痛的感觉。

第一个考验落空了,这一针用的是乳剂,而不是让人崩溃的水剂。

一次注射完全打乱了我的计划,我的第一关考验不攻自破。意外的结果让我小小受挫,但我不想轻易放弃。我壮着胆子去找医生,重新进入自我设定的模式,开始第二个考验。

这个医生我认识他,他却记不清我。他问你找谁,我说就找你。他有心逗我玩,说你屁股痒了想打针吗?我没有理会他的嘲笑,我说你要给我开个证明。他问证明什么,我说你要证明肾炎它不传染。医生笑了,他说这个病本来就不传染,这还要什么证明。我还要争取,等候的病人异口同声地把我轰了出去。

虽说两个考验都偏离了原来的轨道,但我毕竟迈出了勇敢的一步。我不能半途而废,我说服自己将革命进行到底。所有的努力都是为了最后的考验,我必须做好充分准备。回到家我就把自己关进阁楼,对着镜子我一遍遍地练习。我进入了欲罢不能的状态,连天黑了下来都恍然不觉。

这时我听到隐隐的雷声,声音越来越近,雷仿佛来到了门外。我打开了门,姐姐露出了一脸的担心。

她问,你念念有词的,该不是发烧说胡话吧?

新的一天,我的窗前没有雨。久违的阳光从云层里斜斜地穿出,这是表达友好的一天。我早早地下了阁楼,悄悄地来到学校。我藏在早晨的树林间,耐心地等待着。我的脚踩着湿润的草地,头上偶尔滴落着豆大的水滴。按照原定的计划,此刻我必须按兵不动。因为时机还不成熟,我不能贸然闯进班上去。

好不容易等到了早读课的铃声,它对我发出清脆的命令。我踏着它悠长的韵律,来到了教室外面的走廊。我平息着心跳,等待铃声戛然而止。

在离开多日之后,我重新走进了教室。

我没有回到座位,而是站在讲台前。我的出现让班上一阵惊奇,大家开始交头接耳。我使劲地咳嗽一声,把声音咳得很响。同学们好!我向大家深深地鞠了一躬。这个鞠躬动作昨晚我练了多遍,我做得一丝不苟。我要用这个意想不到的动作,制造出安静的效果。

班上果然安静了,同学们都在等待下文。我一时愣在那里,我突然忘记了背了一个晚上的词。但我必须张口,我不能在最后的考验中卡壳。气可鼓而不可泄,我已经没有了任何退路。

我的病不会传染,我终于张开了口。下面一阵哄笑,我不理会,我的话还没有完。这不是我说的,这是医生说的,我提高了音量。不是一个医生这么说,我问过的所有医生都这么说。所以我完全可以上课,不会影响到大家。如果同学们相信我,就举手同意。如果不同意,我继续回家。

话音未落,我的眼前就出现了一只手。不用看我就知道,举手的是金铭春。

紧接着,又有两个男生举起了手,这也在我意料之中。我不是孤军奋战,我在心里一一记下他们的名字。更多的同学在交头接耳,他们互相打探,显得犹豫不决。

紧急关头,金铭春跑上了讲台。他照着我的样子,也给大家深深地鞠了一躬。他的动作在真诚中带着自信,他的躬鞠得大义凛然,比我出色得多,显得大方自然。

这里,一只只手像旗杆一样,从不同的座位举起。在我的眼里,他们就是旗杆。在我患病的时候,全班同学为我展开了信任的旗帜。我不敢面对这些高举的手臂,我见不得这样的场面。我怕控制不住眼泪,急忙转过身去。我手忙脚乱地找到了一只黑板擦,胡乱地擦拭着黑板。我擦了一遍又一遍,恨不得把它擦成一面镜子。

这个轰轰烈烈的夏天,我重新回到了枝叶繁茂的校园。

放暑假的时候,我邀请了三位同学来到阁楼。以金铭春为首,他们无一例外,都是班上最信任我的小伙伴。他们在我最需要帮助的时候,率先举起了支持的手。这一天是农历六月十六,是我精心选择的日子。我想在半夜时分给他们一个惊喜,共同见证传说中的家乡一景——"长桥半月"。

我们吃着金铭春带来的葡萄干,围坐在一起玩扑克。我们各显神通,表演着扑克牌的小魔术。我们学着大人的样子干杯,让空空的汽水瓶散落一地。我们把汽水瓶伸出窗外,和眼前的河流一起对饮。

好不容易等到了晚上十一点钟,我们急不可待地来到卫东桥。夜风送来了阵阵凉意,也给我们仰望的天空带来了大片的乱云。它们用各种各样的形状,挡住了月亮的脸。一条波动着细小光芒的河流,从桥下无声地流动着。

桥上只有我们四个人,我们不停地向空中仰望,一条天河在流云中时隐时现。我们没有看到"长桥半月"的传说景观,我们守在灯光蜿蜒的午夜,看着自己的家乡慢慢变成了安静的梦乡。

这个夜里,我们四个同学都住在阁楼上。在属于我的床上,大家横七竖八地挤在一起。这是一个奇特的夜晚,我居然能睡得很好很香。直到清晨醒来时,我还百思不解——我们的身体像麻花一样扭在一起,我怎么还能睡得这样踏实?

22. 奔丧

读书读到小学四年级时候,我的人生第一次开始膨胀。一次瞎猫碰到死耗子的演出,让我有些飘飘然。加上我的成绩历史性地跨进年级前五名,我学会了昂首挺胸走路。我忘了本,我不愿意回忆往事。我忘掉了自己一直很傻的经历,我甚至都不相信自己傻了很多年。

每一只想吃天鹅肉的癞蛤蟆,都不会觉得自己没有资格。我就是这样一只癞蛤蟆,这个秋天我想吃的天鹅肉,它是一个角色。这个角色在学校文艺宣传队举足轻重,很多人都跃跃欲试。以前我没有非分之想,也从不敢和别人竞争。那时我本分,知道自己有几斤几两。现在不同了,我觉得自己有了"反攻倒算"的资本。

虽然我上了四年级,但在宣传队算不上老队员。我属于后来居上,白老师说我的进步势头很猛。就像是在跑步比赛中突然中途加速,一下子赶超了许多对手。我没有对取得的成绩沾沾自喜,我还想继续冲刺。

机会已经出现,它已经向我招手。学校正在组织群口词的排演,它是县里的会演节目。我是第一批被选中的人,但我并不满足。我还想更上一层楼,成为这个节目的领诵人。

领诵人只有一男一女,要在40名朗诵队员中产生。一个从天而降的大嘴女生,已经铁板钉钉,独占了女生的那一名。谁也别想跟她争,她是来自大城市的文艺小骨干。她和她妈一起来到我们学校,她妈是新上任的校长。

大嘴女生有一种特别的气质,她不大喜欢笑。站在队伍的最前列,她的情绪和身材一样饱满。她的身边还缺少一个人,那是一个男生的位置。我知道后面三排中的不少人,都对这个位置虎视眈眈。经过第一阶段的选拔,大多数人落荒而逃。而我离它越来越近,我是最后两名候选人之一。

我丝毫不敢掉以轻心,因为比赛远远没有结束。每一次排练,我们两个男生会轮流上场,和大嘴女生站在一起。一旦轮到我到前排领诵,我会全身心地投入其中。即便是轮空站到后排,我也会认真观察对手的表现。我的努力没有付诸东流,大嘴女生有时会露出虎牙,给我一个微笑的嘉奖。

"阳光雨露催苗壮,明灯火炬照征程,我们是毛主席的红小兵,心红胆壮志如钢……"节目排演了很多遍了,内容早已背得滚瓜烂熟。这天放学后又排练了两遍,第二遍时我站到了前排。我记住白老师的话,把每一次排演都当作演出。这是短兵相接的关键时刻,我不允许自己有一点失误。

随着排练结束,同学们很快散去。我没有回家,还在接着练。我对着镜子练,观察着自己的动作和表情。如果不想做 B 角,我必须每一个细节都要做到位。舞台上永远没有第二名,这是白老师对我的教导,也是我妈对她舞台经验的总结。

从周围的气息变化中,我已经意识到白老师在身边。我是她一手创造的作品,她是我文艺路上的领路人。我停下了一个人的表演,我不能耽误她吃饭。我迅速地来到角色之外,我动作麻利地穿好外衣。像往常一样,我从白老师的手上接过钥匙。我关上了屋子里的灯,就要出屋锁门。

白老师挡住了我,把我拉到她的面前。她的身上有一般淡淡的香气,很好闻的那种。她比我高一个头,我的下巴几乎贴着她高高的胸脯。她很少对别人这样亲近,她喜欢我要求上进。这时她伸出手来,整理着我的衣领。她的动作很慢,我想整理衣服不是她的目的。她有话要对我说,她在酝酿教育我的方式。

果然她开口了,她说话的声音很轻。女人的声音一轻,就显得格外亲切。她说你呀,也别给自己太大的压力,有的东西要练,有的还要动脑筋去想。她用手指了指自己的头,又拍了拍我的脑袋。她说最关键的问题,是要有感情,只有带入了真感情,你才不会觉得是在背一篇文章。

白老师的话不多,却让我茅塞顿开。我觉得自己最大的缺点就是感情不够,我不大会流泪。回家的路上我还在想,我妈那么会哭,为什么自己却学不会?这个不解之谜让我感到饥肠辘辘。这时我登上了拱形的卫东桥,一眼就看到了我家的阁楼。它的周围炊烟四起,一条街都弥漫着饭香。

我和晚饭只剩下不到一百米的距离,我放慢了脚步。这时一个新情况迎面而来,我看到急匆匆上桥的爸爸和妈妈。我停下脚步,他们和我打了一个照面。我堵住他们,问去哪?妈妈脸色不好,她没理我。爸爸把我扯过去,说妈妈有一个长途电话。

长途?从哪来的?难道家里出了什么事?一时间,我的心里冒出了一个个问号。我无法消灭这些问号,他们也不跟我多话。我想知道到底发生了什么,于是转身就跟着父母来到邮局。一个个玻璃的电话隔间,站满了接听电话的人。我们等在外面,等待着不知何时才能重新接通的电话。

我想不到,接通一个电话竟如此漫长。我在猜测这个电话来自何处,我想自己应该猜到了,但又不敢承认。我烦躁地推着玻璃门,在邮局内外出出进进。外面秋风乱窜,把梧桐树叶吹得响声不断。里面吵声一片,很多人拿着话筒大呼小叫。等到我妈接上电话的那会儿,里里外外早已升起了点点灯火。

妈妈进入了小小的电话间,除了嗯嗯的应答声之外,我听不清她到底在谈些什么。我好奇地靠近她,父亲却紧紧地拉住我的手,让我始终和她的通话保持着一段无法听清的距离。不听就不听,我生气地挣脱他的手。像一个多余的人,我生气地跑到了门外。阵阵晚风中,我的心情像树叶一样抖动。

生气归生气,我不可能若无其事。隔着玻璃门,我看到妈妈已经接完电话。父母俩凑在一起,他们商量的时间很长。他们又走进了电话间,这次是父亲在打电话。这时我完全能够断定,家里一定是出大事了!

一个多小时后,我被父母拖出了家门。妈妈没有吃一口饭,姐姐和哥哥一片茫然。我们来到了桥下,等来了一辆卡车。它是一辆奇怪的车,只有巨大的车头而没有后面的挂车。借助昏黄的路灯,我看见车门上喷着麻纺厂的字样。我被妈妈拉上车,坐在驾驶室的后排。父亲在车旁,和缓缓离去的车挥手告别。

黑暗的旅途中,除了说明去外婆家,妈妈没有跟我说一句话。不知过了多久,我在沉睡中惊醒。汽车停在一座黑乎乎的桥头,我认出了这座桥。我知道到了,这里是我小时候经常玩耍的地方。早早等候的几个女人迎上来,挽住妈妈的手一阵低语。随后毫无先兆的,妈妈爆发出惊天动地的大哭。

伴随一路起伏的哭声,我来到外公的家,这是我和他最后一次见面。

惨淡的灯光下,他躺在一张床板上。他身穿一套崭新的藏青色中山装,脸上盖着黄表纸。姨父挥了一下手,立即有人轻轻揭开外公脸上的纸。我有点怕,鼓足勇气瞥了一眼。他闭着眼睛,脸上昏黄而枯瘦。这是我第一次接近死者,并不像想象中那样恐惧。

他走得时间不长,一直在等你们。姨父在介绍,他的表情镇定。刚才我还摸了一下,他的手还有温度。

姨父话音未落,又一次激起了妈妈的号啕大哭。

第二天早上醒来,我被带到了红旗饭店。我见到了不少亲戚,他们都在这里吃饭。我对这里十分熟悉,小的时候这里跟家一样。饭店的人也都熟悉我,他们看到我都很高兴。但他们也不能太高兴,他们的经理去世了。他们在脸上表现出悲伤,他们和我一样戴着黑袖章。

中午的时候,爸爸也赶来了。他一来就坐进了堂屋,在一张案几前用毛笔写字。除了写花圈上的挽带,他还在账本上记账。不时有人递上两块三块,都被他一一记录在册。奇怪的是,有人不给钱而是捧来了缎子被面,也被他一一记下。

一天下来,丧事有条不紊地进行。帮忙的人很多,又有懂行的人在一旁出主意,家里人的任务主要是表示悲痛。我的小表姐鸣男,一直用红肿的眼睛盯着我。她问你为什么不哭?她说连外人都哭了,你这个家里人却不掉一滴眼泪。面对她的责备我很愧疚,但我的眼泪还在半路上。

晚上吃饭时,姨父神情严肃地找到了爸爸。他们避开人群,在饭店的一角窃窃私语。桌上的亲戚很好奇,都在远远地注视着他们。一个表舅说,这两个女婿恐怕是遇到什么事了。估计有麻烦,另一个表舅说。你看这个常主任一直在说,吴老师一点都插不上嘴。

过了好一会儿,姨父和爸爸才结束讨论。他们两个人却一起走了,连招呼都没打。两个女婿的不辞而别,让亲戚们议论纷纷。大家一致的意见,是出现了棘手的情况。常主任是镇上的一把手,吴老师是中学的教导主任,这两个人都坐不住了,说明了什么?

大家猜测的意外情况并没有发生,新的一天外公如期火化。

我第一次来到火葬场,这是和外公最后告别的地方。姨父捧着外公的遗像,走在青松与翠柏中间。外公没有儿子,许多人为此惋惜。这么一个杰出的厨师,居然没有人继承他的手艺。他烧了一辈子的饭,最后还是落入通红的炉火,烧得只剩下一把骨灰。

23. 舅舅

就在外公即将入土安葬的时候,意外的情况还是发生了。

一位解放军来到了家里,他是专程来为外公送行的。他定制了一只最大的花圈,随身还准备了花圈上的挽带。姨父小心翼翼地接过了挽带,像接过一个庄严的使命。姨父制止了别人伸出的手,他要亲手把它贴上去。常主任一连串的反常举动,吸引了亲戚的好奇围观。大家都想知道,这个不速之客到底是什么来头?

谁都没有料到,窄长的花圈挽带,包裹着一个爆炸性的消息。

上联赫然写着,父亲大人周瑞祺千古。

下联竟是——儿倪本周率全家敬挽。

父亲和儿子,竟然在这种时候相认了?!花圈上的白纸黑字像重磅炸弹,轰的一声在人群中炸响。紧接着整个院子一片安静,空气迅速地凝固了下来。

所有人的目光,第一时间都聚集在倪本周的身上。

倪本周,这个名字大有讲究。他虽然是姓倪,但本来是属于周家的。关键是"父亲"与"儿"的字眼,完全坐实了来人的身份。大家都能从他的身上,找到一种似曾相识的感觉。其实在他进门的时候,我第一眼就看出他像一个人。这时我醒悟过来,他和外公太像了!无论是修长的身材,还是相貌举止,他都像照着外公的模子刻出来的。

对于我家来说,这注定是一个不平常的时刻。外公刚刚离开人世,却突然冒出了一个来路不明的儿子。亲戚们首先是不知所措,他们没有任何心理准备。联想起常主任和吴老师的诡异密谈,表舅们开始愤愤不平。他们找到了姨父,强烈要求他给一个说法。

打过仗的姨父处变不惊,面对围攻发出一阵冷笑。当儿子的要来,难不成还要我这个女婿批准?!他的一句话,让大家哑口无言。

比起大人的六神无主,表姐们更是义愤填膺。她们不可能对解放军发火,而是把怨气对准了解放军的女儿。她是一位初中生模样的大眼睛女孩,她的名字叫周洁。她为什么不姓倪,而偏偏要姓周?大家围在一起,恶狠狠地议论着。

我说她是外公的孙女,她不姓周难道让你去姓?!我的不合时宜,引起了表姐们的鄙视。大表姐二表姐习惯让着我,小表姐鸣男则不依不饶。她说你是叛徒,我们不跟叛徒说话。

我为什么是叛徒,我的脸上写着叛徒吗?她的话让我很气愤。

是呀,他为什么是叛徒?洁表姐突然插了嘴,原来她一直在听我们说话。她嘴里不停地咀嚼着泡泡溏,满不在乎地吹起一个个大泡泡。她走到我的身边,替我帮腔,仿佛真的是跟我一伙的。

她都跟你站到一块了,还说不是叛徒。鸣男理直气壮,她终于找到了现成的理由。

我找不到话反驳,我自知理亏。洁表姐却笑了起来说,你这小妹妹真是好大的胆子,敢说我们解放军家是叛徒。

这个罪名很有杀伤力,鸣男被吓得脸色煞白。我也没说解放军,她低声地辩解。外公不在了,可你还在笑。还有他吴成,他连一滴眼泪都没流过。

洁表姐感到很意外,她发亮的眼睛盯着我。她好奇地追问,你为什么没哭?难道,你的外公对你不好?

我厌恶地看着她嘴里的大泡泡,讨厌她提出这个问题。我坚定地摇了摇头,否认了她的说法。但我的确没哭,这是我无法抵赖的事实。我很羡慕我妈,她说哭就哭,也不要做什么准备。我不行,我从小泪水就少。我不清楚人人都长着一双眼睛,为什么我眼里的泪水会比别人少。

一个晚上我都在思考哭的问题,我痛恨自己没有出息。我酝酿着感情,我不想在这个悲痛的时刻表现得无动于衷。在树木阴森的送葬路上,我故意和洁表姐走在一起。我要当面哭给她看,用泪水证明我对外公的感情。我们一起穿行在起伏的山岗,我用响亮的哭声,加入了哭泣的声浪里。

秋风掠过草木丛生的旷野,花圈呼呼作响,这是传染悲伤的时刻。长长的送葬队伍中,我的大舅撕去了鲜红的领章和帽徽,手捧骨灰盒走在泣不成声的队伍前面。我用模糊的泪眼观察左右,发现我家的亲戚实在少得可怜。哭天喊地的大都是外人,他们多数折服于外公的手艺。他们为失去一位传奇的厨师,对生活表达着失落和悲伤。

他们,尤其是其中的女人们,和我家没有任何血缘关系。但她们和我一样,热爱外公制作的美食。失去一个杰出的厨师,就意味着失去镇上的一个招牌。大家一齐发自内心,把悲痛的哭声引到了树林深处。

这个叫大缸子的地方坟地连绵,起伏的哭声惊飞了一路鸦雀。我沉浸其中,完全控制不住地放声大哭。我完全进入了角色,哭得惊天动地。以致声音哽咽呼吸困难,上气不接下气地抽泣。洁表姐悄悄拉住我的手,掏出手帕为我擦拭着眼泪。在我耳旁狠狠地说,你傻呀,嗓子都哭破了,还哭!

这个瞬间,我和洁表姐各自认同了对方的亲戚身份。

家人团聚的场面,也许是外公竭力隐藏的梦想。在他的生前,镇上的人都不知道这个秘密。他本可以通过漫长岁月里的缄默,把这个秘密带进坟墓。他也一直这么准备着,直至撒手离去。但他的侥幸,最终没能战胜一个简单的事实——他的儿子,完整无缺地存活在这个世界上。

人算不如天算,成为外公的宿命。他离开了人世,却把一个难题留给了毫无准备的亲人。

因为这次奔丧,舅舅闯入了我们的家庭。听大人说,他带来了一张老照片。我没有见到这张照片,但我能够感受到它的杀伤力。因为这一张照片,外公隐瞒已久的身世,已经暴露在大庭广众面前——

我的外公,曾经另有所爱;

我的大外婆,早于外婆之前的一个富家小姐,曾和外公一起在上海生活过;

他们生下了一个儿子,他的名字叫倪本周。

倪本周和表姐很快走了,他们来得快走得也快。他们的突然袭击像一块大石头,投进了平静的小镇。

笨鸟　155

我失去了一个外公,却多了一个舅舅。事情来得这样突然,我根本搞不清这里面的情况。但我知道这件事不光彩,它在别人眼里完全就是一个笑话。问题是事情都来了,你不可能堵住别人的嘴。好事不出门,坏事传千里。这个爆炸性的新闻像刮风一样,吹过青石板老街,很快在小镇上沸沸扬扬。

那个事,是真的吗?二狗子在街上挡住了我。几年前,他还是我不上台面的玩伴,如今也人模狗样地向我打听。但他把我问住了,我不知道怎样去回答。对大人的这种事情,我根本解释不清。你说什么呢?我说着普通话。我装作听不懂他话的样子,迅速离他而去。

我不敢再出门乱逛,我甚至怕来到院子里。里里外外都是熟人,我觉得这种事情见不得人。在家里我也不敢看外婆,她一个躲在屋子里发呆。我心里只有一个强烈的愿望,我想立即离开镇子。

我们一家三人,又回到我们生活的地方。生活重新开始,就像一切都没有发生。只是一来一往之间,我手臂外面的衣服上,多了一只黑袖章。我不知道戴多久才算孝子贤孙,我又不想一直戴着它。我只有求助姐姐,她比我足智多谋。

外公走了,不戴说不过去。姐姐对我和哥哥说。我们都戴上三天,三天过后就把它摘下来。

按照姐姐的意思,我戴着黑袖章来到了学校。我一直忐忑不安,我害怕外公的身世被人知道。其实我多心了,根本没有同学前来打听。和我要好的同学,都从金铭春那里得到了消息。金铭春跟我形影不离,他自然从哥哥那里得到了消息。

一切波澜不惊,我继续着课堂学习和课后排演。

"我想起了董伯伯的讨饭棍,王大爷的破棉袄……"

我领诵着群口词,我希望能像往常一样,但我做不到。只要一想到舅舅的出现,我就有一种做贼心虚的感觉。我口中的人物遭遇,恰恰和外公形成了强烈的对比。我做不到口是心非,我不能装成若无其事的样子。我羞愧地意识到,当劳动人民身处水深火热之时,我的外公却结识了一个资产阶级的小姐,在大上海过着花天酒地的日子。

我的慌乱与心不在焉,引起了大家的不满。大嘴女生向我翻了一个白眼,白老师对我发出了一声叹息。我提醒自己,如果不能和外公的事做一个了断,我将不再拥有和大嘴女生相伴的机会。我会被赶出领诵的位置,灰溜溜地站到演出队伍的最后一排。

24. 外公

在连绵不断的秋雨里,我陷入了深深的困境。我摘下了黑袖章,想以此剪断和外公的联系。我一直缠着金铭春,和他一起拼命地玩。连他都发现了我的反常,他奇怪我为什么不愿意回家。我差一点就要向他坦白实情了,但我还是咬紧了牙关。我无法判断这一件事会给别人带来怎样的反应,我唯一能做的就是守口如瓶。

但我不能不回家,我总要回到自己住的阁楼。只要我一人独处,外公的影子就一直挥之不去。我解决不了这个问题,我在小小的阁楼上烦躁不安。窗外的雨声,雨打树叶的声音都让我烦躁,我愤怒地关上了窗。

即使关了窗户,我也关不住天在下雨的真相。我在自欺欺人的同时,也欺骗了自己最好的朋友。我想起了金铭春对我的信任和帮助,他还送给了我那么多的葡萄干。他的葡萄干来自新疆,独特的风味让人难以忘怀。坏了,我不该想起了吃。因为一旦想到了吃,外公的形象又立即栩栩如生。

我总算明白了一个事实——想忘记外公,这就是一个天大的笑话!除非我不再吃,除非把我吃的经历一笔勾销。

对于外公的手艺,姐姐能忘哥哥也能忘,偏偏我不能,我有刻骨铭心的记忆。我和他们都不同,我最好吃。我是一个开窍晚的孩子,很长时间我不会走路也不会说话,但是我爱吃,我只会吃和睡。外公敏锐地发现了这一点,他用美味为我打开了认识世界的大门。

毫不夸张地说,外公和我之间,有一条坚强的食物纽带。我一辈子都不可能挣脱它,外公像一根钉子扎进了我的味蕾记忆。无论是葱油飘香的阳春面,还是汤汁浓郁的小笼包,它们都是我的最爱。我幼时的幸福感,我对生活的最初认识,全部是靠吃获得的。

从我记事时开始,外公就是一个神话。他身穿白色围裙往案板前面一站,就是国营红旗饭店最醒目的招牌。四邻八乡的人来到饭店,都是奔着他来的。名厨之所以成为名厨,在于他的背后有一张张追捧的大嘴。这些嘴张大了对生活的热情、对美食的迷恋,也成就了外公的名气。

生下来以后,我在外公外婆身边生活了整整七年。临街的红旗饭店,是我童年生活的重要据点。我曾站在饭桌上,经历过历史场面。我记得有人戴着高帽子,在游街示众。那是很高的锥形帽子,大多写着歪歪扭扭的毛笔字。这些字标明了他们的身份和名字,黑字的上面经常打上醒目的红叉叉。

这种特别的场面并不多见,在我的记忆里只是一闪而过。更多的时候,我是一个小小的食客。我贪睡,来到饭店时已经接近早饭的尾声。来得早不如来得巧,这时正是最后一批小笼包即将上蒸锅的时候。这时顾客寥寥座位稀落,外公仍然会腰板挺直地站在案板前。

身为饭店的经理,外公从不偷懒。他始终战斗在一线,他的一线主要是案板,偶尔也亲自上灶台。他的面前布满白色的面粉,和他的围裙一样白。几个同样身着白围裙的人,动作麻利地包着包子。整个红旗饭店的人,我都能说得出他们的姓名和外号,也品尝过他们的不同手艺。

我记得自己常常被带到案板边,冒充大人学着捏包子。我的脸上和身上经常沾满了面粉,像从雪地里滚出来的一样。姐姐和哥哥绝对不可能这样,他们很少能光临饭店。外公从不嫌弃我做的包子,它同样被摆放进笼屉之中。我乐于在一片雾气腾腾中等待,它寄托了我对生活的期待。

我迷恋包子蒸熟出笼的时刻,尤其是掀开笼屉的那一瞬间。我弥漫在扑面而来的雾气中,整个世界仿佛都热气腾腾。

随着笼屉打开,我立即就会在一片浓雾中找到自己的包子。它是我亲手制作的,它非常显眼。在褶纹精巧的包子中间,它就像一个丑孩子。但我珍爱它,它是属于我的早餐。只要我做出了一个,外公还会奖励我一个。这是我幼年美好生活的全部,它们皮薄卤足,鲜香可口。

包子一两四个,外公只让我一次吃两个,两次一结账。但饭店的爷爷伯伯们,有时悄悄地给我多塞一个。那时饭店已经空空荡荡,看着我吃成为收工前的最后一个节目。他们一边观看我的吃相,一边议论着我的长相。

我常听他们说,这小东西,和秋姨一样白。

是呀，就像淘米水淘出来的。

看他的眼睛，长得多好，跟黄菊秋年轻时绝对一模一样。

黄菊秋是我的外曾祖母，也是红旗饭店长盛不衰的话题。大家谈论着她的白她的眼睛，自然而然地让我产生了好奇。终于有一天，我爬上家里的长条案几，面对挂在墙上的照片框，我想找到这个女人。她的相片，大多年代久远且尺寸很小。我找到了她的那张瓜子脸，她的眼睛的确又黑又亮。

我的眼睛真和她像吗？我看不出来。我爬上爬下，一会儿看照片一会儿看镜子。外婆兴奋地看着我，她乐于见到我好动的样子。她想知道，这个外孙到底在忙什么。我乐得顺水推舟，把疑问交给外婆，太太的眼睛真的好看吗？

你怎么会问这个？外婆警惕地看着我。她喜欢对着镜子梳妆，一头黑发总是又光又亮。她在脸上涂抹着雪花膏，把脸打得啪啪直响。

香不香？她问我。

我闻到空气中弥漫的香味，这种味道来自上海，它和大白兔奶糖一样招人喜欢。无论是吃的穿的和用的，外婆都喜欢用上海的东西。此时她刚刚抹过上海的雪花膏，她用喷香的脸亲了我一口。然后问我，是不是饭店的老头子在背后嚼舌根子？

刚刚五十出头的外婆有文化，她的算盘打得好。她在供销社当会计，谈到饭店的老人时有些居高临下。她不大去饭店，但是关心黄菊秋的话题。在弄清事情的原委后，她眯上了鱼尾纹荡漾的眼睛。她得意地说，外婆眼睛这么好看，太太的眼睛能不好看吗？！

我承认外婆的说法，她们的眼睛都好看。很多年之后，黄菊秋清澈的眼神偶尔还会在我的眼前闪过。如今看来，外公、外母和外曾祖母，早已达成了一个共谋。他们像擦桌子一样，刻意地抹去了在上海的经历。他们早就结成了同盟，在旷日持久的时间里锁住了一个秘密，让上海的生活变得无声无息。

每一个人都有可能装扮自己的历史,这是我长大后才醒悟的事实。在慢慢回味外公往事的人生路上,我发现他是一个痛苦的表演家。他在世的后半生,刻意回避了上海的经历。他用沉默与谎言,成功切断了和这个城市的所有联系。

我和外公关系亲近,主要建立在血缘与情感的层面。我的童年像浮萍一样,飘浮在生活的表面。我不可能看到深处的激流,我从来都没有真正认识他。我所了解的外公,只是生活中长辈的这一面。他和蔼可亲,对我无微不至,甚至有些格外宽容。这一切的原因,在于他不想让我这个傻外孙一直傻下去。

对外公第一次清晰的记忆,是在一个春天。我的记忆甚至能精确到,这一天是某年某月某日。这对我来说是一个破天荒的纪录,像我这样的孩子本不该拥有这样的能力。我的确也不具备这种能力,这个记忆的形成另有原因。

那个阳光明媚的早晨,我在呼吸不畅中醒来。外公一边捏着我的鼻子,一边轻唤着我的乳名。小胖,小胖,我的耳边响着他的声音。我当时似醒非醒,我的身体还沉睡在梦里。他不让我睡了,他几乎是把我拉起来的。他用有力的手,搀扶着我下床。他一直搀着我进了堂屋,把我领到八仙桌前。他从背后把我抄起,让我在高高的凳子上落座。

桌边当时围着好几个人,我不记得他们都是谁。他们只是一张张笑嘻嘻的脸,他们用笑围观我的出现。我看到好大的桌子上,只摆着唯一的一只碗。碗里冒着热气,有面条有肉丝还有鸡蛋。外公让我趁热吃,我嘟囔着问了一句为什么?

外公说,从今天起,你已经五岁了。

通过一碗肉丝面和一个鸡蛋,外公让我记住了这个难忘的日子。这是他亲手给我准备的早餐,他平时在家极少动手。我吃得很香,我把一碗面条吃得比狗舔得还干净。我喜欢它的味道,这是一个历史的转折点。也就是从这一天开始,我迷恋起外公的手艺。我想吃他做的早点,从家里一直追随他来到了饭店。

这一天应该是阴历三月初八,我虚五岁的生日。如此说来,当时我已经整整四周岁。这个日子当然是推算出来的,长寿面的香味为记忆保留了最原始的素材。在我和外公一起生活的轨迹上,这一天对我具有非凡的意义。因为我懂得了热爱食物,我的味觉完全苏醒。

作为训练有素的名厨,外公迅速地捕捉到了这一点。家里人兴奋地发现,我并不像想象的那样傻。我还有可救之药,那就是美味。大概就是从这时起,外公决定把我带在身边。我跟随着他来到红旗饭店,成为年纪最小的常客。

我对外公的印象,主要体现在美好的早餐上。从我出生到外公离世,我与他共同生活的时间,加在一起只有七年。他的身份一直简单而单纯,就像小葱拌豆腐那样一清二白。这远远不止是我个人的印象,一个镇子上的人都这样认为。谁又能想到,这个名动一方的厨师,居然来自上海。

居然,还和富家小姐生下了一个孩子。

25. 上海

唯一的一次，外公和我谈到了上海。

那是外公去世前的暑假，我又一次来到他的身边。

我们天天都在一起，我不知道这是我们最后相处的日子，我只晓得他身体不好，不再去红旗饭店。他喜欢在午后来到屋后的空地，静静地靠在藤条躺椅上。这时我会搬出一个方凳和一把竹椅，方凳放着紫砂茶壶，竹椅自己坐。我们一坐一躺，面对着知了鸣叫的一排榆树。他这时很瘦，他不大吃东西，他一天到晚都在喝茶。

在树叶的浓荫里，我们进行着交谈。除了知了的伴奏，还有戏曲演唱的背景声。低矮的院墙外面，有一位热爱扬剧的邻居。他家是新搬来的，他是二狗子的爸爸，也是镇上的供销社主任。他或而打开收音机播放，或而自己扯开嗓子清唱，无非扬剧《红灯记》《沙家浜》之类。

"临行喝妈一碗酒，浑身是胆雄赳赳……"他的声音高亢而激昂。妈妈让他喝酒舅舅给他壮胆，我为这样的意思而感到奇怪。更让我奇怪的是，他的脸上长满了生动的麻子，而他的女儿却如花似玉。她的女儿在扬州工作，每年暑期也总会来家休息。她也喜欢躺靠在藤椅上，身体和声音一样慵懒。

这个懒洋洋的姐姐，有一个好听的名字叫王英虹。不像二狗子，起了一个怪名字叫王大胜。说实话我有时愿意到二狗子家玩，多半不是因为他的屡屡邀请。我只是想看看虹姐姐，她好看，还对我好。有时她会直接喊我，嗲声嗲气地把我叫到身边。她会送我一些小礼物，然后引诱我为她捶腿敲背。

我愿意为她劳动，她的身上香，不像二狗子一身汗馊味。她也很享受我的敲打，经常眯着眼睛和我说话。她经常说着扬州话，给我讲扬州的种种趣事。说到高兴的时候，她还会拿出扬州的糕点奖励我。

我从小就乐于分享，无论零食还是玩具。我从来不吃独食，更不喜欢躲起来偷偷去吃。所以我不想独占虹姐姐对我的馈赠，希望外公也尝上一口。但外公总是谢绝了我的好意，他说自己年轻时吃过许多好吃的东西。

他的满不在乎,激起了我的好奇心。

我问他,你吃过鱼翅吗,还有杧果?

我为自己搜肠刮肚而得意,但他总是微笑着点头。他点头的样子,表现出这一切不在话下。

你吃过海参吗?我以为找到了撒手锏。

外公还是笑而不答,处变不惊地微微点头。他用手比画着海参的样子,告诉我它们需要用水泡发。还告诉我泡发海参的水必须纯净,不能有杂质,更不能沾上一点点油星。

在他的引导下,我又询问起海参的做法与口味。他不厌其烦,耐心地向我解释。他接着谈到了上海、南京和扬州之于海参的不同做法。我们亲密地交流着,外公始终带着微笑。看着我们在一起亲热的样子,外婆和姨妈也感到十分开心。

再和虹姐姐见面时,我会卖弄外公向我讲解的知识。她开始时漫不经心地听着,渐渐变得认真起来。她坐起身来,像电影中女特务那样,梳理着风情万种的长发。然后拉着我的手,对我循循善诱。她向我传授谈话的技巧,教我下一次该怎样和外公交谈。

我一贯热爱学习,做事从不敷衍。我按照她的要求,不假思索地接受了她交代的任务。我说起了上海的简称,上海的高楼大厦。说起黄浦江、外滩,以及中华、牡丹、大前门和飞马香烟。总之我调度一切与上海有关的知识。我一边说一边打量着外公,试探着他的反应。

外公一直嗯嗯哈哈,耐心地听我的问题。我的存货不多,很快就倒空了。

看我没有问题了,外公终于开了口。外公说很多人都喜欢上海,只是看到了它的表面。选择在上海生活的人,不只是因为它有高楼和小汽车。这就像你妈当初离开的那样,她所要的不是更安逸的生活,而是一个更适合她表演的地方。

外公打开了话匣子,让我感到很振奋。这是有史以来第一次,家里人跟我谈起了妈妈的调动。在我的印象中,大人一直都在回避着这个话题。

隐隐约约中,我听说当时妈妈面临着两种选择。一是爸爸调来,二是自己调走。几乎所有人都支持第一种方案,因为姨父对此早做好了安排。但妈妈并不领情,甚至不惜与外婆反目。母女俩之所以没有决裂,完全是因为外公站到了女儿这一边。

外公在家里是一个奇怪的存在,平常他极少表态。而一旦他拍板的事,一定是板上钉钉的。就这样妈妈离开了生活多年的小镇,来到爸爸所在的另一个县城。她热爱表演,而那里能为她提供更大的舞台。如今妈妈出现在大街上,所有人都知道她是阿庆嫂。妈妈很享受这个称呼,这代表了她扮演的形象深入人心。

看看上海和在上海生活是两码事,如果想在上海留下,就要有足够的准备。外公喝着茶水,像是品味着往事。人人都把上海当作一件好看的衣服,但它并不适合所有的人。外公解释说,过去上海女人喜欢穿旗袍,那也要看是什么人来穿。穿旗袍的不仅要有身材,关键还得有穿它的那种味道。

那虹姐姐适合穿旗袍吗?我不由自主地问。

谁?外公疑惑地看了我一眼。

就是后面二狗子的姐姐,我得意扬扬地回答。其实我心里早有了答案,我只是期待外公再做一次肯定的答复。

谁知外公却说,女人穿衣服的事,我怎么会知道?

我们关于上海的对话,像风筝断线一样戛然而止,无论我怎样旁敲侧击,外公从此绝不再提上海。我知道责任在我,我辜负了虹姐姐的信任,我把事情搞砸了。我想一定是我问得太急了,才引起了外公的警惕。

我满怀失望找到了虹姐姐,把情况一一向她做了汇报。她不怪我,反而笑着安慰我。她说你表现很好,是姐姐太好奇了。其实我从小就佩服你外公,她抚摸着我的头追忆往昔。以前只知道他做的东西好吃,现在我才知道他一定是见过大世面的。那个上午她不再慵懒,她说话时精神百倍。

原来虹姐姐在宾馆工作,她去过很多城市,也品尝过很多名厨的手艺。她一直有一个毛病,爱拿外公的手艺和对方比较。从外公的厨艺中,她说能够看到他在上海的影子。她说得神乎其神,我只能将信将疑。但我相信她的判断,外公本不属于这个小镇,他跟我们这里的人不一样。

回到家里,虹姐姐的话不时会在脑海中闪现。我存了一个心思,想从妈妈嘴里挖出更多情报。但妈妈除了表演之外,对家庭历史几乎一无所知。相比之下,爸爸倒是如数家珍。他曾在小镇做过社会调查,对国营红旗饭店的历史一本清账。有时借着酒兴,他会在饭桌上谈起外公的往事。

从爸爸的口中,我得知外公的履历并不复杂。

他是一名小业主,抗战初期从江南流落到江北。他所统领的一家企业,一直以餐饮为业。他的手艺,在那时就已经出名。他的饭店总是顾客盈门,顾客成分复杂。有日本人也有新四军,有国民党也有共产党,有达官贵人也有贩夫走卒。

在饭店他既是老板又是大厨,伙计或多或少都持有一点股份。所以他们之间关系很近,没有激烈的阶级冲突。这种稳定的关系一直延续到解放后,他们一致决定顺应形势。这样他成为公私合营饭店的经理,而所有的伙计都成为红旗饭店的职工。

那么,在抗战之前呢?我问,这才是我最想了解的历史。

我看过他的档案,记录得很简单。爸爸回忆说,他是小业主家庭出身,从小学徒。

在哪里学徒?我表现出急不可待的样子。

镇江,好像还有扬州。爸爸的话让我有些扫兴,他没有提到上海。

但我并不气馁,始终对外公的经历抱有好奇。随着舅舅倪本周的出现,这个被暂时搁浅的问题又从水里冒出头来。虹姐姐在大城市工作,她见过大世面,她的好奇并不是空穴来风。外公不仅在上海生活过,而且还和一个富家小姐一起组建了一个家庭。这一点他想赖也赖不掉,因为关键时刻他的儿子出现了。

一个厨子和一个千金小姐,两个不同阶级的人怎么会走到一起?每当这个问题出现时,我都感到头痛不已。想必那个大外婆和我一样,也非常热爱外公的手艺。难道仅仅因为好吃,她就嫁给了外公,那么好穿的小姐,她要嫁的不就是裁缝吗?

我完全不能理解,当年的上海为什么会流行这样的风气。

26. 来客

秋高气爽的日子,我家迎来了一个不同寻常的星期天。

一大早妈妈开始杀鸡,像往常一样她摆出了一副隆重的阵势。她是不太合格的厨师女儿,她的天分是表演。也许是因为胆小,她总是对杀鸡感到恐惧。这是哥哥和我出手的时刻,我们分别抓住翅膀和鸡爪。杀鸡在院子里进行,姐姐早已烧开了水。四个人一齐上阵的组合,在爸爸看来,连杀猪都绰绰有余。

其实哥哥早已具备了杀鸡的能力,大家都心知肚明。但他把挥刀的机会让给了妈妈,让她挥出关键性的一刀。妈妈经常站在舞台的中心,她常常把生活也当成舞台。她总希望证明自己是全能选手,况且她一直认为自己是名厨的正宗传人。我们都心甘情愿地做她的陪衬人,把这个光环留给她。

不年不节的时候杀鸡,对于我家并不常见。我家喂养的鸡基本上维持在五只的数量,和家里的人口保持一致。平常我们友好相处,甚至我们还给每一只取了名字。这些鸡都会生蛋,是我家食用鸡蛋的主要来源。平常我们不会轻易地对它们动刀,除非提前购买了另一只鸡。像今天的这种反常情况,意味着家里将迎来贵客登门。

妈妈杀鸡的动作并不果断,鸡死得不痛快。随着鸡血滴进盐水,我看到这只鸡拍打着翅膀,不甘心地在早晨离去。剩下的鸡在不远处旁观,它们发出痛苦的低鸣。我赶紧把它们轰走,我怕这样的场面会影响它们下蛋的积极性。

爸爸吴老师也一直站在旁边观察,他从不轻易出手。爸爸早出晚归,上班时难得下厨。只有星期天或节假日,我们才有可能尝到他的手艺。相比之下,母亲精于各种炒菜,而父亲在烧菜上略胜一筹。妈妈有点不服气,她总是想和爸爸一决高低。爸爸这时会念出一句诗,梅须逊雪三分白,雪却输梅一段香。

我问过姐姐,爸爸说的这个什么意思?姐姐马马虎虎地告诉我,就是各有千秋。说来也怪,妈妈在诗上从来都是跟爸爸较劲。这种时候她总是往爸爸身上翻一下白眼,然后朗声提醒,别忘了记上围裙!

吴老师一旦系上围裙,便是好戏开场的前奏。他热爱学习勤于动脑,还得到过外公的亲自指点。他有一批拿手的招牌菜,足以吊起全家的胃口。尤其是火腿冬笋烧鳝鱼、蟹黄豆腐等等,总是让我们期待满满。

蟹黄豆腐好吃不好做,完全属于功夫菜。想吃原汁原味的蟹黄豆腐,必须要剔出螃蟹的肉。要想完美地剔出螃蟹的肉,首先得备有一套完整的工具。包括小擀杖、小锤子、剪子、小刀和镊子。爸爸手中的工具来自家传,它是外公送给女婿的礼物。它们做工讲究,光洁精制,锃然闪亮。

这个上午,爸爸又一次出山。

此时院外缕缕桂香盈盈入户,院子里洒满一片暖阳。系上围裙的吴老师一身名厨风范,他喜欢正襟危坐。他面对蒸熟的螃蟹,摊开了珍藏的工具。这是难得一见的场面,他即将向我们展示蟹肉剔除作业。

爸爸取肉过程遵循严格的流程。先出腿肉,再出螯肉,出完蟹黄,再出身肉。取肉的部位不同,手法也不同。腿肉的取法,蟹肚朝上,头朝外,用手向前扳下蟹腿,将蟹腿剪去两头,用杆杖在蟹腿上滚压。螯肉取法,则是扳下蟹螯,执小锤轻敲破壳,剥壳出肉。取蟹黄,挖是常用手法。而取身肉,刀刮或镊取则是关键技艺。

整个过程不温不火,身心合一。他的动作可谓不紧不慢,眼到手到。在太阳高高升起之时,剔出的蟹肉蟹黄在盘中摆放有序。父亲这才站起身来,他首先欣赏着自己的杰作,然后才连呼脚麻腿酸,把战场移向厨房。

一顿鲜美的蟹黄豆腐,即将摆上中午的饭桌。一想起它的味道,我就止不住要流口水。我在厨房内外跑来跑去,恨不得揭开盖子先闻闻香气。妈妈说你也不嫌自己碍事,难不成是饿死鬼投胎?

我退回了院子,一时无所事事。这里门外响起了敲门声,我兴奋地冲上前去。客人来了,我们一家都迎了上去。门一打开,进入眼中的首先是一身军装。我完全没有想到,来人居然是舅舅倪本周。他的身边,表姐周洁朝我挤了挤眼睛。不知什么原因,和上一次见面相比,她更让人觉得眼前一亮。

一个长相酷似外公的解放军出现在眼前,姐姐和哥哥一定猜出了他的身份。他们却无法开口,他们在等着妈妈介绍。面对同父异母的哥哥,妈妈却有些紧张。毕竟上一次他们只打了一个照面,兄妹间基本上没说一句话。关键时刻,我鼓足勇气站了出来。

我壮着胆子喊了一声,舅舅!表姐!

我感觉到自己的声音饱满嘹亮,和过去明显不同。它有一些共鸣声,在屋里产生了奇妙的回音。这都是练习朗诵的结果,我想,就凭这样的发声我完全可以胜任领诵人。我完全应该和大嘴女生站在一起,登上文艺会演的舞台。

一回生两回熟,这是我和洁表姐的第二次见面。理所当然地,我成为她的向导。我领着这个美丽的女生,沿着河流参观古色古香的城关镇。从卫东桥走到卫星桥,我们行进在秋水之畔。洁表姐意犹未尽,她要去看我们的学校。我们很快来到坡地上的校园,走上了一级级台阶。

我们的学校独一无二,像中山陵那样一步步直入高处。站在五年级教室的位置,可以把镇子尽收眼底。我想洁表姐一定喜欢这里,果然我发现她很开心。她在台阶上蹦蹦跳跳,在树林里钻来钻去。她完全不顾姐姐的形象,在我的面前叽叽喳喳。然后又忍不住地唱起了歌,从小声低哼到放声歌唱。

我没想到她唱得这样好,我听出来她一定受过训练。如果在我们学校,她一定是唱歌第一名。我有些遗憾这是个星期天,现场没有同学围观。要是放在平常,她的歌声能引起全校轰动。而我陪在她的身边,一定会招来很多人的羡慕。但洁表姐也没有白唱,她的歌声毕竟引来了骄傲的大嘴女生。

吴成,你怎么来了?大嘴女声热情地招呼着我,我知道她在演戏。她从来没主动跟我说过话,她是奔着洁表姐来的。她手上拿着羽毛球拍,穿着一身运动服。她的身上弥漫着运动后的热气,身材饱满地出现在我们面前。她显然是被歌声吸引来的,她一步步地走近了正在唱歌的洁表姐。

两个女生相互打量着,她们都显得沉着镇定的样子。她们忽视我的存在,仿佛她们注定有此会面。

我叫汪泓,和吴成在一个宣传队里。大嘴女声首先开了口,她是东道主。

我是他表姐,叫周洁。

两个人就这么认识了,她们开始聊天。她们的话题从唱歌开始,她们谈论着各自喜欢的歌曲。从唱歌又聊到个人爱好,她们都喜欢运动。她们边走边聊,她们中间渐渐有了笑声。她们穿行在树林里,清丽的笑声不时惊动了秋天的树叶。我看到一片片叶子在浮动,它们被阳光勾出了金边。

谢天谢地,她们终于说到了我。大嘴女生在比较长相,她说我们表姐弟长得并不太像。她是拿我当陪衬人,变相在夸赞表姐。毫无疑问,表姐比我白,她的眼睛也比我大。我以为洁表姐要谦虚一点,要给我这个表弟挽回一点面子。可她居然完全同意,她甚至不惜在陌生人面前暴露出天大的秘密。

我们不像也正常,我的奶奶和她的外婆不是一个人。表姐坦然地说,我爸爸和他妈妈是同父异母。

表姐无所谓的样子让我吃惊,她怎么能这么轻易地暴露出家丑?我不理解她为什么要捅破窗户纸,我感觉自己的脸在发烧。我这时特别在意大嘴女生的反应,好在她并没有发出尖叫声。她只是张开了嘴,很快见怪不怪地又把它合上。她们并没有在这个话题上过多停留,她们的兴趣落到了头发上。

我这才注意到,表姐的头上戴着漂亮的发卡。发卡映在阳光下,不时闪过一道道光芒。怪不得我觉得她今天不一样,这个发卡让她更加神气活现。

大嘴女生不惜用朗诵的腔调,向表姐发出了友好的赞美。她的赞美像提醒了表姐,她果断地把发卡取下。她手握发卡走近大嘴女生,大方地戴在她的头上。她们俩手拉着手,跑到教室窗户的玻璃前。她们踮起脚尖对着玻璃,欣赏着戴上发卡的模样。

到了分手的时候,表姐要把发卡留下。太贵重了,大嘴女生推辞,说什么也不肯收。表姐说我还有,这些都是我奶奶捎来的。我听了吃了一惊,原来那个女人还活着!大嘴女生问奶奶怎么会有这么稀罕的东西,表姐说这个东西在香港也算不上多稀罕。

什么?你奶奶在香港?!我和大嘴女生异口同声,简直就像排练好的一样。

什么叫你奶奶?表姐翻了我一白眼。她也是你的外婆,你应该叫她大外婆。

大嘴女生学着表姐,也狠狠地瞪了我一眼。记住了吧?她一本正经地说,下一次要叫她大外婆。

就在这个时候,表姐掏出了一张照片。我看到它了,就是那一张让小镇沸沸扬扬的照片。这是一张三人合影,上面有外公、大外婆和舅舅倪本周。

我一直想了解的秘密,就这样出现在眼前。我有点慌张,连呼吸都变得粗重起来。我认出了他们身后的楼房,这是在上海。年轻的外公抱着年纪幼小的舅舅,他的身边站着大外婆。我终于见到了这个富家小姐,表姐长得有一点像她。她穿得很时髦,表姐说这种衣服叫旗袍。

外公身上的衣服更怪,他没有系围裙。他穿着一件我从来都没有见过的一种衣服,衣服的里面还系着一个带子。这是我第一次见到西装和领带,我对这样的装束一无所知。我想知道它是什么,我只能问洁表姐。

难道过去的红领巾就是这种样子?我不解地问。

两个女生对视了一眼,在秋天的校园发出了清脆的笑声。她们的笑声告诉我,我的问题很愚蠢。但我并不感到委屈,我本来就是一个傻小子。受到她们的感染,我也傻乎乎地陪她们一起笑。宣传队的同学一定不敢相信,大嘴女生居然会笑得这样肆无忌惮。

笨鸟　175

27. 理想

再次排演节目时,大嘴女生对我表现出前所未有的友好。

只要我站在她的身边,她就格外地投入。她经常给我一个鼓励的眼神,让我有了志在必得的勇气。宣传队的人都能感觉到,我们两个人的配合渐入佳境。我们的配合简直就像一个人,只是一会儿说女声一会儿说男声。只要我们俩人往前排一站,大家立即信心倍增。我渐渐变得放松起来,不再为领诵人的位子而纠结。

对于我的改变,白老师一目了然。她为我的进步高兴,她把我带到了办公室。从办公桌的抽屉里,她神秘兮兮地抽出了一张票。这是一张演出票,她郑重地交到我手上。今天晚上有市里下来的演出,其中有一个朗诵节目叫《理想之歌》。她叮嘱我说,只关起门傻练不行,还要多看高水平的表演。

我把演出票小心地装进书包,这时我猛然想起了大嘴女生。我的脚步有些杂乱,她应该更需要这一张票。她比我专业,看演出对她帮助更大。但我不知道怎样送给她,更不知道事后白老师会不会把我当成叛徒。我慢吞吞地走在校园里,我故意走得很慢。我想如果一路上见不到她,那就只好便宜自己一饱眼福了。

在放学的人群中要想碰到大嘴女生,基本上就是守株待兔。我一路左顾右盼地到了校门口,终归还是没有见到这只兔子。我只好迈步出了门,心里有一点小失落。我想这样也好,不辜负白老师的一片好心。正当我为自己找到台阶的时候,突然有人叫我的名字。我一听就听出来,她终于还是来了。

大嘴女生真是了不起,她好像能掐会算。我不由得暗自佩服,她怎么就知道我一直在等她?

她矫健地来到我面前,微微地喘着气。看来她也在找我,她是一路小跑来的。她的脸红扑扑的,像化了妆的样子。她没有跟我多话,把一个信封塞给我就转身就走了。

信封没有封口,我急忙把它打开。里面空空的,只有一张晚上的演出票。原来她也在给我送票,我们想到一块了!我很激动,把信紧紧地捧在手里。我看到信封上有一行字,原来是她给我下的命令——你的票和我的连在一起,记得晚上不要迟到!

她没有写下自己的名字,她的名字叫汪泓。也就从这时起,我决定不再把她看作是"大嘴女生"。

一路上我的眼前浮现着汪泓的嘴,我得出的结论是它并不大,只是比别人更加饱满,与众不同。带着这个完美的结论,我来到了金铭春家。我把白老师给我的票交给了他,他顺手又给我塞了一盒葡萄干。这一次例外,我没有把它上交给家里。我这次留了一个小心眼,我要带给汪泓尝尝。

晚上我早早地来到了电影院,我和汪泓坐在一起。我们并肩站在一起多次,还是第一次坐得这样近。我把葡萄干交给了她,她又抓了一把给我。在葡萄干的香味中,演出拉开了序幕。我们看到了诗朗诵《理想之歌》,它是由知青宣传队演出的节目。许许多多演出队员走上了舞台,他们三三两两向远方眺望。

他们朗诵着红日白雪蓝天,他们做着乘东风的动作,扮演迎接报春的群雁。他们异口同声地问,什么是革命青年的理想?怎样理解又怎样实践?他们自问自答,这确是一张十分严肃的考卷!他们提到了排排窑洞层层梯田千里高原,提到北京和延安。他们说到的东西太多,让我觉得激动又疲惫。

整场演出给我印象最深的却不是这个节目,而是一个人。他是一位扬琴手,坐在民乐队的中间。我看到他的两只手不停地飞舞,他的身体和头发随之舞动。他甚至陶醉得闭上眼睛,仍然准确地敲出每一个音符。他的演出让我兴奋不已,直到鼓掌时我才发现,自己的掌心早已捏出了一把汗水。

我被这个扬琴手吸引,我忘记了自己的任务是听朗诵。我突然心血来潮,我对汪泓说自己也想敲扬琴。你是认真的吗?她贴着我耳边小声地问。我不敢肯定,马马虎虎地点了点头。那我就认真地告诉你,晚了。她冷静地说,人家可都是童子功。

散场时我找到了金铭春,我让他和我们一起走。我不好意思一个人送汪泓,我必须找他做掩护。我们落在人群的后面,走着走着秋天的夜晚只有我们三个人。汪泓在卫星桥上停下了脚步,她大口吸着扑面而来的夜风。她看着流动的河水,问我们长大了想做什么。她的问话有些突然,我明显感到脑子里一片空白。

幸好金铭春搭了腔,他比我有头脑。他想过这个问题,不像我浑浑噩噩。他说长大后想干地质,为国家寻找宝藏。

我知道他是受他舅舅的影响,他舅舅是一名地质工程师。他舅舅总是脚蹬一双翻毛登山鞋,喜欢漫山遍野地跑。搞地质很好,那么吴成你呢?汪泓并没有放过我,扭过头来逼问我的打算。我说姐姐和哥哥总要留一个在县城,我肯定是下乡当知青。我的回答没有得到通过,汪泓说我是问你自己想做什么。

其实我没有想过未来干什么,我基本上是当一天和尚撞一天钟。如果真要坦白心中所想,我多次想过天天能在饭店吃饭该有多好。但这种想法不能算理想,它根本没办法写进作文里。在这个听了《理想之歌》的夜晚,我突然发现自己的内心空空荡荡。我真是个草包,居然没有一点点理想。

回到家里我情绪低落,躺在床上我思考着理想。我的脑海没有出现蓝天白云,而是浮动着一张张熟悉的脸。我想爸爸应该有理想,他喜欢看书学习,课教得也好。妈妈的理想更明显,只要在舞台上一站就像是换了一个人。想着想着外公的脸一次次地出现,他占据着我的大脑不肯离开。

一个会做各种美食的人,他的理想难道就是一辈子守着案板?他的手艺是学来的,还是来自家里的祖传?在上海的时候难道他已经是一个小厨子,那么富家小姐为什么会看上了他?那么他们两个人为什么分手,难道他的手艺不再适合大外婆的口味?

一个个疑问,在黑夜中像波浪一样涌来。我睡不着觉,我发现自己对外公居然如此陌生。

好几年我就和他住在一起,却对他毫不了解。我感到自己像是生活在一个虚假的地方,我为此感到害怕。我想如果连身边的人都情况不明,那怎么还能相信别人?

我的思绪在黑夜里漂浮,最终涌动出一个清晰的念头:我要做一个地下情报员,把外公的事情一一弄清。我给自己下了死命令,不搞清他的身世决不罢休。有了这个小理想之后,我很快心安理得地睡着了。

从第二天开始,我就在实施自己的计划。我对情报工作两眼一抹黑,只看过几部电影,大部分都是外国的,它们是我们津津乐道的反特故事片。我只记得一些有趣的细节,比如说化装成另外一个人。比如在悄悄跟踪时,用香烟头在墙上摁一个记号。其他的我都回忆不起来了,我必须寻求帮助。

首先想到的人还是金铭春,我来到了他的家。他舅舅有一个书架,我说想找一本反特的书。我们一本本地搜索,好不容易找到了一本。它是一个真特务写的,实打实的真实特工生活。这一本小册子里全部是真人真事,记录的是克格勃的种种内幕。

我如获至宝,把它悄悄地带回了家。躲在阁楼上,我开始研究如何搜集情报。粗粗地翻了一下,我觉得有一点失望。我的情况和书上的不同,甚至驴唇不对马嘴。一是我身上没有钱,不可能通过贿赂搞情报。二是我毕竟是一个男孩子,也没有办法施展美人计。至于栽赃陷害更是不能做,它是犯法的事。

困难并没有把我打倒,反而让我慢慢冷静下来。一切有价值的情报都不能唾手可得,要不然每一个人都可以成为特工了。我这样说服自己,认真地钻研起小册子。我是一个有韧性的人,也是一个专注的人。那些日子一旦有空,我都在考虑情报工作,做事时难免开小差,洗碗时居然把茶叶筒也一齐洗了。

吴成,你这是要洗茶叶吗?姐姐聪明,她发现了我的反常。

她不容我准备,跟我一起上了阁楼。她像一个女特工,在我的枕头下面找到了那本小册子。她欲擒故纵,和我聊起了特务故事。我变得兴奋起来,不时地发表自己的观点。我还谈到了自己的切身体会,这本书它好看不中用。我的沮丧与焦虑被她收入眼中,我渐渐露出了狐狸尾巴。

姐姐让我坦白交代,最近为什么总是魂不守舍。我开始不想说,我准备咬紧牙关顽固到底。姐姐不着急,她坐在椅子上看书。她的沉默无声,对我造成了巨大的心理压力。我坐立不安,终于支撑不住了。我举起了双手,做了投降派。我交代了自己见不得人的想法,要翻出外公在上海的旧账。

没想到姐姐听了以后也坐不住了,她在屋子里来来回回地走。一会儿她来到窗前,一动不动地看着窗外。我怕她发火,坐在床上不敢吱声。姐姐用手招呼着我,要我和她一起往外看。我不知道一条河有什么可看的,我都不晓得看过多少遍了。

看出什么了吗?姐姐问。

不就是一条河嘛。我漫不经心。

从前我也觉得这条河都看厌了,姐姐点点头说。今天再这么一看,还真是不一样。以前我们都知道它流到长江去,可是现在有了一个新问题。我们从来也没有想过,这一条河是从哪里来的呢?你不知道我也不知道,它的源头到底在哪里?所以要想了解外公过去的事,要到源头去找。

哪里是源头,是上海吗?我还是摸不着头脑。

谁和外公一起在上海待过,谁就是源头。姐姐拿起了克格勃小册子,在我头上轻轻地拍了一下。你不去找源头,看这个有什么用?我先拿去,暂时没收了。

说完她带着书,喜滋滋地下了阁楼。

28. 秘密

  姐姐的话为我打开了一扇天窗,我必须找到关键性的人物。这个人曾和外公一起,他们共同在上海生活过。

  算来算去,我能接近的只有两个人。一个是外婆,另一个是舅舅倪本周。虽然大外婆是最佳人选,但我不会把她当作可靠人选。我站在阁楼上张望,估计自己一辈子也去不了香港,就算是瞎猫碰到死老鼠地走了一回,在她面前我又算哪一根葱?所以我别无选择,只能从外婆和舅舅这里找到突破口。

  外婆暂时不能指望,她还没有从小镇的风言风语中抬起头。她选择了逃避,躲在姨妈家里。妈妈一次次给她写信,邀请她来我们家。外婆没有响应,她不想成为小女儿的一个笑话。她已经有了一个大笑话,来到我们家她就会多一个。她那么反对我妈调走,又怎么可能装作没事一样在我家住下?

  唯一突破的可能,就是舅舅倪本周。但他是一个解放军,又怎么可能轻易地从他那里得到情报?他一定受过训练,有丰富的反侦察经验。一个出门都坐吉普车的人,不大可能输在我的手里。再说我又不了解他,我不知道他会不会因此发怒。他手里可能还有枪,这是我最担心的事。万一弄不好,他会不会把我逮起来?

  我的种种担心,遭到了汪泓的无情嘲笑。她说真想把你的脑壳打开,看看这些古怪念头是从哪里长出来的。

  我们这时并排坐在练功垫上,在球场上休息。我们经常一起打羽毛球,它成了排练结束的后续节目。她打得比我好,我一边学一边妄图能迎头赶上。关键是我们性别不同,一个女生一个男生。这就是在宣传队的好处,班上男女同学之间早已有了一条"三八线"。在班上如果和女生七搭八搭,就会遭到大家的耻笑。

  我把调查的计划告诉了汪泓,她是唯一知情的女生。这一段时间我们关系很好,简直就是突飞猛进。我不仅不需要对她隐瞒,反而可以让她出出主意。

笨鸟 183

果不其然,汪泓没有事不关己高高挂起。她把我的事当作自己的事,她双手抱胸在沉思。我坐在她的旁边,她的侧面对着我。她挺拔的鼻梁上,凝聚着一种专注的神情。过了一会儿她站了起来,用球拍不停地发球。她用了很大的力气,把球发得老高。直到把球打到屋顶,她又回到了坐垫上。

她像是累了的样子,慢慢躺了下去。她舒适地躺在我的身边,仰面看着屋顶。一会儿她侧过身来,目不转睛地看着我。她的这些动作让我不知所措,我不知道自己错在哪里。她突然问,你是准备恨你外公,还是打算原谅他?

她的话让我吃了一惊,我根本没有想过这个问题。但我不能犹豫,我必须表示自己的立场。

如果外公娶的是资本家的女儿,我当然不答应。我义正词严地回答。

你不答应有用吗?汪泓冷笑。你的大外婆十有八九就是大小姐,要不她怎么跑去香港的?

汪泓用眼睛盯着我,我有些慌张。我不敢和她对视,把头扭向窗外。

她翻身站了起来,然后蹲在我的眼前。如果真的是这样,你就准备恨你外公一辈子吗?她继续盯着我,对我步步紧逼。

我被她盯得心里发毛,我委屈,想哭。

汪泓站了起来,顺手也把我拉了起来。你如果想做一件事,就要想好结果。她轻轻地对我说,像老师一样教导我。只要想明白了结果,你就不会缩头缩脑。

我回味着她的话,似懂非懂地点着头。她只比我高一个年级,居然像一个大人一样。我对她佩服得五体投地,她就像我姐姐那样懂事。我看着她的脸,似乎又有了一点陌生。窗外已经暗了下来。我们收拾着球拍。在锁上门的时候,我还想问她一句话。

我想知道,你为什么能懂这么多?这不是赞叹,真的就是我的疑问。

因为我妈和我爸离婚时,我想过这些问题。她说。

离婚?!她的话让我呆若木鸡。直到我缓过神来,她早已转身离去。长长的走廊上,除了我之外空无一人。汪泓早已走远,却把一个秘密留给了我。

外公的事被我搁置在了一边,许多事情我根本想不明白。我开始按部就班,不再去钻牛角尖。我的生活回到了从前的轨迹,我有许多事情要做。从家里到学校,我像小鸡吃米一样忙忙碌碌。随着一本《水浒传》在全国广泛流传,我们开始了新的游戏。我们扮演着水泊梁山的英雄好汉,把很多地方变成了战场。

我们带着简陋的兵器上场,自报名号一一出场。金铭春最爱冒充豹子头林冲,他用可怜的木棍作为丈八蛇矛。我想当行者武松,但是他很抢手,很多同学都争当打虎英雄。大家争来抢去,最后金铭春提议我当浪子燕青。我不大喜欢这个人,他和李师师有点不清不白,可大家都说他会吹会唱,和宣传队是一伙的。

明确了身份之后,我们便捉对展开厮杀。双方都很用劲,大战几十回合不分胜负。我们不是真打,而是做出打的样子。每次战斗结束,大家都累得像死猪一样。我和金铭春躺在一起,我对他说下一次不当浪子燕青。他在我的耳边悄悄地说,你要是不当,人家李师师也不会答应。

我问,李师师是谁呀?

他诡异地笑了起来,当然是汪泓。

从大嘴女生到李师师,我发现汪泓的身份不停转换。我知道金铭春的意见代表很多人,同学们喜欢把我们俩联系在一起。当着我的面,经常有人拿这个事开开玩笑。我也不反驳,心里面还有一点沾沾自喜。反正这时我已是领诵人了,每次都和汪泓站在朗诵队的最前排。所有人都觉得我们两人最合适,连汪泓也这么说。

她说,从一开始我就觉得你顺眼。

我听了有些得意,连忙问,为什么?

还能为什么?不就因为你傻乎乎的吗!汪泓捂住嘴在笑。

看来傻也有傻的好处,最起码不要伪装。再说傻子也不会伪装,汪泓她也不用防备我。我敢说全学校学生中,就我知道她妈离了婚。一个女校长竟然离婚了,这是多大的秘密。她却告诉了我,说明她不拿我当外人。我的外公也离过婚,我却不敢对金铭春讲。而表姐周洁就敢讲出来,说明女生比男生胆子大。

得出了这个结论我感到惊讶,这和我平常的思维不一样。一般说来女生总是比较听话的,她们不像男孩子那样调皮捣蛋。

她们果真胆子大吗?我暗地里在悄悄观察。虽然班上男女同学表面上不讲话,但不代表背后没有小动作。比如许多女生喜欢金铭春,我看到他的同桌偷偷为他削铅笔。女生总喜欢把笔削得又尖又长,所以她们字就显得娟秀。但金铭春比我还马大哈,他都不知道人家给他削了铅笔。

还有这么一回事?他瞪大着眼睛问。

他的神情让我觉得好笑,我问他,你有多长时间没削过铅笔了?

我又问,你总不会觉得你的铅笔盒里,躲着一个田螺姑娘吧?

他在我的问话中醒悟过来,我们讨论着女生的话题。我们想了半天还是不明白,一个女生为什么要悄悄地给同桌削铅笔?

就在我们困惑的时候,金铭春发现铅笔盒里多了一把刀。他悄悄地拿给我看,我从来没见过这样的刀。准确地说,它是一个小小的刀片。它太精巧了,有着圆弧的造型。它又薄又快,发出锃亮的光芒。金铭春明显比我见识多广,他认出了这是手术刀。

我们猜出了它的来历,它依旧来自金铭春同桌。她的爸爸是一名外科医生,号称县医院的"一把刀"。在我们的印象里,这位女同学一直很文静。她从不大声说话,跟男生说话时还有点脸红。但就是这个看起来小心翼翼的女生,竟然胆大妄为地把刀送给了一个男生。她是什么意思,是可怜金铭春没有一把顺手的小刀吗?

世上没有无缘无故的爱,我让金铭春老实交代。他苦思冥想,找不到什么理由。他们基本上不讲话,两家也没有任何往来。我问桌子上有没有

"三八线",他说两个人都没有画。我说怪不得呢,班上差不多每对同桌都有的线,偏偏你们没有。

一把手术刀,暴露了金铭春和同桌的秘密。一个他知我知的秘密,让我们两人的关系又向前迈出了一大步。

在襟怀坦白的气氛里,我向金铭春透露了外公的事。连汪泓都知道的事,我不能再瞒着他。金铭春倒没有吃惊,他表现出和我一样的好奇心。他想知道,外公在上海到底是干什么的。他一定不是一个厨师,他用笃定的口气说。他的想法让我眼前一亮,但我还是苦于找不到线索。

我舅舅说过,只要有活动就一定会留下线索,金铭春掷地有声,他搬出了地质工程师。连无数年前的火山都会留下证据,何况几十年前的上海?他的话充满自信,带着科学的强大力量。我一下子就被他征服了,心里重新燃起了一团熊熊之火。

29.除夕夜

放寒假时,我坚决要求去看外婆。家里人不放心我一个人独行,让姐姐领着我一起。

外婆正在搬家,从西街搬到了中街。她搬出了过去的大杂院,她离开了原本热闹的环境。她现在独门独户,住在红旗饭店的斜对门。虽然不再躲在姨妈家,但她很少在街上抛头露面。她独自在家里吸烟,还经常一个人喝酒。

家里人都知道,她还没有走出自己的身份之痛。有一座山压在她的心头,那就是她是外公的二老婆。

我来到了小时候住的地方,我在这里住了七年。我想起了周阿姨,她的声音像来自广播。在堂屋对面的屋子里,我喝过她的奶。她的胸前弥漫着白光,让我从浑浑噩噩的状态中醒来。我妈当时远在外地,周阿姨为我填补了空缺的母爱。这是属于我的秘密记忆,它和老房子一起驻守在我的心里。

现在房子全部搬空了,我的回忆显得空荡而破落。天花板几乎快脱落了,好像随时都能砸到头上。我踩在地板上不敢像小时候那样蹦蹦跳跳,它到处发出响声。这个房子太老了,它需要一次大修。我呆呆地站在这里,就像是站在一片暗黑的往事中。

就在我准备离开时,眼前突然闪现一片晶亮的光芒。时隐时现的亮光不是幻觉,它来自地板的缝隙。我踩动着吱吱嘎嘎的地板,像踩在亮光的开关上。它一闪一闪地逗引着我,顽皮地和我躲猫猫。我尝试着搬动地板,但总是缺一把力气。但我看清楚了地板里的宝贝,它们是钱!

我立刻精神百倍,我预感到地板下面会有很多硬币。

我跑到了院子后面的二狗子家,问他借了一根铁棍。二狗子要来帮我,我好不容易甩掉了他。我把门插上,一个人在施工。我忙得满头大汗,把棉袄都扔到了一边。我终于撬开了地板,里面有很多分币。从一分到五分钱,我收起了一大把。

我认真地数了数,一共一块二毛六分钱。我没有想到,地板下面居然隐藏着这么大的一笔财富。它可以买30根奶油冰棒,十几碗阳春面。它能买上一斤半猪肉还不止,它几乎能换到20个鸡蛋。我调度着算术才华和生活常识,沉浸在对生活的美好憧憬里。我庆幸没有让二狗子来,要不他还不死皮赖脸地跟我平分?

带着胜利的喜悦我就要离去,临走前我不放心地又检查了一遍。我贪心不足,期待着还有漏网之鱼。我用铁棍来回拨动,再也没有发现令人激动的亮光。里面只剩下一些纸片,我不大甘心。我把纸片都捡了上来,想找到一两张毛票。果然我的工夫没有白费,我做到了沙里淘金。

一张两毛,两张一毛,它们被我紧紧地攥在手里。与此同时,我还发现了一个脏乎乎的信封。我用铁棍拨了拨,感觉到里面有一个硬东西。我好奇地撕开了信封,从里面倒出了一个金属的物件。我把它握在手上使劲地擦,居然擦出了一片闪闪的金光。我震惊了,我发现了金子!

晚上我躺在床上,放下蚊帐偷偷地看金子。

我觉得自己认出来了,它是一把老式的金钥匙。它有着镂空的心形钥匙把,上面刻有云彩状的纹饰。它不大,握在手里却沉甸甸的。我猜它有可能是家里的传家宝,却不明白外婆为什么没有带上它。这么贵重的金子藏在地板下面,难道它是从前的地主留下的?那么为什么只有这一件?再说我也没有发现地主的变天账。

金钥匙给我带来了太多的疑问,让我感到不解和慌张。我不知道怎么处理它,我找不到它的藏身之处。这时蚊帐被掀开了,姐姐一把夺去了钥匙。我反而松了一口气,我知道她有办法解决我的问题。

这把铜钥匙真好看!终于,姐姐发出了一声惊叹。

我这才知道,钥匙不是金子的。它让我完全放下心来,我甚至有些高兴。我问姐姐,把它卖给收购站是不是很值钱?

这么好的东西怎么能卖,姐姐断然否定了我的念头。她询问了它的来历,又仔细地看了看。然后交到我的手中,嘱咐我好好保管。我和姐姐心照不宣,我们达成了攻守同盟。关于古老的铜钥匙,一切还情况不明。我们对外婆只字不提,就当这一件事情从来没有发生过。

面对二狗子的姐姐时,我同样守口如瓶。虹姐姐善解人意,她好像还在继续着暑假未完的话题。对于我舅舅倪本周的出现,表现出全然不知的样子。我们都知道此时再讨论外公是否在上海生活过,已经毫无意义。她巧妙地回避了这个话题,而是聊到了外公的病因。外公死于胃癌,会不会同他的饮食习惯有关?

我记得外公的饮食一直无比简单,吃得最多的就是泡饭。一个能亲手做出那么多美食的名厨,对自己的饮食为何如此草率? 我一直不能理解。

也许是对美味都看淡了,虹姐姐解释说,这叫返璞归真。

我很喜欢返璞归真这个意思,回家后学给姐姐听。我以为她会表扬我,哪知道她对这个看法有所保留。她认为外公这么做,实际上是对上海生活的留恋。上海很多人有吃泡饭的习惯,她认真地说。与其说他偏好泡饭,不如说他一直生活在上海。

我不太懂姐姐的意思,她的话就像一阵风从我耳边吹过。我在期待新年的到来,等待着一个镇子的鞭炮声。我等来了大年三十,晚上一起在姨妈家吃饭。姨父打开一瓶洋河大曲,他和外婆是喝酒的主力。这是外公离开后的第一个春节,看到一大家子坐在一起,外婆心情似乎也好了起来。

大家都来敬外婆,外婆来者不拒。表姐鸣男怕她喝多,劝她一次少喝一点。你懂什么? 姨父打断了她。外婆这是在家里,你还怕她喝多?! 大家都明白他的好心,他希望外婆能够开心。我们很快达成了默契,让外婆喝得晕晕乎乎。

姐姐和我一左一右,搀扶着外婆回家。我们走在冬夜的老街上,把青石板踩出有节奏的声响。外婆穿着一双皮鞋,这双鞋子是上海产的。这是外婆多年的习惯,她一直用上海货。从雪花膏到香烟糖果,她以上海为荣。

回到家里外婆意犹未尽,她说起了喝酒的往事。她越说越兴奋,说到了自己年轻的时候。她打开了记忆的闸门,任往事汹涌袭来。这个辞旧迎新的夜晚,她的讲述滔滔不绝。从坐在凳子上到围坐在床上,我们三个人

笨鸟 191

盖着同一张被子。外婆终于谈到了上海,她回忆起自己第一次喝酒的情形。

那是一个礼拜六,是她从学校回家的日子。外婆说她读的是商校,学的是会计。礼拜六的晚上,总是她回家解馋的日子。这一天推门而入,她看到了周叔叔。他就是你们的外公周瑞祺,外婆解释说。当时家里人让我喊他周叔叔,他经常到我们家里来。

外婆说她的父母当时都是大厨,一个被叫作"胖哥",一个被称为"秋姐"。银行里从老板到职员,上上下下都这么叫。外公他也这么叫,而他们称呼外公为周先生。胖哥平常在银行掌勺,和银行里的人都很熟。而秋姐不一样,她是老板府里的私厨。

外公和胖哥秋姐走得近,外人只道是他好吃,看中了夫妻两人的厨艺。其实只有家里人知道,周先生本事大得很。他最大的本事,就是能让钱生钱。外婆说她以前也不懂,读了商校才明白周叔叔原来是一个理财高手。邻居只知道胖哥会投资会股票,却不知道后面一直站着一个高人。

周叔叔登门的那一天,爸爸有急事出去了。家里只有两名女将,一左一右陪他吃酒。外婆说她不顾母亲的眼色,人来疯似的给自己倒了一杯。这是她第一次喝酒,也不知道害怕。

满满的一杯酒,居然一饮而尽。一杯酒下肚咳个不停,但还要继续逞能。

妈妈怕我多喝,连连起身和周叔叔干杯。每一杯,都有不同的说道。外婆说你们的太太很会说话,嘴巧得很。她一次次端起杯子,把我晾在一边。她还要替我敬酒,感谢周叔叔推荐我上商校。

我不领她的情,我的事该我来。我站了起来挡住了她,我说我又不是不认识周叔叔。我说我自己感谢才有诚意,说着就给自己倒了一杯。妈妈说你还小呢,小孩敬酒不作数。我反驳道,谁说我小了,你这个年纪都把我生下来了!

我的一句话,就把你们的太太呛在那里。外婆得意地笑着,你们的太太坐也不是站也不是。那天我接二连三地喝了好几杯,第二天起来也没有头疼。从那天开始,我就知道自己有酒量。你们别看外婆年纪大了,但我不会醉。我告诉你们,这一辈子我就没醉过!

在一阵阵炸响的鞭炮声中,外婆进入了梦乡。我和姐姐却睡不着觉,外婆的回忆对我们来说石破天惊。我们吃着甜滋滋的糕点,揣测着外婆讲述往事的用意。我说外婆一定是酒喝多了,才会讲出这么些秘而不宣的家史。姐姐说外婆借酒说话是不假,但外婆根本就没有喝多。

为什么你这么肯定,你又不是她肚子里的蛔虫?我不解。

我当然知道她清醒,姐姐眨着亮亮的眼睛。她说了那么多,却没有一句提到大外婆。

还是姐姐厉害,我对她佩服得五体投地。听姐姐这么提醒,我才意识到外婆很狡猾。她明明喝了那么多酒,却仍然保持着高度警惕。她第一次对我们说起了上海往事,说起和外公的交往,但这些都已经不是秘密。她一直在对我们封锁着消息,真正有价值的线索她闭口不提。

新年的第一天,我对外婆产生了一个新的认识——从她的口中,我绝对不可能打探出外公婚变的原因。

30. 心锁

新学期开始不久,县里的文艺会演轰轰烈烈地开始了。

我第一次穿上了雪白的"的确良"衬衣,它是妈妈专门为我演出准备的。爸爸贡献出一条新皮带,金属皮带头锃亮发光。我把衣服的下摆扎进了裤腰,我对着镜子端详。白衬衣挺括滑润,整个人都显得精神。我穿着它就要出门,妈妈叫住了我。她说你不加一件外套,想冻死自己呀!

在县电影院的后台,我和汪泓相互打量着对方。她戴着亮晶晶的发卡,人变得更加神气。她掏出了两条崭新的红领巾,我们一人一条。我系得不好,汪泓她不满意。她走过来站到了我的面前,像大人一样为我仔细整理着。看到我们挨得这样近,有同学在一旁酸溜溜地交头接耳。

我不理他们,他们就是吃不到葡萄的狐狸。我的心里甜滋滋的,我昂首挺胸,和汪泓站在一起。

在一片掌声中,我们上了场。我和汪泓站在最前面,面对黑压压的观众。我们不用看着对方,我们早已熟能生巧,我们就是天生的一对领诵人。这个重要的时刻,我调度了自己全部的感情。舞台上的表现没有辜负台下的付出,我们配合默契,直到掌声又一次响起,我才明白我的这次演出抵达了终点。

鸟声在校园里无忧地鸣叫时,宣传队宣告正式解散。我们各就各位,课后不再进行排演。下午放学后,我不太适应无所事事的状态。偶尔会不由自主地来到排练的地方,面对我的是一把冷清清的锁。我站在窗前向里面张望,我说不清楚自己在打量着什么。面对空空荡荡的屋子,我总觉得有一些东西丢在了这里。

终于有一天,我和汪泓又来到这里。她主动来找我,她约我再打一次球。她做了准备,带来了一只好球。这只球不是塑料做的,而是一只真正的羽毛球。

我打得小心翼翼,我不忍弄断了羽毛。

在空空的排练厅,我们都没有多话。我们用羽毛球的对练,结束了扮演的角色。我们不再是领诵人,我们已经回归到日常的校园生活中。她是

笨鸟　195

即将毕业的五年级女生,我是一名四年级的男生。

从家里到学校,身边的春天已经轰轰烈烈。家里的一件大事,已经尘埃落定。寒假归来时,姨父让姐姐给家里带来了一封信。信中摆出了一个棘手的问题,外公的墓碑怎么办?石料早已刻好,石匠正在待命。姨父征求家里的意见,立碑人的名字怎么摆?

妈妈把这个问题推给了爸爸,爸爸开了一个家庭会。他讲民主,要我们都发表意见。

哥哥是班长,有大局意识,他主张把舅舅倪本周的名字刻上去。一家人就像一个班级,他说,点名时总不能落下其中的一个。我也表示赞成,我说人家毕竟是外公的亲儿子。妈妈听了我的话不乐意,说儿子怎么了,他为什么一直躲着不露面?

姐姐没有直接表态,她表示出另外的担心。刻上舅舅的名字也没什么,但是外婆的名字怎么办?刻还是不刻,这个恐怕要由外婆拿主意。

大家七嘴八舌,并没有形成一个统一的意见。

爸爸说这样好不好,我们还是让他常主任拍板。

妈妈不满意,说你这不是又把球踢给他了?

不踢给他还能踢给你?爸爸笑着说,人家其实早就有了主张。

清明节的时候,我随着爸爸妈妈给外公上坟。起伏的坡地和秋景截然不同,我看到了金黄的油菜花连成了一片。我们家和姨父家先行了一步,我们先来到外曾祖母的墓前。这是我从来没有见过的女人,我面对她的坟茔磕了三个头。

我的外曾祖母,她一直生活在我听来的故事里。现在她的身旁,埋着红旗饭店的老同事。据说她是真正的名厨,是站在外公背后的高手。但她精湛的手艺,注定是只为少数达官贵人服务的。我从来没有尝过她的手艺,她的名气只是一个传闻。她只能代表过去,她的故事并不属于新的时代。

镇上的人都记得外公,是他开辟了为人民服务的掌勺之路。

外公人走了,他的身份在春风里仍然扑朔迷离。这个清明节,也许是揭开谜底的时候。因为我看到了一辆吉普车远远驶来,舅舅倪本周和表姐周洁下了车。我们三家人,一起站在了外公的墓前。外公的墓碑是一块青石,上面刻着他后人的名字。倪本周的名字名列第一,他重新回归了长子的角色。

舅舅没有让我们失望,他给每一家都带来了一张照片。照片传到了我的手里,原来这是一张翻拍的老照片。照片上的外公周瑞祺,身穿府绸洋服。他的身后是一幢造型奇特的房子,房子很像外国的建筑。这时他非常年轻,他一点也不像厨师。

坐在向阳的坡地上,春风从我们中间吹过。我们静静地坐着,把舅舅围坐在中间,聆听着风一样远远吹来的往事。

外公不是厨师出身,他是一名大学生。和大外婆倪立淑相识时,他在上海的一家银行做会计师。这符合我的认识,他们门当户对。他们结婚生子,有了一个孩子叫周天健。他们后来分手了,变成了两家人。而周天健一直生活在他的外公家,名字改成了倪本周。

从读书的时候起,倪本周就很少见到自己的母亲倪立淑。读完了大学他参加革命,以后一直在部队搞科研。漫长的岁月里,他也一直在打听父母的下落。现在都找到了,一个在地下,另一个在香港。

舅舅的叙述平静而简洁,仿佛是说着别人的事情。他的口风很紧,丝毫没有泄露外公婚变的蛛丝马迹,更没有解释,外公为什么会选择厨师这个行当。虽说会计师和厨师都有一个"师"字,但它们注定分属不同的阶级。从一个角色跳到另一个角色,这中间的故事远远没有展开。

我听得很不过瘾,但舅舅并没有给我提问的机会。吉普车很快离去了,倪本周都没有接受姨父的挽留。他们连中午饭都不想吃,就一走了之。好在洁表姐临走时,悄悄地塞给了我一件东西。她附耳告诉我,这是给奶奶准备的。她的话让我一阵激动,她第一次把外婆称呼为奶奶。她用迟来的称谓,完成了身份的转换。

笨鸟

外公的三个儿女,现在正慢慢地变成了一家人。只有外婆一个人,还远远地站在外围。这块墓碑上没有她的名字,她成为一个局外人。姨父说不止一次征求过她的意见,她本人执意如此。

在回家的路上,大家说起了外婆的身体。姨妈说外婆经常全身疼痛,妈妈问医生怎么说。表姐鸣男插嘴,说医生要用"杜冷丁"止痛。爸爸大吃一惊,说这怎么行?!我们都看着他。爸爸说杜冷丁基本上就是鸦片,人沾上就会上瘾。妈妈很害怕,说我们必须想想办法。

大家都停了脚步,站在油菜花丛的中间。说来说去都集中在一点,就是不能让外婆一个人住。目的很明确,办法却都行不通。姨妈家她不愿住,我家她又不肯去。我妈突然异想天开,说不行我们就把她骗到我家去。姨妈鄙视地看了妈妈一眼,说我们还能骗得了她?妈可是在大上海读过书的人,她还能上我们的圈套?!

我一直站在一边,听大人的议论。表姐鸣男却不停地拉我,让我和她一起追蝴蝶。那是一只非常普通的蝴蝶,我不明白小表姐为什么大惊小怪。我懒得理她,我觉得她的表现完全称不上姐姐这个称呼。我渐渐地和她拉开了距离,我心里装着更重要的事。

我打开了洁表姐给我的荷包,里面装着一把锁。这同样是一把心形的锁,和我发现的钥匙很匹配。锁上镌刻着两个人的名字,周瑞祺和倪立淑。我有些激动地掏出钥匙,我想证明它们本来就是一套的。

我听到了一声清脆的响声,锁打开了。我惊叹不已,锁上的几十年岁月,就这样出现了松动。

我在油菜花地里漫无目的地走着,平复着激动的心情。这个地方我很熟悉,小时候我经常来玩。这里的土很黏,我们把它挖回去做手枪,我记得一定要用盐水和土,这样烧出来的枪才不会开裂。

我当时做不好枪,连二狗子都不如。但我的胆子比他们都大,我一个人敢来到这里。每一次来我都大声唱歌,这样我就不会害怕。如果没有这一片坟地,也许我的歌喉就不会如此嘹亮。那我就不可能成为领诵人,更不会和汪泓站在一起。想到汪泓我就感到温暖,她毕竟那么信任我。

　　远远地,大人还在讨论,他们仍旧一筹莫展。我知道他们想找到一把钥匙,打开外婆的心结。他们并不知道,一把古老的锁已经被我打开。我在想洁表姐为什么把锁交给我。带着这个问题,我又回到外公的墓地。外公在坟茔里面,他的事情却远远没有结束。

　　鸣男表姐捉来了蝴蝶,兴奋地向我炫耀。我没有理她,继续对着坟墓发呆。鸣男不高兴,她说你现在发呆有什么用,外公走的时候你都没哭。我发现她心眼很小,还在记着过去的事情。我问她,哭有什么用,你能把他哭活吗?

　　你怎么能这样阴阳怪气?表姐显得十分气愤。她一生气,蝴蝶就飞了。她赖上了我,让我赔。我看着远去的蝴蝶,突然想起了一个问题。

　　我问表姐,你说外公他最喜欢谁?

　　当然是你了,她酸溜溜地说,他总是带你去饭店。

　　我不满意她的答案,她不动脑筋。我第一次觉得,我不是最傻的孩子。在外公的坟前,我突然感觉到从所未有的醒悟。我觉得此时可以回答汪泓的问题了,我不恨外公。我在原谅他的同时,也原谅了自己对他的误解。

　　风从我的脸上吹过,我感到舒畅。我一身轻松,向大人们走去。我走在小时候走过的坟地,我走在又一年盛开的油菜花中。我的手插在裤袋里,抚摸着锁和钥匙。我知道它们并没有完全打开,它们只是表面上打开了。要让它们真正打开,我必须去完成一个使命。

　　带着这个使命,我回到了大人们的中间。面对着外公的女儿和女婿,我郑重其事地宣布了一个决定——

　　我要回来,和外婆在一起!

31. 嘲笑

嘲笑别人,一定会付出代价,一定会!12岁那年的夏天,我突然明白了这个道理。我的醒悟晚了半拍,更关键的是,我醒悟的地方不合时宜。此时我不在陆地,我在水中。四面八方的水包围着我,我已经看不到午后的天空。我憋不住气,想大口呼吸,黑咕隆咚灌下了一口水,紧接着是第二口。

毫无征兆的溺水事件,发生在我的本命年。

对于我的禁忌之年,外婆从未掉以轻心。她调度着自己的所有经验,防患于未然。从大年初一开始,我就被迫穿上了辟邪消灾的红裤头。从冬天穿到了夏天,外婆果断地调整了防范重点。她严防死守,不让我下水。她日日讲天天讲,一遍遍地重复着古老的箴言:打死会拳的,淹死会水的。

不听老人言,吃亏在眼前。我的眼前,水的世界一片茫茫。我赤裸着上身,挣扎在夏日的河流中。身下的红裤头,并不能给我带来脱离险境的好运。我手忙脚乱,根本不知道该向什么方向突围。围困我的河,远远谈不上宽阔。但丰水季的河流像哺乳期的女人,夸张地鼓胀着胸怀,几乎要撑破柳树招摇的堤岸。

这个下午平静如常,我在外婆午睡时离家。我来得比二狗子早,我一直老老实实地游弋在河岸一侧。我不敢离岸太远,我终究是一个胆小怕事的孩子。我的身后,草包麻袋垒起的临时河堤,在来势汹汹的汛期守护着一条老街的安全。这是一个不平凡的夏季,我背着外婆偷偷学会了狗刨。

我属龙,我不甘做一条不会水的龙。

我的游泳老师是二狗子,他和我同岁。这一条河足以证明,他是真正的蛟龙。他的如鱼得水,是从大风大浪里闯出来的。我就是跟他学一辈子,也学不会他与生俱来的水性。人生如有不幸,其中必有一条,就是好老师遇到了笨学生。无论二狗子怎样教,我都学不来在水中换气。我更不会扎猛子,只要头一埋进水里,我就紧张得要命。

如果说二狗子是水中的龙,我顶多是长在岸边的水草。像我这种烂泥扶不上墙的角色,是最没有资格嘲笑别人的。搜遍幼年成长的所有记忆,只有别人拿我开涮的一笔笔账单。但这次确实是一个例外,我的确笑了。在波浪微微起伏的河面,我为看到别人的笑话而开怀大笑。

被我嘲笑的不是普通人,他是我们小镇的骄傲。我知道他的名字叫吕道新,而他顶多只能叫出我的乳名。我的乳名叫小胖,其实我已经不胖了,可谁会在乎呢?吕道新应该和我哥哥同级,他是一名中学生。从两年前举办的象棋比赛开始,他的大名无人不知。作为本乡本土的棋手,他屡战屡胜,最终杀入了全县少年组的决赛。

他的事迹一夜间传遍了老街,所有人都知道镇上隐藏着一个少年天才。

激动人心的决赛,在镇上的大礼堂里进行。一块巨大的棋盘竖立在舞台中央,每一颗棋子,都比一块烧饼还要大。比赛从下午开始,当吕道新的名字挂上红方一角,现场响起了经久不息的掌声。

红先黑后,吕道新率先出手。整场比赛我都没有见到他本人,他一直身藏幕后。但他的思想,始终没有离开棋盘。与其说他在调度着红方的棋子,不如说他在调度一个镇子的情绪。无论是跳马还是出车,他的一招一式,可以让全场鸦雀无声,也能让台下观众热情高涨,甚至足以让男人发出怨女般的叹息。

扣人心弦的赛事,从下午一直持续到晚上。一场棋赛成了小镇的节日。吕道新用棋盘,把镇上的视野拓展到一条老街之外。在和另一个县的对垒中,他赢了!他以2:1的结果,回报了台下黑压压的期待。我们用饿着肚子的热情,表达着对晚饭的鄙视,然后一起品尝了来之不易的胜利果实。

我的日记,记下了这个难忘的日子。我的心里,同时记下了他聪明的事迹。

这以后,每次见到他时,我远远地就准备好了仰慕的目光。但他从不看我。我理解他,他在思考。他的头发以一种好看的弧形绕过额头,让他的思考显得隐秘而深邃。我丝毫没有因为他的冷落而败兴,这才是他应有的面貌,我完全心悦诚服。一个排名第一的聪明人,如果像我这样点头哈腰,连我都看不上他!

但我毕竟有点纠结,我希望能和他对视,哪怕只有一眼交流。为了这个杂草丛生的愿望,我整整等了两年。

河水泛滥的季节,我终于等来了这个机会。

这个下午,我原本在等二狗子。只要二狗子不来,我就不敢深入河的中间。当我像条鱼一样在岸边来回捣乱时,意外地发现了泳姿矫健的少年棋手。他不仅会水,而且善于长距离游泳。他和同伴你追我赶,像展开一场游泳比赛。他们从下游席卷着一道道水花,目标大石桥冲刺而来。

我完全可以感觉到他们手臂击水的强度,我兴奋地盯着游在最前面的吕道新。他的四周浪花飞溅,他属于那种源源不断创造奇迹的人。果不其然,他第一个游到了桥下。和平常不同,他的头发被水冲出了后背式的发型,这样他就露出了额头。水面托起他宽大的前额,让一个人的聪明暴露无遗。

他对着天空呼吸,然后用饱含笑意的目光,扫视着开阔的水面。他的目光像掠水低飞的蜻蜓,静静地落在我的脸上。

第一次,他主动向我表示友好。

这个令人感动的瞬间,像涌动的波痕悄生悄灭。我激动难持,感觉到尿差一点奔流而出。我当然不能用尿作为回应,当我做出挥手的动作时,他已经向对岸游去。我的手从空中落入水里,我不抱怨,只怪自己的反应太慢。他和我只隔着一条河的宽度,却是我缺乏勇气横渡的极限距离。

他和同伴只在水中休整了一会儿,便起身离去。我有些遗憾,我们在同一条河流里的交流如此短促。他们来到桥上,停下了脚步。他们围靠着桥栏,在火辣辣的太阳下,观察着桥面与水面的高差。终于有人翻过桥栏,站到了桥的最边缘。

我的身后,岸上发出兴奋的叫喊,跳呀,不跳就是孬种!

没有人愿意做孬种,第一个人应声入水,激起了沸腾的浪花。紧接着,是第二个第三个。他们选择的都是腿部入水的冰棍式跳法,身体直不隆冬地直接落水。围观的人不乐意,大家更想看头部入水的倒插式。于是有人喝起倒彩,换一个!我们不要冰棍!

一言既出,两岸呼应,让吕道新进退两难。他已经翻越栏杆准备就绪,但群众选择他做英雄,不希望他成为下一个冰棍。吕道新,你能行!有大胆的女生直呼其名,临阵点将,很快激起热烈的响应。

吕道新,来一个!来一个!!

面对花裙子撩起的欢呼,背倚桥栏的吕道新无路可退。他张开双臂,在我仰视的目光里,像一只大鸟。现场一片安静,他的手伸向空中,在头顶上慢慢合拢。他的动作一丝不苟,从容淡定。仿佛面对的不是流动的河流,而是变化的棋局。

他从桥上飞扑下来,身体在空中划出了一个弧度。但他没有变成鸟,在他接触水面的一瞬间,我听到石块砸进河水的闷响。和二狗子相比,显然他的倒插式并不完美。我离他最近,我看到他浮出水面的胸膛被水撞击得通红。我不由自主地笑了,我的嘲笑让他身上的红色迅速传染到脸上。

许多年后我一直困惑不解,在吕道新最需要同情和安慰的时候,我为什么会爆发出情不自禁的嘲笑?作为他的仰慕者,我的心里难道埋着一个可耻的念头——希望他出丑,在大庭广众之下出一次洋相?

同伴围上了吕道新,吕道新却盯上了我。别丢下小胖,大家一起玩。他第一次喊出了我的名字,亲切的口吻就像是呼唤他的弟弟。他有号召力,一声招呼便引来了众多手臂。纷乱的手拎起我的胳臂,不由分说地就往深水处拖。我不会!我本能地发出示弱的叫喊,但我的声音被水迅速消灭。我的头被按进水里,一口水咕嘟入肚。

一口又一口,水进入了我的身体。和水一起袭来的,是从未有过的恐慌。

这时所有的手臂都离开了我的身体,我独自身处与世隔绝的水下。我感觉身体在下沉,我不知道这样的下沉会持续多久。第一次,我感觉到了死亡的召唤。它就在我的前方,像一扇虚掩的门,门的后面汹涌着炫目的白光。

我接收到一个清晰的信息,一旦门被打开,我就将被光芒融化。

一个声音这时远远传来,它是男人的声音,声音包裹在一个故事里。我没有时间打开故事,但我必须听清这个声音。我专注起来,我发现惊慌的结果是对下沉的纵容。我屏气凝神,我的镇定让身体变轻了,我甚至能感到它在上浮。

上浮的不只是身体,还有我求生的全部希望。

我的头终于浮出水面,我张开嘴贪婪地呼吸。但我并没有脱离险境,我的目光水意弥漫,它离岸很远,离人群更远。新的不安重新涌来,正当又一次下沉时,一个黑乎乎的影子从天而降。

我的救生圈赶到了!它是一只饱满的汽车轮胎的内胎,我紧紧地抱住它,就像抱住了陆地的一角。

我向桥上仰望,二狗子的身影高高在上。二狗子从来不做花哨的动作,他本身就是一条龙。他的倒插式跳水一气呵成,在空中跃起的身体像低飞的流星,完美无缺地落入水中。

我们一前一后地游进了桥孔,我们肩并肩地靠在滑溜溜的石壁上。

王大胜,你怎么才来?!我的声音五味杂陈。

二狗子吃惊地看着我,他被我的称呼吓着了。这是我第一次叫他的大名,我会一直这么叫下去。当丰盈的河水从我的胸前缓缓地流过,我开始检讨自己的生活。我意识到二狗子这个称呼,完全配不上我的发小。

32. 对局

憋气,一定要憋住气。一个男人的声音,变成了一串串气泡从水底冒出来。这个沉溺于水中的男人并不会水,唯一的优势是肺活量大,能憋气。只要憋住气,他就能从水里浮出来。可问题是浮上来也没有用,他还是不会水。这样他就陷入了一个怪圈:因为憋气,他像沉渣一样浮起;又因为冒头,他又像石头一样沉下去。

对了,石头。关键的时候,是脚下的石头让他脑洞大开。他找到了办法,他憋住气,抱起了水下的一块石头。凭借石头的重量,他可以在水底走,他把水底变成了陆地。唯一的区别,这时他需要屏住呼吸,实在憋不住,就放下石块冒头换一口气。就靠这样的笨拙办法,一个不会水的人终于上了岸。

一连几个晚上,我都在做同一个梦。我看不清溺水男人的面目,但他关于憋气的自言自语,听起来很像父亲的声音。我想起来了,以前爸爸讲过这个故事。那时我们大笑不已,我们完全把它当作了一个笑话。但"憋气"两个字,悄无声息地扎进了我的记忆,在险象环生的水下,最终成为我的救命稻草。

一次劫后余生的意外经历,让我远远地躲开了河流,我不再痴迷下水。游泳这件事,对我完全失去了吸引力。

在我的本命年,外婆苦口婆心没办到的事,吕道新轻而易举地完成了。他用随随便便的一手棋,就把我的游泳兴趣给将死了。一朝被蛇咬,十年怕井绳,我属龙的骄傲被溺水的噩梦拴得紧紧的,估计一辈子再也翻不出水花。

白天的生活,我和河流离得远远的。而一旦到了梦中,我身体的四周就会被水围得水泄不通。这时我的水性出奇地好。我会扎猛子,一个猛子扎下去,再宽的河流也不在话下。我并不知足,在练习更高难度的动作。我练习在水上走,我发现只要踩上一道波痕,我就可以在水上疾行如飞。

我为自己掌握这样的水上本领而感动,醒来的时候,我仍然热泪盈眶。

王大胜一次次上门找我,我躲着不见,我不能再和他一起下水。外婆察觉到我的消沉,她有对付傻外孙的丰富经验。她问我,人家二狗子对你这样好,连他的姐姐都对你另眼相看,你总不能像一只缩头乌龟躲着他?

外婆的话一针见血,戳中了我心里的痛点。我同意她的说法,二狗子一家都对我好,但是我对外婆固守过去的称呼并不满意。别老叫人家二狗子,我有些抱怨地对她说。人家马上都上中学了,叫二狗子多不好听。

不叫二狗子,难不成叫他狗腿子?

他有大名,他叫王大胜!

还王大胜呢,他怎么不叫孙大圣?外婆笑了,他家又不是花果山。

外婆的话提醒了我,我要去找王大胜。王大胜就是我的孙悟空,他像保护唐僧那样保护着我。很久很久以前,我用一块砖头制服了他。在经历了一段仇视和敌意之后,我们渐渐化敌为友,成为形影不离的伙伴。他虽然有一身的本领和胆识,但他服我。他心甘情愿地追随着我,就像无所不能的孙大圣,一直照顾着软弱无能的唐师父。

我来到坟茔起伏的坡地,镇上的人把这里叫作大缸子。此时的王大胜,正在带着一群小啰喽进行躲猫猫的古老游戏。他的头从坟头后面伸了出来,脸上写满了惊喜。他像一匹野马冲上前来,身上汗水淋淋。他向周围挥着手,他的手像宣布解散的令旗,让一群小屁孩一哄而散。

我们面对面地站在坟地中间,我们商讨着暑期活动安排。

他很给我面子,没有再提游泳的事。他只是不明白,我为什么会如此大胆,一个人敢游到河的中间?

这个问题有些复杂,说不清楚就可能要出大事。对于这个意外,我不想节外生枝。我不会跟他提起吕道新,我是一个善良的孩子,我要保护镇上的天才少年。我宁可相信,吕道新只是和我开一个玩笑,他根本不想置我于死地。但我不会再下水了,我斩钉截铁地表明了态度。

在阳光充沛的大缸子坡地,我对王大胜软硬兼施。我仰靠在青草如茵的坟茔上,耐心地做起了思想工作。我苦口婆心地开导他,一个人不能老是长不大。我们马上就上中学了,应该进行一些有意义的活动。我们可以安静地坐下来,开始文雅的象棋游戏。

象棋活动由此拉开序幕,对局的地点是王大胜家。

在通风的堂屋和有葡萄架的院子里,一张小桌子铺开了我们的战场。王大胜本是一个坐不住的人,一把竹椅在他屁股下面吱吱作响。他怎么可能是我的对手?我每次都让他一个车。作为离水的蛟龙,他很狼狈,简直就是龙游浅滩。但他有一股狠劲,不服输,也不怕输。

意外的情况很快出现了,棋局的发展超出了我的控制。一个星期之后,我已经让不动车了。又过了几天,连让马都很吃力了。坐在我对面的王大胜,居然能够一动不动。每一步,他都在思考。这个没心没肺的家伙,居然学会了皱眉头。还有一个更气人的动作,他老滋老味地用手托起了下巴。

形势急转直下,我完全收起了轻敌思想。但我使出的所有着数,都不能阻止王大胜前进的步伐。这一天他正襟危坐,正式向我发出了挑战。他不再需要让子,他要和我平下。他的眼睛里,闪出了只有在打架时才会点燃的熊熊斗志。

红先黑后,落子不悔。他率先支起了当头炮,以平等的姿态和我对局。

这一盘棋,我们下得都谨小慎微。我们调兵遣将,摆出了运筹帷幄的架势。我们担心对方偷袭,一度采取了兑子战术。一场混战之后,王大胜的车马炮兵全被吃掉,而我还有一只宝贵的车。

我放松下来,抓起了桌上的桃子,狠狠地咬了一口。

王大胜也在吃,他笑得比我还开心。和棋了,他说。

他的话让我很气愤,凭什么和棋?我还有一只车呢!

单车难破士象全,他说出了一句文绉绉的话来,立即把我击倒了。

我想起来了,好像是有这么一句口诀,显然它不是王大胜的发明。他的出口成章,让我心生警惕。联想起他的棋技大进,我有了一种不安的预感。他的背后,一定隐藏着一个高手。

我盯着王大胜,你偷偷地跟哪个在学?

笨鸟　　209

王大胜吞吞吐吐地张开了口,他说出了被我猜中的人——全县少年冠军吕道新。

新仇旧恨霎时涌上心头,我拉下脸不再说话。王大胜满脸羞愧,在烦人的知了声中,陪我一起沉默。我头脑很乱,我感觉到这是一个梦想破碎的季节。我的兴趣爱好在酷热的天气里,遭到了无情的打击。

一个吕道新,让我成为惊弓之鸟。

做错事的王大胜,讨好地为我献上了一本书。这是一本象棋残局,书的第一页上盖着大红印章,原来它是吕道新的奖品。我不愿意碰它,我起身就走。王大胜追上了我,把书硬往我手里塞。他大义凛然地说,你不看,下次就别想赢!

一句话,又一次把我击中。

我足不出户,再次成为缩头乌龟。我把塑料棋盘摊在吃饭的饭桌子上,摊在睡觉的床上,摊在一切伸手可及的地方。对照书上的招式,我摆弄着棋子。从睁眼开始到昏昏入睡,我进入了癫狂状态。我发现这个世界有一些奇怪的人,他们用刁钻的诡计,布设着阴谋与陷阱。他们居心叵测,等候着捕获猎物。

在一个人面对棋盘之余,我会来到隔壁的茶水炉子。这里的象棋摊子,几乎将镇上的中老年棋手一网打尽。我凑在围观的人群里,观察着双方的棋局。真君子观棋不语,我只在心里默默地支着儿。通过现场观摩,我基本上可以判定,大部分人都是臭棋篓子。我不露马脚,等待着一战成名的最佳时机。

踌躇满志之时,王大胜慌慌张张地找上了门。他前言不搭后语,他说明天就要离开了。他神神道道地对我耳语,说我们这里已经是非常非常危险。在他语无伦次又遮遮掩掩的混乱表达中,我逮住了一条最重要的信息——他姐姐回来了。

他的姐姐王英虹在城市里上班,长得好看又洋气。她喜欢看到弟弟跟我玩,她每次都会奖励我一点小礼物。只要她一回来,我就像一只苍蝇一样围着她转。她对我这只"苍蝇"并不嫌弃,她不拿我当外人,经常把我呼来唤去。看了《水浒传》之后,我才明白了我们关系的定位。虹姐姐就像是大户人家的千金小姐,而我则像府里的小厮。

到了王大胜的家,我看见虹姐姐正在收拾行李。她一改往日的慵懒,手上的动作干净利落,毫不拖泥带水。她把一个鼓鼓的旅行包拉上了拉链,像是给准备工作画上了句号,然后恢复了懒洋洋的状态,慢腾腾地走出了屋子,打发弟弟王大胜离开。

她像从前一样,仰靠在院子里的躺椅上,褪去了脚上鲜艳的拖鞋。她打开身体伸了一个懒腰,嘴里娇滴滴地哼出了一支曲子。这是我出场的信号,我们彼此早有默契。我端起小板凳像小狗一样挨上前去,为她捏脚捶腿。

她闭着眼睛问,你准备怎么办?她的声音在午后的树下,轻得像一阵微风。她说,我让你来,就是要当面告诉你。这个事情又不能对别人讲,对狗子也不能多说,他就是狗肚子里装不了四两油。接着她睁开了眼睛,咬着我的耳朵吐露了一个让我无比震惊的消息。

地震?我们这里要发生地震?!我惊讶地看着她,她神情庄重地点着头。

33. 回家

王大胜跟着姐姐走了,他属于主动撤退式。我跟他不同,我被赶出了镇子,直接被扫地出门。

在驱赶我的行动中,外婆态度坚决。但她不可能说服我,她搬出了强大的外援。关键时刻姨父出了手,他说,我给你三天时间,你必须走。我无法跟姨父抗争,他是镇上的一把手,习惯说一不二。在流言四起的紧要关头,他更像战场上的指挥官。他打过仗,又当过镇上的武装部长,他懂得枪杆子的重要性。

镇上的民兵都被他组织起来了,有的还背上了长枪。姨父一手抓防汛,一手阻止谣言继续传播。镇上即将成为地震中心的可怕传闻,早已令人们风声鹤唳。人心慌乱之际,姨父果断出手。民兵行动迅速,很快逮到了几个造谣分子。姨父的铁腕,让镇上的恐慌情绪暂时得到了平息。姨父终于腾出了手,对我发出了驱逐令。

我不敢以卵击石跟他硬碰硬,只能选择软抵抗。我问外婆她怎么办,难道是跟我一起走吗?我不是故意将姨父的军,因为陪伴外婆是我的首要任务。外公前年去世时,一个突然冒出来的舅舅,暴露了外公与另外一个女人的婚姻。这个消息传遍了镇子,让要面子的外婆无处遁形。

在外婆闭门独处的日子里,我主动请缨来到她的身边。这是时隔四年之后,我又一次回到小镇生活。这里是我的出生地,我是外婆的傻外孙,她一口汤一把尿整整照顾了我七年。而这一次是我来陪她,我们又在一起生活了一年。在我们祖孙相依为命的日子里,时间慢慢治疗着她的心病。

现在地震就要来了,我怎么能留下外婆一个人?我不能在危急关头做叛徒,当一个可耻的逃兵。但外婆并不站在我的一边,她此时不再是我的同盟军。

一旦地震来了,外婆躲哪里?我孤军奋战但理直气壮,我一遍遍地表达着自己的担心。我的担心来自调查研究,我观察过周围的地形。外婆住的地方正位于狭窄的丁字路口,前后左右都是房屋,根本没有一块空地。我的理由很充分,我像一只小公鸡一样斗志昂扬。

你不用管我,我可以钻到床板下面。外婆早有准备,没有被我的问题难倒。

你钻钻看!我看出来,外婆是在敷衍我。

没想到外婆真的弯下腰,当着一屋子人的面开始了实战演习。外婆的动作迟缓,钻床的整套动作几乎耗时一分钟。太慢了,我在心里给外婆打了零分。地震要是真来了,这么长的时间房子早已倒了。

对我的叽叽歪歪,姨父早已义愤填膺。我已经忍你很久了,他咬牙切齿地说。外婆的事不用你操心,你的任务只有一个,从镇子上滚出去。我的镇子不欢迎你,有多远你给我滚多远。你如果要做一条癞皮狗,我就是绑也要把你绑走,你信不信?!

我被"押解"着上了路,姨父亲自"驾驶"自行车"押送"我。车轮从老街尽头的石桥上经过,面对桥下的河流我仍然心有余悸。虽然我离开了镇子,但瘦弱的身板重负着溺水的记忆。我甩不掉它,它像隐隐作痛的伤痕埋在心里。

我抱着行李坐在车的后座,我的前方泛滥着洪水。从镇上到县城不过30里路,公路不时会被一大片水阻断。一波又一波的水,像噩梦一样挥之不去。我们不得不停止骑行,我们需要搭乘临时摆渡的小木船。我不愿意上船,我害怕,可我无路可返。在姨父严厉目光的督促下,我鼓足勇气上了船,身体像打摆子一样在抖动。

我出现了错觉,我以为脚下的世界开始摇晃。水陆交替的行程,我和太阳一样充满焦灼的情绪。整整用了一个上午的时间,我们才赶到县城车站。

从县城到另一个县城需要转一次车,我独自一人踏上回家的路。

闷热的公交车上大家议论纷纷,基本上是关于地震的话题。大地震即将来临的消息铺天盖地,乘客绘声绘色地讲述着震前出现的种种征兆。这时有人提起了唐山,车厢里突然安静下来。不久前发生的大地震,像沉重的石头压在每一个人的胸口。灼热的风这时扑打着车窗,火辣辣地抽击着一张张沉默的脸。

第二天醒来时,另一条河流正从我的窗前流过。

站在阁楼的窗前,一眼就能看到穿城而过的河,把城关镇一分为二。这里首先是父亲的家,然后才是我的家。我在河的两岸生活了四年,我像复习功课一样打量着它。这是我第二次来到父母的身边,我努力回归从前的生活。首要任务是和分别一年的同学见面,而排在第一个位置的,只能是金铭春。

我打开行李包,翻来覆去也找不到合适的礼物。我不甘心,我不能空着手去见他。在我们相处的过去,他送给我许多盒葡萄干。他的父母远在新疆,他总是乐于让我分享来自远方的果实。虽然归家的行程过于匆忙,没有任何准备的时间,但这不能成为我两手空空登门的理由。

我把行李倒在床上,我要沙里淘金。在包的夹层里我找到了一个信封,里面装着好几十块钱。它一定是外婆悄悄塞进来的,这是她从牙缝里省出来的。我当然不会直接送钱给金铭春,这会让我们的关系变得庸俗。但我的包里别无他物,只有王大胜留给我的礼物:一本象棋残局和一套崭新的明信片。

王大胜把明信片交给我的时候,他的眼里居然闪动着泪光。他的反常表现让我意外,原来他并不是一个神经大条的人。他说吴成你一定要给我写信,地震后我会一直等着你的消息。他伸出手来,他要跟我拉钩。我不屑再做这种小孩子的动作,我表现得有些矜持。我学着书上的古人那样对他拱着手,说出了一个生硬的词——后会有期。

如同打开自己的承诺,我打开了彩色明信片。它们一共12张,全部都是上海的风景照,有人民广场、工人新村,还有少年宫。我特意挑选了两张气派的,我想它们能配得上走南闯北的金铭春:一张是黄浦江畔节日夜景,奇妙的建筑上装饰着红色的灯光;另一张是远洋货轮下水,蓝天白云下的码头上人山人海。

金铭春在家里忙得不亦乐乎,他在收拾舅舅的收藏。他赤膊上阵,用一身汗水迎接我的到来。毕竟有一年没见面了,我们都有一点久别重逢后的羞涩。我们大眼瞪小眼,瞪着大眼睛的是金铭春,他的眼睛比过去更炯炯有神。他比我有能力掌控局面,我在等着他打开话题。王大胜习惯听我的,我则习惯听他拿主意。

从我带来的明信片上,金铭春找到了谈话的切口。他顺理成章地谈到了上海,他对着画片上的外滩指指点点。他去过上海好几次,他的见识广在班上遥遥领先。和他相比,我的出行半径要小得多,去过的大城市只有南京。当话题从外滩转移到了南京长江大桥时,我们渐渐回到了以前的对话状态。

我有些担心,假如地震发生,大桥会怎样?

金铭春给我打包票,说大桥是钢筋铁骨的身体,一定不会有事。

我也相信大桥不会有事,我说连桥头堡都不会出事。我们都会心地笑了,心情舒畅地继续开展防震准备。金铭春是班上的干部,习惯未雨绸缪。他此刻操心的是舅舅的藏品,他要给它们找一个安全的藏身之地。

金铭春的舅舅是地质工程师,一个书橱里摆满了奇形怪状的矿物标本。它们来自好几百万年前,闪耀着重见天日的异彩。我曾经还得到他舅舅的馈赠,那是一块紫色石晶。我把它转送给了姐姐,如今它在一只瓶子里闪烁着石质的光泽。

一个个标本被包上了草纸,金铭春把它们装入一只只纸箱。在纸箱的空隙里,他塞上了棉花和破布。我们对着纸箱讨论,哪里才是安全的地方?

我首先想到了床,应该放在床肚里。

如果床板被压垮了怎么办?金铭春比我考虑得全面。他说应该放在院子里的空地上,上面再铺上防雨的塑料薄膜。

我们煞有介事地屋前屋后转,勘察着院子里的地形。还是金铭春拿了主意,把宝贝安放的位置选在柿子树下。我看到树冠像一把大伞那样撑开,这的确是最合适的地方。在一把巨伞的浓荫里,我们开始了简单的施工。先在地上铺垫起一层砖,然后再搬移纸箱。直到纸箱上严严实实地加盖塑料布后,金铭春才如释重负。

接下来的话题,一直围绕着地震展开。

金铭春训练有素,他基本上承担着解答者的角色。他说日本经常地震,所以他们住的房子都用轻型材料。他说地震有很多种,有火山引起的,有地质结构引起的。更可怕的是还有一种叫陷落地震,就是地下突然开出一道裂缝,把地上的东西一下子都吞到肚子里。

这种说法让我感到好奇,难道地球还有一个大肚子?金铭春见怪不怪地看着我,他说着从舅舅那里听来的知识。他说地球就像一个鸡蛋,我们脚下的大地好比鸡蛋的蛋壳,叫地壳。他耐心地教导我,镇子上的人喜欢把壳说成 ké,标准读法应该是 qiào。

默默地重复着"地壳"的读音,我明显兴奋起来。这是有意义的一天,我在作文里写下了一个新奇的比喻——地球像一只鸡蛋。

34. 大蛋壳

地震的风声一天紧似一天,在全县上下抓紧防震的日子里,我在认真研究鸡蛋。

我家一共有五只鸡,和家里的人口保持一致。其中有四只是辛勤的母鸡,为家里提供蛋的日常供应。还有一只是骄傲的公鸡,负责耀武扬威地打鸣,一天到晚头都抬得很高,有时还骑在母鸡头上作威作福。自从得知地球和鸡蛋的关系之后,黄昏时分我热衷于从鸡窝里收蛋。有时我会把鸡蛋带上阁楼,凑上灯光仔细地察看。

我对鸡蛋的研究毫无进展,姨父的电话打了过来。火急火燎的电话,关系到震中地点的预测。姨父轻信了一个传言,地震的震中已经转移到我们所在的县里。姨父用马后炮式的追悔,表达着他的歉意。他说早知如此,又何必把小胖赶走呢?

一个可有可无的电话,让一家人分成了两个阵营。围绕是否启动防震棚的建设,家里出现了明显的意见分歧。爸爸是乐观派,信奉本地无大震的观点。他是中学教导主任,是家里一以贯之的权威。如果说妈妈是舞台上的阿庆嫂,他就是现实中的刁德一。但这一次出现了例外,老谋深算的刁德一前所未有地遭到了哥哥的质疑。

哥哥吴经马上就要上高中了,长期的班长经历锤炼了他的心思。但仅凭这一点,他还远远不能和刁德一抗衡。眼下他有一个很厉害的新身份,他已经正式入选学校地震测报站的观测员。他的暑假基本不挨家,一直在接受上岗前的培训。

哥哥的中学亦即我将入学的学校,就在小学后面的坡地,原本寂寂无名,最近却因为地震观测而声名大噪。最神乎其神的说法认为,校测报站成功测到几千里之外的唐山大地震。剔除吹牛皮的因素,一个不争的事实是,它已经被列入了省重点观测站。而哥哥不仅参加了学校组织的培训,还到南京接受了专家的当面指导。

哥哥是典型的行动派,读书一贯扎实。他这时已经掌握了一些响当当的测报术语,比如地温、地磁、地应力。哥哥敲碎了一只煮熟的鸡蛋,通过蛋壳上的裂纹描述脚下的大地,哪些地方出现了破碎与断裂,我们就处在断裂带的附近。他现学现卖专家说法,提醒全家不能掉以轻心。

妈妈没有表态,她的天分主要在舞台上。作为县城无人不知的阿庆嫂,她很容易把生活看作是一场戏。姐姐吴瑚不同,她同时继承了妈妈的表演才能和爸爸的头脑,她果断地站在哥哥的一边。她是家里的老大,她像护小鸡一样护着我这个傻弟弟。

吴成住的阁楼最危险,姐姐说,如果地震,一定是阁楼最先倒下。姐姐的话让我感到害怕,当天晚上我就搬下了阁楼。我和哥哥挤在一张床上,我对鸡蛋的研究被迫中止。

此时的城关镇,到处都是建设工地。所有像样的空地上,五花八门的防震棚各显神通。站在卫东桥上,一眼就能看到热火朝天的防震生活,沿着河堤两岸高低错落地次第排开。

我的爸爸、教导主任吴老师已经胸有成竹。通过对几家地震棚的实地考察,在我家宽敞的大院正式拉开了建设序幕。家里倾其所有,毛竹、木料和塑料布都派上了用场。爸爸不打无把握之仗,他给哥哥和我各自发放了一双纱布手套。我们用石灰画出一片建设用地,然后开始挖坑栽柱。

和我预想的不一样,搭建棚子的工程进展缓慢。木头搭起的骨架一点都不神气,像刚上门的小媳妇扭扭捏捏。我妈发现了问题的关键,知识分子的动手能力远远不如动口。好在她早有后手,她让姐姐打开临街的大门。关键时刻,表哥顾家亮出现了。他不仅带来了身强力壮的帮手,还带来了雄厚的物资,包括紧俏的油毛毡和芦席。

鸟枪换炮的结果是,地震棚的效果超出了想象。里面能放三张床,我和哥哥甚至还装上了高低床。我爬到上铺试了一下活动空间,身体勉强可以坐立。爸爸深谋远虑,拉出了一根长长的电线,实现棚内正常供电。妈妈关心缝纫机的安全,把它首先转移到地震棚里。姐姐害怕蚊子,她给自己的小床挂上了蚊帐。

地震棚竣工之夜,我急不可待地搬了进去。我背着手,一个人的身影在棚子里面摇来晃去。我摆出棋盘打开棋谱,装模作样地在研究残局。我的心思根本不在象棋上,我用一个人的对局庆祝棚子的落成。

这个晚上,我还想到了为地震棚取一个名字。我开动脑筋,独自一人认真思考。我翻开手边的书,寻找灵感。我想到了水泊梁山的聚义厅,甚至孙悟空的花果山,但这些都不太贴切。当我打开日记本时,我看到了关于地球的比喻。我终于灵光闪现,把家里的地震棚命名为"大蛋壳"。

第二天一早,大蛋壳就迎来了第一批访客。

一个似曾相识的声音在院子里响起,我听出来她是倪云。尽管她的声音有了不少改变,但她瞒不住我。毕竟我和她在一起排演过节目,在舞台上她演我奶奶。她以前也在我们学校上学,现在就读于外国语学校。我看到她正向大蛋壳奔来,赶紧一头钻进了蚊帐里。我不能让她看见我赤着上身的样子,她又不是我的真奶奶。

倪云和姐姐亲切交谈,她们清脆的笑震落了树上的露珠。棚顶滴答的轻响,宛如悠长往事的余韵。我记得当年外国语学校招人时,姐姐是倪云最强劲的对手。在二选一的最后关头,姐姐选择了主动退出。别看倪云现在叽里呱啦地会讲外国话,那都是因为姐姐让给了她。而姐姐的不战自败,多数也是为了照看我这个傻弟弟。

我不喜欢倪云不请自来,我觉得她就是给鸡拜年的黄鼠狼。我们家这一片都是老房子,有黄鼠狼也有狐狸,它们被叫作大仙。它们经常装神弄鬼,把院子搞得鸡犬不宁。倪云主动上门,就是要向姐姐示威。她现在打扮得有点洋,她的举止也有点像大城市的人。隔着蚊帐我都能看出来,她就是读十个外国语学校,也比不上姐姐冰雪聪明。

我不知道倪云要待多久,我不想偷听女生讲话。但她不识相,居然还坐到了床上。我感觉到自己快要憋不住了,我的肚子里有一泡热尿。我把双腿夹得紧紧的,我不得已发出了咳嗽声。我选择主动暴露,是为了赶走倪云。她果然闻声站了起来,没想到却一把掀开了蚊帐。

我就知道是你,你还是改不了睡懒觉的毛病!她的口气,好像还是我奶奶。

我裹着小毛巾夺路而去,我的尿奔流而出。我如释重负,酣畅淋漓地迎来了又一个炎炎夏日。

吃早饭的时候,又一个女生来到了我家。我认得她是范文萍,城关镇的学生没几个不知道她。尽管她的脸上戴着墨镜,但挡不住自来卷的一头波浪。她是姐姐的高中同学,同届不同班。她和姐姐都是学校的名人,姐姐表现出色,她打扮时髦。她和姐姐来往不多,这是她第一次登门来访。

大蛋壳前,三个骄傲的女生聚到了一起。范文萍来得正是时候,她的气焰完全压住了倪云。她像一个领导在参观大蛋壳,不时地在院子里观察。她迈开步子走来走去,一双红色凉鞋异常显眼。她摘下墨镜注视着阁楼的方位,然后露出了满意的笑。

我是无事不登三宝殿,她直言不讳地对姐姐说。我专门来找吴老师,想借你家的宝地,搭一个防震棚。

姐姐把范文萍领进屋里,倪云把我拉进了大蛋壳。她神神秘秘地对我耳语,讲了好一通话。我大致听懂了她的意思,就是不能让范文萍住进来。为什么?我表示不解。近朱者赤,近墨者黑,你没听过这句话吗?倪云苦口婆心地教导我。她妖里妖气的,家里和学校都管不住她。

倪云的话当然有道理,但是我对她有抵触。她说得太耸人听闻,什么近朱者赤?人家又不是猪,再说我也不想吃。但这注定是一个来者不善的上午,范文萍的到来给家里带来了一道难题——我们吴家的院子,是否接受范家的进入?

一家有难,八方支援,我妈投出了第一张赞成票。她不同往常的果断作风,让我们感到惊讶不已。

是因为顾家亮吧?爸爸目光如炬,立即猜出了背后的答案。

妈妈选择沉默,并没有抵赖。原来表哥顾家亮出手是讲条件的,他在帮助我们建棚的同时,也为范家的进入提前铺好了路。

一切顺理成章,范家和顾家走得近。范文萍的爸爸范厂长和我的姑父顾主任，在战争年代一直是搭档。范厂长从连长当到团长，都是军事主官。姑父从指导员做到团政委，都在和他搭班子。让我们姐弟三人不解的是，为什么顾政委当了县里的领导，而这个范团长只是麻纺厂的一个厂长？

马上就住到一个院子了，留心处处皆学问。爸爸并不点破谜底，而是用诡异的笑给我们留下了一个悬念。

35. 警报

近墨者黑,倪云说得不错。范文萍搬进来的第一天,我就落入了她的旋涡。

范家的地震棚依靠的全是外力,他们是清一色的熟练工。只有范长萍一个人在招呼,其他范家人都不在现场。范长萍继承了父亲的基因,她有指挥能力,她不仅能调度整个工地,还能把我指挥得团团转。她一会儿让我找东找西,一会儿让我到百货商店买冰棍汽水。她为我打开一瓶汽水,让我叫一声姐姐。

吃人家的嘴软,我喊了一声范姐姐。什么饭姐姐菜姐姐的,多不好听。她不满意,让我叫她萍姐姐。

萍姐姐姐妹三人,她是中间的老二。她姐姐在部队的医院,妹妹范文静和我哥哥吴经在一个班上。范文静像她妈,长着瓜子脸,看人时脸会红。下午的时候她羞答答地来到我家,正好跟哥哥撞了一面。她喊了一声班长,脸红了一大片。她走到萍姐姐的身边说着话,像蚊子一样哼哼唧唧。

萍姐姐摇头,她拒绝了妹妹的请求。她说自己的事自己做,我现在帮你就是在害你。范文静斗不过姐姐,只好硬着头皮找人。她是家里的信使,邀请我们全家晚上到她家吃饭。她办事认真,一个个地通知。

她最后一个通知我哥,她说,班长,请你晚上去我家。哥哥很奇怪,说为什么是晚上?她说家里人定的是晚上,我们两家人都在场。哥哥更不明白了,说有什么事不能现在说,一定要当着两家人的面?

萍姐姐大笑不已,我也跟着她傻笑。姐姐忍住笑,说吴经你听清楚了,人家请你这个大班长吃饭。

对不起,范文静同学,我去不了。哥哥一副公事公办的样子,晚上我要去学校测报站值班。

范家住在我家斜对面的长巷里,一顿饭吃得比巷子还要长。女主人赵妈妈手艺好,烧了一桌可口的菜。我最喜欢老鸭冬瓜汤,萍姐姐给我盛了好几碗。范厂长酒量大,喝酒时总是笑眯眯的样子。他喜欢文化人,和吴老师一杯杯地对干。喝到兴起他开始回忆打仗,我们都在听他讲革命

笨鸟 225

故事。

他说姑父打仗不如他,主要是头脑不如他灵活。赵妈妈说人家是县里的大领导,难道还不如你这一个小厂长?范厂长不生气,说我讲的是打仗,也不是做官,你们说对不对?

对,对!爸爸说得错不了!萍姐姐大声支持,同时悄悄地给我递了一个眼色。

我尾随萍姐姐来到门外,我们走出路灯昏暗的巷子。这个晚上有月光,给卫东桥抹上了一层星辉。穿着裙子的萍姐姐悄无声息,她的裙角在微风中轻摆。我走在她的身后,好像是跟随着舞动的夜风。风来到了沿河路,我们走下了一级级台阶。直到看到河水在月光下涌动,我才突然感到阵阵恐惧潮水般地袭来。

我怕水!面对夜晚的河流,我的身上泛起层层鸡皮疙瘩。

萍姐姐没有注意到我的异常,她径直走到了桥下。她脱去了凉鞋,接着又脱去了裙子。她缓缓地走下了水,用水泼湿了身体。她转过身来,扎拢着头发对我笑。我不敢看她,她穿着一种奇怪的衣服。这种衣服很窄小,很有弹性地包裹着她的身体。她的身体像树叶那样饱含水珠,在月光下闪耀着晶莹的光。

这些光很快没入水里,它们变成了涌动的波浪。萍姐姐太会游泳了,她游的应该是蛙泳。如果说王大胜是水中的蛟龙,那萍姐姐就是凌波的青蛙。王大胜游得野,很多招式属于自创。她不同,她姿态优美,动作正规,一看就是练出来的。练和不练完全不一样,少年棋手吕道新的棋也是训练有素。

想到吕道新,我在风中突然打了一个寒噤。热乎乎的风吹在我的身上,我居然感觉到了冷。我赶紧向后退,河坝挡住了我,萍姐姐正从对岸轻盈地游来。

站在齐腰的水中,萍姐姐向我招手。她的姿态充满魔力,我竟然冲动地移动了脚步。我一步步地移到水边,在双脚触水的瞬间才如梦初醒。我一动不动,站立在河流的边缘。我呆呆地看着萍姐姐,她的身体像水中的植物,被薄雾一样的月光笼罩。而我能够感到在她的身下,隐匿着巨大的旋涡。

你不会水吗?你难道怕水?萍姐姐的声音像是从水里冒出来的,像水流过我的身体。我沉浸在水中,我的耳畔波动着奇怪的回响,像是溺水之后,在水的深处才能感受到的连绵耳鸣。它一直没有停息,几乎响了整整一夜。

第二天我醒来时,地震即将来临的消息已经传遍大河两岸。

时间已经确定,说得有鼻子有眼——地震最有可能发生在8月底的最后三天。

城关镇一片忙碌,震前的准备响应在大街小巷。

家里给我分配的任务,是买米。以前一次30斤,这次要买50斤。我推着自行车上路,我不会骑。我没有直接去粮站,而是找到金铭春。我需要帮手,哥哥指望不上,他正在忙大事。恰巧金铭春也要买米,我们合二为一。我们一起来到粮站的时候,买粮的队伍像长蛇一样把尾巴甩出了半条街。

队伍里我见到不少同学,大家都是为米而来。我们在地震前相遇,学着大人的样子,神情严肃地彼此点头。三三两两的人凑在一起,分享着各种小道消息。什么白子山的那口老井,开始冒出热气。还有七里茶棚的一家院子,梅花突然开了。传得最玄乎的,是癞蛤蟆结队成群,铺天盖地沿着江堤转移。

一个个地震前兆的传闻,通过舌尖兴奋地传递。大家讨论的仿佛不是预警消息,而是一个个有趣的话题。议论风生之时,前方传来了一条临时规定。它如同一声棒喝,把大家拉回现实之中。

粮站出台了限购令:粮本上的每一个人,只能买10斤大米。猝不及防的消息,像一挂鞭炮骤然炸响,沿着长长的队伍引爆了人们的愤怒。

为什么?前面的人为什么不限制?!10斤不够!

置身于抗议的声浪中,金铭春问我怎么办。我无动于衷,一人10斤并不影响我的计划,我本来就打算买50斤。金铭春伸头看看后面的队伍,显得很焦灼。不能这么闹下去,他对我说。我也觉得不能这样吵闹,这样会浪费大家的时间。但人心不足蛇吞象,我们能有什么办法呢?我老气横秋地安慰他。

　　要不我来试试?金铭春直勾勾地瞪着我,貌似在征求我的意见。他的脸涨得通红,我感到他此刻很冲动。

　　扶着我!他果然冲动了,他给我下达了命令。

　　完全出乎我的意料,他捉住我的肩膀爬上了自行车。他疯了,他要站起来。他果然踩在后座上,摇摇晃晃地直起了身子。这样他就站得最高,站到了所有人都能看到的高度。他用双手下压的手势,压低了浪潮汹涌的不满。大家都不解地看着他,像在浪花翻滚的水面看到了一面帆。

　　我紧张地捉住他的腿,我比金铭春更紧张。只有我清楚,这一面帆根基不牢,随时都可能一头栽倒。

　　听我说一句!金铭春扯开了嗓子。

　　没错,我听出了他的声嘶力竭,他简直就是在叫喊。

　　好在他中气足,而且还说着一口普通话。大家都别吵了!吵有什么用?!10斤就10斤,总比没有的好。大家都要吃饭,排在前面的人要吃,后面的人也不能喝西北风!

　　他来自西北,知道西北风的厉害。他少年老成地振臂高呼,让现场出现了暂时的冷场。当然还有人在咆哮,但明显翻不起大浪。不少人开始沉默,很快掌声从后面传来。掌声声势浩大,足以压制队列前头的喧嚷。

　　临时限购令得到了大多数人民的理解,金铭春跳下了自行车。他的头上流淌着汗珠,他的眼中闪动着泪花。我和他站在一起,感到自己的矮小。当一粒粒大米落入口袋时,我突然产生了一股力量。我用绳头把袋口扎紧,我把50斤的米袋奋力扛上肩。这是我从来没有背负过的重量,以前我的纪录只有30斤。

心有余而力不足,我的步子不稳。金铭春伸出手,我们共同把米袋安放在车的后座。我们穿过熙熙攘攘的街道,登上了高高的卫东桥。中午时分的两岸人家,此时正炊烟四起。整整用了一个上午的时间,我和金铭春一起,才把来之不易的粮食押送回家。

从防震棚到口粮,我们做好了力所能及的准备。月底即将到来,地壳的内部正在纠集震动的力量。范家四口与我家四口人,夜里都住进棚子里。只有哥哥战斗在测报的一线,他的脸成了我们的观测点。他严守纪律,从不多语。他的脸上带着缺觉的疲倦,表情却是一片安详。

难得的平静日子里,我无所事事。我重新面对鸡蛋,进行着中断后重新开始的研究。我比较着生鸡蛋和熟鸡蛋,观察它们有什么不同。我悄悄地进行试验,让它们在桌面上转起来。我很快有了自己的发现,熟鸡蛋比生鸡蛋转得好,它转动的轨迹顺顺当当。

我不知道对鸡蛋的研究,跟地震预报有没有关系。我想它们可能关系不大,因为哥哥对鸡蛋并不关心。我渐渐失去了耐心,我甚至怀疑把地球比成鸡蛋就是一个笑话。百无聊赖的时候,爸爸带来了新鲜的玩意儿。它是一部照相机,是学校的宝贝,为了躲过地震灾害,暂时交到爸爸手里保管。

相机在我们的院子引起广泛注意,连经常红脸的范文静都凑过来看热闹。爸爸为人师表,为我们演示它的用法。范文萍听得比姐姐还仔细,经常发问。吴老师循循善诱,却从来不按动快门。他舍不得,一筒胶卷只能拍12张,已经照过好几张了。胶卷所剩无几,好钢要用在刀刃上。

伴随风雨大作,刀刃时刻终于到来。

8月底,我们进入了预测中的地震危险期。当狂暴的风雨夹杂着电闪雷鸣凶猛地袭来时,我们每一个都如临大敌。因为我们都了解这样的常识,地震时常常伴有恶劣天气。我们在雨天里各怀心思,不知道下一秒将发生什么。

而爸爸一直在摆弄着相机,等待阁楼的倒塌。

笨鸟

36. 芦花鸡

雨后天晴,三天期满,阁楼并没有倒下。

骤然升温的天气里,防震棚显然受到了冷落。第一个撤出的是范厂长,他直接住进厂里抓革命促生产了。第二个是爸爸吴老师,他不习惯在蜗居的环境里备课,他热爱窗明几净。他把屋子恢复成原样,只在大蛋壳里留下了珍贵的照相机。随着男人搬走,妈妈和赵妈妈都心不在焉。她们三天打鱼两天晒网,象征性地过着防震生活。

对大人的松懈麻痹,哥哥吴经很无奈。他调度着有限的资源,对家里进行防震布控。每天晚上睡觉前,他用倒立的汽水瓶作为报警器,悄悄地安放在屋子里。遇到夜里值班,他会嘱咐我继续这项工作。事关父母的安全,我不敢怠慢,把这个秘密任务完成得滴水不漏。但是做归做,心里面却有怀疑。

这个真的管用吗?我问哥哥。

如果你相信科学,它就管用。哥哥义正词严,驳斥了我的怀疑。

我不能怀疑科学,这时我已经报名上了中学。物理课上讲,世界是运动的,静止是相对的。我知道地球每一分每一秒都在转,只是我们感觉不到。哥哥进一步指导我说,地震预报的关键是注意地壳的变化。因为地震发生前,地壳的运动会加剧。人可能察觉不到,但仪器能测出来。动物也能感知到,因为它们对自然更加敏感。

听了哥哥的教导,我盯上了家中的一只芦花鸡。它表现古怪,经常上树。一连几天都这样,我不能隐瞒不报。哥哥值班不在家,我只好把情况汇报给萍姐姐。我把她拉到树下,那只鸡果然还藏在树荫里。

会不会是地震前兆?我征求着萍姐姐的意见。没想到她听到问话之后,竟然像芦花鸡一样咯咯地笑了起来。我听出来她不是普通地笑,这是嘲笑。嘲笑别人不会有好下场,这是我得到的深刻教训。

果然一阵风起,她的眼睛里落进了灰。她让我帮她吹眼睛,我凑上前去,马马虎虎吹了两下。她眨了眨眼睛,说没吹走,再吹。

我又不是风,怎么吹?我不大情愿。

笨鸟　231

对了,别吹了!我的话提醒了她。那你用水,用水把它冲出来。别忘了,要用井水!她轻车熟路地使唤着我。

提着井水带着舀水勺,我来到萍姐姐的身边。她舒服地靠在躺椅上,侧着头,早已准备就绪。她的眼睛睁得大大的,长长的睫毛在闪动。我们的眼睛挨得这样近,我都不好意思仔细端详,赶忙把水浇上去。我手有点抖,动作过猛,水淋湿了她的衣肩。很好,萍姐姐并不怪我,反而在鼓励我。真能干,继续来。

我稳住了神,我的注意力都在水勺上。水像线一样,从她水汪汪的大眼睛上流过。我和萍姐姐配合默契,她根据水流轻微地调整头部。她的眼睛一点都不怕水,一直都睁得大大的。她眨眼试了试,露出了惊喜的表情。灰没了,她却不知足。她愉快地翻动身体,把头侧到了另一边。

我用井水冲洗着她另一只眼睛,我看出她很享受。我的动作轻柔,不忍破坏傍晚的安静时光。水从她晶莹的眼球流过,她的睫毛像轻轻倒伏的水草。萍姐姐的幸福感让我奇怪,真有人喜欢洗眼睛吗?

听了我的问话,萍姐姐懒散地坐了起来。真的舒服,她沉浸在回味之中,她张开双臂充满享受地打开身体。要不,你也来试试?

我吓得后退了两步,我怕。

难道游泳时你也敢睁眼睛吗?我问萍姐姐。

当然,她反过来问我,你会水吗,不睁眼怎么能游好?

这个女生不寻常,晚上睡觉时我还念念不忘勇敢的萍姐姐。我听着青蛙的鸣叫,在高低床上翻来覆去。萍姐姐不但会青蛙泳,眼睛还能在水里睁着,她让我佩服得睡不着觉。迷迷糊糊的时候,我突然听到了一阵清脆的响声,全身一阵激灵。

汽水瓶倒了!刹那间我反应过来——地震了!

我猛然坐了起来,头一下子撞到了棚顶上。我不知道痛,我想喊,嗓子却出不了声。我翻身跳下床,我要救父母。我打开门就往外冲,却和一声尖叫撞到了一起。

大仙！我看见大仙了！萍姐姐一把抱住我，就像我溺水之时逮住了救生的轮胎。她身体发抖，上下牙齿颤动不止。我完全不能理解，这个女生怎么忽然变得这样胆小？

爸爸闻声而出，院子里响起了他严厉的呵斥。你想干什么，有本事出来！像批评调皮捣蛋的学生一样，爸爸教育着大仙。下次再捣乱，小心我打断你的腿！

大仙出没的这个晚上，萍姐姐赖在姐姐的床上。这个晚上以后的夜晚，只要爸爸外出，大仙还会伺机出动，一次次地把胆战心惊的萍姐姐逼到大蛋壳里。

萍姐姐不白住，她用有趣的话题讨好我们。她有问必答，她讲的事情很好玩。她甚至不惜出卖自己的爸爸，以此获得我们的收留。

既然萍姐姐提到了范厂长，我觉得等待的时机已经成熟。对这个笑眯眯的男人，我一直充满好奇。战争年代他和姑父一起搭档，而堂堂的范团长为什么会落脚在一个小厂？我百思不得其解。我期待故事真相大白，现在到了揭开谜底的时候。我趁热打铁，向萍姐姐发出了提问。

大人的事不要乱打听，姐姐当即制止了我。

这有什么，萍姐姐毫不在意。想听，我就告诉你。她反倒显得很兴奋，她下了床来到我的床前。她扶着床栏问，你知道什么叫报仇吗？

一切，就是为了一个仇字！萍姐姐退了两步，像是要退到往事之中。我爸爸是被他继父赶出去的，我爸恨他！她咬牙切齿，仿佛正面对着父亲的仇人。那个人是一个酒鬼，对我奶奶不好，对我爸拳打脚踢。爸爸是从家里跑出去的，他参了军。他打仗勇敢，从一个小兵一直当到了团长。

后来呢？我从床上坐了起来。

后来解放了，爸爸回家找奶奶。听说奶奶已经不在了，我爸他喝了整整一瓶酒，然后拎着枪就去找那个老酒鬼。他找着了，撵得那个老东西抱头鼠窜。但他跑不过爸爸，很快就被逮住了。爸爸握着手枪，顶住老东西的头。

笨鸟　233

萍姐姐以手为枪,拿我作靶子。手指顶在我的头上,她的手指有劲。我感到疼,更感到紧张,头皮一阵发麻。

后来呢?姐姐也从床上坐了起来。

关键的时候,你们的姑父赶来了,他挡住了枪口。他说老范你撒什么酒疯,有本事先打死我!我爸一把扔掉了枪,蹲在地上抱着头就哭了起来。

后来呢?我还在问。

后来,他受了处理,当了这个厂长。直到现在,范厂长一家搬进了你们家的院子。萍姐姐开着玩笑,她的笑比较勉强。

你今后就搬过来住吧,姐姐开了口。姐姐心好,她不想看到自己的同学颠沛流离。萍姐姐半推半就,和我们住到了一个棚里。从这个晚上开始,如果哥哥不值班,大蛋壳里就住了四个人。而那位表面害羞的范文静,一直勇敢地独占另一个棚子。

这样的居住格局,刷新了我对萍姐姐的认识。

你为什么不跟妹妹住一起?我不解,悄悄地问她。

她是女的,她支支吾吾地解释。她有些难为情地说,我要跟你们男生住一起。

她的话让我面红耳赤,我转身就走。

你别瞎想呀!她一把拉住我说。我听老人说过,男孩子阳气足,大仙惹不起。

对她的说法我将信将疑,我找金铭春求证。我们讨论了半天,最终断定这是迷信思想。我对萍姐姐的落后痛心疾首,我很想拉她一把。我思考着对策,背着手在院子里转来转去。我又看到了那只芦花鸡,它像一个隐蔽的暗哨,躲在树上一动不动。我找到了科学事例,我叫来了萍姐姐。

鸡上树了,我当面指给她看,这就是地震前兆。面对一个高中生,我理直气壮,我站在科学一边。我郑重提议,把鸡的反常记录下来,这样可以给哥哥提供测报证据。

萍姐姐这次没有嘲笑我,她好像是被我征服了。她神情严肃,上上下下地查看。她看得比我还认真,甚至搬来了凳子。

你不懂,它在孵小鸡。从凳子上下来,她做出了结论。

你怎么知道它在孵小鸡?我不能接受这个判断。她虽然是女的,但又没生过孩子,她纯粹属于信口开河。

萍姐姐不和我赌气,反而在笑。如果你输了怎么办?她皮笑肉不笑地看着我,要是你输了,就要答应我一件事。

别说一件,十件都可以!我不甘示弱。我不相信,一个科学少年会输给讲迷信的女生。

说话算话!她表情诡谲地摘下了一片树叶。她把树叶交到我的手里,仿佛是交给我一个约定。你等着,一棵树也会有奇迹。

37. 碧波

秋老虎猖獗的日子,芦花鸡还在树上。奇迹并没有出现,地震也没有发生。早晚的天气开始凉爽,夜晚的大蛋壳不再需要电扇。

这一段时间萍姐姐总是回来很晚,身上还带着一股清新的味道。我用鼻子使劲地嗅,没想到被她发现了。

你闻到了什么,好不好闻?她的头发凑上了我的鼻尖,我的脸被她弄得痒痒的。

不好闻,我言不由衷地回答。

还嘴硬,她笑了。然后悄悄对我耳语,让我周六晚上到灯光球场去找她。

我顿时就明白了,原来她一直在打篮球。她一定打得很好,像游泳那样好。在我的印象中,灯光球场属于表哥顾家亮的地盘。从校队到工人队,表哥一直是球队的主力。他脚蹬大白篮三步上篮的英姿,不知道迷倒了多少女生。萍姐姐一定是跟表哥学的,谁让他们两家是世交呢。

星期六的下午,我来到金铭春家里帮忙摘柿子。这一年天气热,柿子成熟得早。因为树下堆放着装标本的纸箱,摘起来很碍事。我提议把它们搬回去,金铭春表示赞同。我们把它们运回了屋子,暂时却不敢一一归位。从安全出发,还是把它们塞进了床肚里。这些标本来之不易,毕竟是他舅舅的宝贝。

忙了一个下午,吃完晚饭我不想动。但我不能失约,让萍姐姐空等。我像没头苍蝇一样到处转,引起了姐姐的注意。她说你神情恍惚的,到底想干什么?我假装找东西,赶紧从她眼皮底下溜走。如果不想让她了解到晚上的计划,最好敬而远之。姐姐聪明,我在她面前我基本藏不住小心思。

快到九点钟时,我如约来到了灯光球场。

奇怪的是,球场上的灯光并不明亮,只开了很少的几盏。没有人打比赛,看台上的观众稀稀落落。训练显然已接近尾声,而表哥顾家亮并不在场上。我东张西望,好不容易在另一个入口,看到了鬼鬼祟祟的萍姐姐。她躲在阴暗的角落里,似乎在向我招手。还没等我走近,她便转身离去。

笨鸟 237

擦着暗黑的球场边缘,拐过狭窄的通道,我们走进了一道门。灯光下的萍姐姐并没有穿外衣,而是披着一件浴巾。这里貌似是她的安全地带,她大胆地扯下了浴巾,露出了紧绷绷的红色泳衣。她给我手里塞了一团布,又指了指左边的门。

快点换上!她不由分说地吩咐我,一会儿就要关门了。

我进了更衣室,第一次穿上了短促而滑稽的游泳裤。它也是红色的,我就觉得自己就像傻乎乎的红孩儿。这时对面走来了一位水淋淋的大哥哥,我自惭形秽地对比着他高大的身材。我偷偷察看他的腹肌,是不是像传说中的那样有8块。

哪来的小屁孩?!我的偷窥引来了他的不快。我慌忙逃了出去,萍姐姐一身红装地候着我。她的头上戴着红色的游泳帽,看上去更加英姿飒爽。在她的身后,我惊讶地发现了蓝色的水。满满一池的碧波荡漾,和我心目中的海没有什么两样。

我们县城居然也能造出海,我张大着嘴,却不忍发出惊叹。我的脑海里闪过一个奇怪的念头,似乎自己一出声,海就马上会从眼前消失。我轻手轻脚地挪动着脚步,踩在一块块蓝白相间的小小瓷砖上。许多年之后,我才知道这种装饰风格叫作马赛克。

无论是海水还是叫不出名的马赛克,这个夜里注定成为我的难忘之夜。

萍姐姐这时已投身水中,她游的还是蛙泳。和上次见到的明显不同,我能看到她所有水下的动作。明亮的灯光和清澈的池水,让她的泳姿一览无余。

在蓝色的波涛里,她红色的泳装就像翻腾的火。火在水中跃动,离我越来越远。火到了蓝色的尽头,很快又折返回来。随着红色的接近,我意识到它不是火,她是萍姐姐。

水波动在萍姐姐胸前,她站在水里。她向我招手的动作,带着海风一样的诱惑。

我在水中移动,仿佛面向大海。我走向萍姐姐的时候,恍惚间仿佛是驶向红色的灯塔。海慢慢沿着我的身体上涨,从小腿到大腿。当水漫过我腰部的时候,突然袭来的窒息感完全冲垮了我对海的想象。

我裹足不前,溺水的经历像一道鞭子,抽打着我前进的梦。

功亏一篑之时,我不得不接受这样的结果——今生今世,我兴许再和水无缘。在海一样的碧波里,我居然翻不出一朵浪花来。

我沮丧地走在黑夜里,我们默默地走在空寂的河堤上。我不说话,萍姐姐也不说话,我们就像横卧在河床上的沉默水坝。我首先来到坝上,趴在水泥护栏上眺望城关镇的灯火。

萍姐催促我走,她问,干吗要停在这个黑灯瞎火的地方?

你觉得很黑吗?我感到奇怪,为什么我们对黑夜的感受如此不同?

重新上路的时候,萍姐姐和我并排走在一起。她的肩头和胳膊不时和我轻碰一下,但她坚持没有拉我的手。走近灯光的时候,她说这是她的第一次。我这才知道,因为害怕,她从来没有走过这条夜路。她总是拣大路走,哪怕走很长的冤枉路。

怪不得她回家那么晚,原来她不敢抄近路。她怕大仙,也怕走夜路。别看她平常叱咤风云的,其实她也是一个胆小鬼。我嘿嘿地笑出了声,我心里总算找到了一点平衡。我脚步轻快地登上卫东桥,却被萍姐姐一把拽住。

笑什么,一个人怕黑真的好笑吗?

她的问话掷地有声,把我问住了。妈妈怕黑,姐姐也怕黑,女人就是天生胆小。但萍姐姐不一样,她给别人的感觉是天不怕地不怕。一个什么都不怕的人为什么怕黑?我趴在桥栏杆上,面对流动的河水陷入了思考。萍姐姐趴在我的身边,她突然笑了起来。她说我知道了,你原来怕水。

她的话让我心头一震,我这时却没有勇气回头看她一眼。当她把手搭在我肩上时,我感到肩头在抖动。你为什么会怕水?她的问话像热风吹乱了夜晚的河流。翻涌的水,正在我的眼前变化成可怕的旋涡。

你要说出来,她的声音仿佛来自幽谷。她用声音引诱着我,只有说出来,你才能走出去。

在河水被风吹动的初秋之夜,我无法拒绝她对我的关心。我像是在回忆一件悠远的往事,诉说着夏天里的溺水经历。我的讲述,让身下的河流平静下来。它恢复到秋水的样子,它的流动带着一种平缓的风度。

第二天早上,萍姐姐嬉皮笑脸地看着我。她问能陪我冒一次险吗,并说出了自己的计划。

我惊讶地看着她,她装出云淡风轻的样子。她对自己的发狠让我感动,我没有理由不配合她的行动。

星期天的晚上比周六更黑,也许是因为出门的时间更晚。夜里十一点钟,我们悄悄溜出了大蛋壳。临行之前,我给姐姐留下了一张纸条。哥哥在值班,我们前去探望。我请姐姐不要声张,用实际行动支持我和萍姐姐的科学考察。

沿着河堤从卫东桥到卫星桥,再沿着马路拐进通向学校的坡道,这是事先规划好的路线。

我和萍姐姐一起走上了卫星桥,她停下了脚步。你先走吧,我听出了她声音里的不安。我没有看她,我缓缓地离她远去。我尊重她的决定,我要帮助她完成使命。她的不安,根本不能成为我半途而废的理由。

我走在空荡的马路上,在黑暗中独自前行。一辆货车迎面驶来,从我身边呼啸而过。借着雪白的亮光,我看到后面的一个人影。白色衬衣像一道闪电,在夜晚异常夺目。我拐上了上坡的路,前面就是我的中学。一段只有几百米的坡道,许多胆小的同学却从来不敢夜行。路的左侧是小学的院墙,路的右边是一片望不到边的坟地。

这个晚上我不需要给自己壮胆,我知道后面有人。我偶尔还会停下来,面向夜晚的坟地观察。这片坟地里有少许水泥坟茔,它们是安葬烈士的地方。在清明扫墓的时候,我发现春天景色很好。松柏常青,菜花盛开,这是我写在作文里的句子。此时是树木最繁茂的时节,幽暗的风像细流一样连绵不绝。

我走走停停,却没能等来身后的白衣。我来到了学校门前的池塘边,向水里轻轻投下了一颗石子。借助窗户零星的灯光,我捕捉到了隐隐约约的涟漪。我整整投下了十颗,为夜晚的行动留下纪念。

脚步声从坡地传来的时候,我看到了匆匆赶来的白色身影。萍姐姐喘着气,一把握住了我的手。她的手,向我传递出温湿的气息。我的身后有人,她的身体并没有放松。她通过手上的力量告诉我,一直有人跟在她的身后。

我不说话,任由我们的手拉在一起。对萍姐姐来说,这是一个重要的夜晚。我们四只手握在一起,像是要证实她的判断。的确有人,这时我们都听到了清晰的脚步声。他轻哼着歌曲,是电影《闪闪的红星》主题歌。"小小竹排江中游,巍巍青山两岸走",来人用悠扬的民族唱法证明他是一个好人。

我能感到,萍姐姐在歌声中放松了下来。这时我没有理由再捏住她的手,我装模作样地迎上前去。看到我和金铭春会合在一起,萍姐姐如梦初醒。她狠狠地捶打着我的肩头,原来是你捣的鬼。

我没有解释,做好事不需要解释。请金铭春暗中保护她,让我觉得自己足智多谋。水泊梁山有一个军师吴用,萍姐姐身边有一个小弟吴成。

校园深处的一排草屋,便是大名鼎鼎的地震观测站。当我们一行三人出现时,哥哥大惊失色。此时他不是我哥哥,他是观测员吴经。他懂得忠于职守,一本正经地让我们一一填写来访登记表。他督促我们脱下鞋子,他为萍姐姐找来一双拖鞋。我和金铭春只能赤着脚,充满好奇地迈进神秘的屋子。

我感到脚下软软的,像是踩在一片云上。哥哥告诉我们,地上铺的是稻糠。它的主要成分是米皮和稻壳碎屑,目的是防止走路引起震动。我们深感责任重大,每一步都小心翼翼。我看到一只铅锤从屋顶吊下,正对着地上十字的中心部位。我知道自己如果乱动,就会给地震观测的准确性带

笨鸟

来影响。

　　一些仪器的指针在轻微摆动,构成了我对地震测报的基本印象。只有金铭春冒充内行,和哥哥讨论着地温和地磁的异常变化。我的萍姐姐来到屋外,我们又开始讨论芦花鸡上树的现象。我觉得这就是一种异常,我和她商量,要不要把这个情况向观测员吴经汇报?

　　你见过鸡蛋踩水吗,萍姐姐问我。看我一脸懵懂无知的样子,她好看的牙齿在静夜里笑出了声。

38. 破売

一个前所未闻的试验,在黄昏的大蛋壳里拉开了序幕。

萍姐姐耀武扬威地下达着命令,好像她就是范团长。她让姐姐吴瑚准备一桶温水,让哥哥和我跟着她取鸡蛋。我们端着凳子来到树下,扶着凳子让她站上去。芦花鸡还在树上,占据着曾经的鸟窝。它懒洋洋地看着萍姐姐,对她的入侵心怀不满。萍姐姐把它抱出来,让看热闹的范文静把它抱去喂食。

从芦花鸡撤出的临时鸡窝里,萍姐姐掏出了第一个蛋。紧接像变魔术一样,一下子又摸出了好几个。

哥哥小心地把鸡蛋装进了篮子,一共是六个。我奇怪,萍姐姐为什么这样轻车熟路?

更让我惊奇的是后面,是把鸡蛋放进水里之后。按照萍姐姐的意思,我们一人放一个。我排在了第一个,我放得很轻。没想到,鸡蛋它不沉,居然晃悠悠地漂浮着。接着是姐姐和哥哥,再接着是她们范家两姐妹。结果无一例外,五个鸡蛋都浮在水面上。它们大部分都没入在水里,露出水面的部分像一只圆溜溜的小光头。

为什么会这样?我像是发现了新大陆。

还有一个,吴成你来!萍姐姐镇定地指挥。

我这次心里有准备,知道它一定还会漂起来。然而,我错了!它像是故意和我作对,慢慢地沉了下去。咦,大家都发出了惊叹声。只有萍姐姐沉着地说,把它捞上来,它是坏蛋。

沉下去的都是坏蛋吗?我像是又发现了一个新大陆。

这只蛋没有孵好,应该是实蛋吧。姐姐书读得多,说话有底气。

动起来了,它们会动!范文静一反常态,兴奋地叫了起来。意识到班长吴经在场,她的脸红了一片。

这时没有人关心她的脸红不红,大家都很兴奋。因为我们都看到了,水中的鸡蛋像是突然活了起来。它们在摇头晃脑,轻轻地在跳舞。五只鸡蛋,它们摇晃的幅度不同,在我看来却都具备了舞蹈家的潜质。

看到了吧,萍姐姐得意地摸着我的头,这就叫鸡蛋踩水。

是小鸡在里面动吗?它是想出来吗?它为什么能漂起来?会动的鸡蛋让我觉得神奇,我恨不得一口气问出十万个为什么。

小鸡在蛋壳里面,一定会有空隙。哥哥笃定地解释,这就是它能孵出来的原因。

那它怎么能从厚厚的壳子里钻出来?我还是有一肚子的问题。

力量,生存的力量。哥哥深沉地说,连地壳都阻止不了地应力,何况小小的蛋壳?!

果不其然,我们很快迎来第一只小鸡破壳而出。

孵出来了!孵出来了!

清爽的早晨,我在萍姐姐的欢呼声中醒来。她的声音像轻快的音符在院子里回荡,她捧着小鸡像捧着喜讯闯进了大蛋壳。我用初醒的目光,打量着一只毛茸茸的生命。我无法想象,这么一个娇柔的身体,居然能够突破坚硬的外壳,活生生地出现在早晨的阳光里。

五只小鸡纷纷破壳的惊喜中,我在思考怎样兑现自己的承诺。小鸡已经孵出来了,萍姐姐让我答应的事还没有下文。我当时嘴不厌,我说过十件都可以。我不能坐以待毙,我要变被动为主动。

别无他物,我拿得出手的就是上海明信片。除了送出去的两张之外,它刚好还有10张。如果一张抵上一件事,十件事就此一笔勾销。带着蒙混过关的想法,我悄悄地把东西交给了萍姐姐。萍姐姐果然很喜欢,她爱不释手,一张张地翻看着。她问,你准备都送给我吗?这样你自己就没有了。

我怕着胸脯表示不在乎,我想趁热打铁把事情做一个了断。我的急不可待引起了萍姐姐的警觉,她突然改变了主意。她说君子不夺人之所爱,当即就把明信片还给了我。这么好的画片,难道一张都不想要?我不甘心,用激将法来激她。她显得有些犹豫,但她终究没有反悔。

漂亮的东西,我们也可以自己动手做。像突然想到了什么,她的眼里闪出了亮光。

反正吹牛也不用上税,我这样理解她的表态。我当然不可能当面戳穿她,我想她一定会后悔的。错不错,上海货,这毕竟是上海的明信片。我不相信她能做出什么东西,能和上海货一比高低。

明信片没有送出去,我心里总是不踏实。晚上面对萍姐姐时,我都会有一点小小的不自在。我重新打开了棋谱,煞有介事地研究残局。其实我早已死了这个念头,我永远都不可能下得过吕道新。我对下棋念念不忘,说明我对他还抱有恐惧。正像我刻意逃避萍姐姐一样,我终究是一个没有出息的人。

得出这个结论后,我反而如释重负。我感到自己轻松起来,慢慢恢复到正常的表现。

我来到金铭春的家里,享受着丰收的柿子,和远道而来的葡萄干。我们在秋凉的天气里,一同打开了地质工程师的来信。他用不容置疑的语气宣布,地震不可能在我们这里发生。我们相信科学,一致决定尽快结束防震生活。

说到做到,我们立即把纸箱里的标本打开。我们把它擦拭干净,让它们重新归位。它们饱含悠久的历史,被一一排放在书橱里。我看着它,就像是看到了地壳的里面。大到地球小到鸡蛋,每一种外壳都蕴藏着神秘的活力。我只是不知道究竟是什么力量,让它们千姿百态,光芒熠熠。

带着秘密我回到家中,这个晚上我将宣布地震离开的消息。等到大蛋壳的人全部聚齐,我亢奋地向大家传达了工程师的判断。令我感到意外的是,现场反应并不热烈。哥哥说他已经接到通知,今后不用再值夜班了。姐姐说她的房间已经收拾好了,问我是不是也要搬上阁楼。

只有萍姐姐没答话,意味深长地看着我。

第二天一早,萍姐姐正式给我下达了指令。让我带着照相机,晚上去老地方找她。

照相机锁在大蛋壳的柜子里,我们心知肚明。你是让我偷出去吗?我觉得她的提议匪夷所思。

我只是交给你一个任务,她的笑很鬼。怎么说怎么拿,是你的问题。当然我也可以找吴老师,我想他也会给我这个面子。但我如果这么做,我就是在害你。因为你需要为我做一件事,要不你就会睡不好觉。我们马上就要搬走了,走之前我要让你放下负担。

她的话滴水不漏,比我妈这个阿庆嫂还厉害。我哑口无言,我不能言而无信。我是一个男人,我已经是中学生了。

迎着夜晚凉爽的秋风,我又一次来到了游泳池。一路上我高度警惕,把相机紧紧地抱在怀里。远远地我看到了一个高大的身影,脚踩标志性的大白篮,和萍姐姐一起等候在门口。我一眼就认出来了,他是表哥顾家亮。看到我吃惊的模样,萍姐姐得意地笑了。没想到吧,我请来一个照相师。

我又一次见到了碧波荡漾的海,奇怪的是水居然还是温热的。

萍姐姐依旧全副武装,穿戴着红色的泳衣泳帽。她从水里游了一个来回,然后坐在泳池边。她扯下了帽子,用毛巾擦去脸上的水珠。她的头顶有灯光,她的身后是一池碧波。在一头波浪的黑发映衬下,她光彩照人地面对着相机。

好看吗?她问我。

我使劲地点着头,我由衷地觉得她好看。她这个样子太神气了,怪不得倪云不喜欢她,说她是妖精。

相机里的胶卷只剩下了四张,这个妖精一口气就照了三张。她照一张换一个姿势,像开在海边的三朵不同的花。使出看家本领的表哥不过瘾,还要继续照。不能再照了,萍姐姐娇声娇气地制止了他。我不能再臭美了,最后一张留给吴成。

我感到意外,同时也能感到萍姐姐的好意。我喜欢这个地方,从池里到池外我都觉得新奇。如果能在水池旁留个影,至少能在同学面前吹半年。谁不喜欢吹吹牛呢,它多少能满足一个人扬眉吐气的虚荣心。我毫不掩饰内心的欣喜,昂首挺胸地站到了镜头前。

笨鸟　247

萍姐姐把我挤到了一边,我没有想到她要跟我合影。我不敢和她照,她穿得这样少。

萍姐姐还是一个人照吧,我一边退一边求饶。

嘿,你还嫌弃我了!萍姐姐气不打一处来。你少烧包,谁要跟你照了?!换衣服,下水去照!她把游泳裤塞到我手里,不由分说地命令着。

她的表情严厉,我不敢跟她作对。换了衣服后,萍姐姐拉着我一起下了游泳池。她换了一副面孔,她表现出我从所未见的温柔。她说我答应过要帮你,你要相信我。她说你要是相信我,就把手给我。她轻轻捉住我的手,说我们一起往前走。她说就这样,对,你要记住你属龙。

我在她的召唤中下了水,水越来越深。萍姐姐就在我身边,我不再感到害怕。

萍姐姐对我的表现很满意,她很有成就感。她在水中,继续温柔如水。她说我们松开手,试试一起向前游。

她游到我前面,很快又转过身来。她踩着水,两只手伸出了水面。你能行,她的声音好听极了。她的声音让我感到身体轻了起来,我已经开始游动了。她向后倒退着,她一直面对着我。她始终保持着诱人的笑,她的笑在碧波上移动,就像是在海里逐浪的花。

第一次,我在游泳池里游泳。我游的还是狗刨式,王大胜是我的游泳老师。但我的头一直不敢埋进水里,我也没有学会换气。现在萍姐姐在引导我,她给我鼓舞的力量。她把头埋进了水里,我只需照葫芦画瓢。我学着她的样子,把头埋进了水里。

这样很好,她说。

我也觉得这样很好,我感到自己突然找到了诀窍。我的头深深地扎入水中,在水里我慢慢地睁开眼睛。我的眼前一片蓝色,我还看到了摇曳的红色。面对波光闪耀的水中世界,从无到有的舒畅感流过了我的全身。我的头或埋或抬,我居然学会了在水中换气!

在我的本命年,我终于变成了水中的龙。

我在水中畅游的形象,被照相机记录在案。

拿到照片的时候,时间已经走出了深秋。大蛋壳不复存在,地震棚成为了历史。破壳而出的那些小鸡,正在宽大的院子里茁壮成长。在它们日复一日的叽喳声中,我重新住回了阁楼。我喜欢站在窗前,窗口面对着越来越瘦的河流。当我推开窗户迎接初冬暖阳的时候,熟悉的气息从我身后包围而来。

萍姐姐带来了游泳照,我们并排站在温暖的阳光里。

机会难得,我死皮赖脸地留下了她的一张照片。像保留一份记忆,我把它小心地夹在日记本里。它没有明信片那样斑斓,它毕竟是黑白的。但我能够看到上面的色彩,蓝色的水波和红色的泳衣。

至于我的游泳照,我立即寄给了王大胜。

信里面一个字都没写,只有这一张照片,和那一本我不再翻看的棋谱。

我想表达的意思,让他慢慢去猜。